btb
Aus Freude am Lesen

btb

Buch

Die frühreife, etwas altkluge Elizabeth Taube wächst in einem wohlbehüteten, aber unterkühlten Elternhaus auf. Die fehlende Wärme und Zuneigung sucht Liz anderswo: bei ihrer Freundin Rachel; bei Mrs. Hill, der Süßwarenhändlerin; bei dem Pelzhändler Mr. Klein, für den sie in Hemd und Höschen Fell-Kreationen anprobiert – und schließlich bei Max Stone, ihrem Englischlehrer. Max, der Vater von drei Kindern, verfällt ihrem Lolita-Charme, und doch weiß er, wohin die Liebe führen wird – nirgendwohin. Liz, in ihrem Hunger nach Liebe und voller unstillbarer Sehnsüchte, wird weiter ihren Träumen nachjagen und ihn verlassen. Und tatsächlich verliebt sie sich bald in den gleichaltrigen schwarzen Basketballspieler Huddie, doch Huddies Vater bringt die beiden auseinander. Jahre später tauchen beide Männer wieder in Liz' Leben auf: Huddie ist inzwischen ein verheirateter Familienvater, der nicht bereit ist, seine Familie für Liz aufzugeben. Und so landet Liz schließlich wieder bei Max, der inzwischen alt und schwerkrank ist.

Amy Bloom schildert einen Reigen von Begehrlichkeiten und Begehren. Hautnah läßt die Autorin uns an den Emotionen ihrer Figuren teilhaben, und eindringlich übermittelt sie uns ihre Botschaft: Es ist die Liebe, die unser Leben bestimmt.

Autorin

Amy Bloom, geboren 1953, ist Psychotherapeutin. Ihre Geschichten wurden in verschiedenen amerikanischen Zeitschriften sowie den *Best American Short Stories* von 1991 und 1992 veröffentlicht. 1995 erschien bei Hoffmann und Campe der Band mit Erzählungen *Liebe ist ein seltsames Kind* (btb 72177). *Das Mädchen im Pelzmantel* ist ihr erster Roman. Die Autorin lebt in Durham, Connecticut.

Amy Bloom bei btb

Liebe ist ein seltsames Kind (72177)

Amy Bloom

Das Mädchen im Pelzmantel

Roman

Aus dem Amerikanischen von
Adelheid Dormagen und Karin Kersten

btb

Die Originalausgabe erschien 1997 unter dem Titel
»Love Invents Us« bei Random House, Inc., New York

btb Taschenbücher erscheinen im Goldmann Verlag,
einem Unternehmen der Verlagsgruppe Bertelsmann,
www.btb-verlag.de

1. Auflage
Deutsche Erstveröffentlichung August 2000

Umschlaggestaltung: Design Team München
Umschlagfoto: Tony Stone Bilderwelten/Dolphin
Satz: IBV Satz- und Datentechnik GmbH, Berlin
KR · Herstellung: Augustin Wiesbeck
Made in Germany
ISBN 3-442-72542-9

»... es gibt viele Wege, geboren zu werden,
und alle führen zum Ziel, ein jeder auf seine Art.«

MURIEL RUKEYSER

FÜR ALEXANDER, CAITLIN UND SARAH

»... die große, unermeßliche Gnade der Liebe, die – mit Augustinus – sagt: ›Ich will, daß du seiest‹, ohne irgendeinen besonderen Grund für diese höchste, unüberbietbare Bejahung angeben zu können.«

HANNAH ARENDT

TEIL I

So wie ich bin

Ich war nicht erstaunt, mich im Hinterraum von Mr. Kleins Laden zu finden, nur mit Unterhemd und Höschen bekleidet, umgeben von Zobel.

»Zobel steht dir, Lizbet«, sagte Mr. Klein und drapierte eine Jacke mit Schalkragen um mich. »Paßt ideal zu deiner Haut und deinen Augen. Tausendmal am Tag müssen dir die Jungen das sagen. Was für eine Haut.«

Niemand außer Mr. Klein hatte jemals angedeutet, daß mein Äußeres erfreulich war. Meine Mutter knapste sich die Zeit ab und unterbrach ihren Job, halb Long-Island mit großen französischen Übertöpfen und Porzellanhündchen zu bestücken, um mich zum Einkauf bei Lord & Taylor's Pretty Plus zu schleppen; ihr ästhetischer Sinn ließ sie in die andere Richtung schauen, wenn die Verkäuferinnen mich in piekfeinem marineblauem Kleid oder kariertem Trägerrock aus der Ankleidekabine zerrten. Mit einem Seitenblick bemerkte sie die abgekauten Haarspitzen, die verschmierte Brille mit dem rosafarbenen Harlekingestell, die schlechte Haltung.

Ich stand auf einem kleinen Samtschemel und führte Mr. Klein Pelzmäntel vor. Er hatte angeregt, ich sollte doch meine grüne Kordhose, in der ich ständig herumlief, und das Kapuzen-T-Shirt ausziehen, damit wir sehen konnten, wie die Mäntel tatsächlich wirkten. Ich hatte mich einverstanden erklärt, nur ein kurzes Zögern vorgetäuscht, damit ich sehen konnte, wie sich sein dünnes graues Gesicht in die Breite zog und rot wurde. Ich fühlte, wie die Wärme, die mir das Zusammensein mit ihm verschaffte, in die Brust strömte. Er gab mir auch belgische Schokolade, denn er war der Meinung, die von Hershey's sei nicht gut genug für mich, und er sagte, wenn Gott ihn und Mrs. Klein nur mit einer so wundervollen Tochter wie mir beglückt hätte, wäre er wahrhaft glücklich, *kaya ahoya.* Meine Mutter sagte mir nie, daß ich wundervoll sei. Und niemand hatte je gehört, daß mein Vater, dessen Bewunderung für meine Mutter sich über die Jahre hinweg kaum vermindert hatte, Gott dafür dankte, mich geschenkt bekommen zu haben.

»Den als nächsten, Lizbet.« Mr. Klein reichte mir einen schmal geschnittenen Nerzmantel und setzte mir die passende Kappe dazu aufs ungewaschene Haar.

»Das ist meine Größe. Tragen Kinder denn Nerzmäntel?«

Wenn man sich schon feinmachen mußte, dann mit Nerz. Der war viel besser als meine kratzende marineblaue Wolle, dazu gedacht, pummlige jüdische Mädchen in blasse viktorianische Mündel zu verwandeln. Der Pelz streifte mein Kinn, und ohne meine Brille (Mr. Klein und ich stimmten darin überein, daß es eine Schande war, meine hübschen Augen zu verbergen, und so steckten wir meine Brille während der Modenschau in seine Manteltasche) kam ich mir unwiderstehlich russisch vor. Ich konnte fast nichts erkennen. Er rückte mir die Kappe etwas schräger, trat zurück und bewunderte mich, barfuß und nerzbehangen wie ich war.

»Vollkommen. So sollte ein Pelzmantel bei einem Mädchen aussehen. Keine dürre Bohnenstange in Kaninchen. Das hier ist ein Ensemble.«

Ich drehte mich, um mich von hinten zu sehen, jedenfalls das, was ich sehen konnte: ein braunes Dreieck gekrönt mit einem weiß verschwommenen Fleck und noch einem Braunklecks.

Ich führte zwei weitere Mäntel vor, einen amerikanischen Zuchtnerz, der Mr. Klein wegen seiner unordentlichen Nähte verdroß, und ein Fuchscape, das uns beiden ein Lächeln entlockte. Selbst Mr. Klein meinte, bodenlanger Silberfuchs sei ein wenig zuviel des Guten. Wie immer wandte er mir den Rücken zu, als ich die Kordjeans und das Sweatshirt anzog. Ich setzte mich auf einen der zierlichen Samtsesselchen und schlüpfte in die Turnschuhe, während er die Mäntel weghängte.

Wir redeten nichts auf der Heimfahrt. Ich aß meine Schokolade, und Mr. Klein stellte WQXR an, das erste Mal, daß ich klassischer Musik zugehört habe. Mr. Klein fuhr in unsere Auffahrt und versuchte, gleichgültig dreinzuschauen. Ich glaube, wir rechneten beide immer damit, daß meine Eltern eines Montags aus dem Haus gestürzt kamen, entsetzt und auf Rache sinnend.

Ich ging rein, und meine Schnürsenkel schleiften über den unebenen, glasierten Backstein des Korridors. Konnte irgend etwas weniger einladend sein als eine Diele mit Backsteinboden? Er drückte in meine Fußsohlen, und jeder empfindliche Gegenstand, den man fallen ließ, zersprang darauf, für immer verloren.

Ich weiß, irgendeine der Reinmachefrauen grüßte mich; wir wechselten ab zwischen älteren Irinnen, die aussahen, als wären sie dazu geboren, die Welt vom persönlichen

Dreck fauler Leute zu befreien, und Bolivianerinnen mittleren Alters, die sich stumm an Staub und unsere fettigen, übergroßen Fingerabdrücke heranpirschten.

Jedes Essen war ein kleiner Horror; Bemerkungen zu meinen Eßgewohnheiten fielen, und dann redete meine Mutter über Politik und Innendekoration und meine Garderobe. Mein Vater sprach über seine Klienten, deren Scheidungen und deren Bankkonten. Ich zog mich auf mein Zimmer zurück, angeblich um Hausaufgaben zu machen, und las in meinen Romanen. In meinem Zimmer war ich Scarlet Pimpernel. Manchmal Sydney Carton und ab und zu auch Tarzan. Beim Einschlafen träumte ich vom neunzehnten Jahrhundert, meinen ältesten und größten Teddybär dabei fest zwischen den Beinen.

Mr. Klein fuhr gewöhnlich bis auf meine Höhe, wenn ich zur Bushaltestelle ging. Jedesmal, wenn ich die Haube seines altmodischen, blauen Riesencadillac langsam neben mir dahingleiten und anhalten sah, sprang ich nach vorn, warf meine Schulbücher auf den Vordersitz und ersparte mir so einen weiteren Tag mit dem Schulbus. Er setzte mich vor der Arrandale Grundschule ab, wo die Busse den ganzen Haufen Kinder ausspuckten, dem aus dem Weg zu gehen ich wieder mal geschafft hatte.

An den Vormittagen, an denen Mr. Klein nicht erschien, machte ich mich so unauffällig wie möglich und grübelte über ihn nach, bis der Unterrichtsalltag mich umfing. Erst in den Pausen war ich wieder angreifbar. Die beiden ersten Tage im Kindergarten hatten mich gelehrt, immer ein Buch dabeizuhaben, und sobald ich eine Stelle auf dem kiesbestreuten Asphalt fand, mußte ich bloß auf die klaren schwarzen Buchstaben schauen, und schon war ich weggezaubert aus dem, was als mein wirkliches Leben galt.

Unser erster Ausflug zu ›Pelze von Klein‹ war zufällig und ließ kaum auf unsere späteren gemeinsamen Nachmittage schließen. Mr. Klein fuhr auf dem Nachhauseweg an mir vorbei. Nachdem mir seit Schulbeginn bereits zwei Ringbücher abhanden gekommen waren, hatte ich fieberhaft die Flure nach meinem dritten abgesucht, einem mit knallrotem Leineneinband, der es leichter wiederauffindbar machen sollte, und hatte so den Bus verpaßt. Ich ging zu Fuß heim, einige Kilometer durch feuchte rauchfarbene Laubhaufen hindurch und über zahllose smaragdgrüne Rasen. Niemand wußte, daß ich gern zu Fuß ging. Mr. Klein hielt vor mir an und winkte schüchtern. Ich lief zum Auto, zu Tränen gerührt über sein Lächeln, das ich von der Straße aus sehen konnte.

»Ich nehme dich im Auto mit, muß aber erst noch mal zurück zum Laden, habe da was vergessen. Ist das recht?«

Ich nickte. Es konnte nicht besser sein. Vielleicht müßte ich nie mehr nach Hause. Er könnte mich nach Mexiko fahren, nächtelang über die Prärie, und ich hätte nichts dagegen.

›Pelze von Klein‹ war an der Ecke vom Shore Drive, die geschwungenen, rosagetönten Schaufenster und die schwarzlackierten Verandatüren der Inbegriff von vorstädtischer Eleganz. Im Innern standen Schneiderpuppen, sechs rosarote Samttorsos, jede einzelne trug Pelz. Wohin ich auch blickte, Spiegel, dazu einige dünnbeinige Sesselchen ohne Armlehnen. An den Wänden reihenweise Mäntel, Jacken und Capes. Über ihnen, auf transparenten Hälsen schwebend, die Hüte.

Mr. Klein beobachtete mich. »Nur zu«, sagte er. »Alle Damen mögen Hüte.« Er zog ein paar herunter und verschwand diskret in den hinteren Arbeitsraum. Ich probierte einen schwarzen Topfhut mit getüpfeltem Schleier und dann einen irischgrünen, weichen Filzhut mit braunen Steckfedern im Band. Mr. Klein tauchte aus dem Hintergrund auf, die Hände in den ausgebeulten Taschen seiner grauen Hose.

»Komm, Lizbet, deine Mutter macht sich sicher Sorgen um dich. Laß die Hüte einfach so liegen, ist schon in Ordnung. Montags ist frei, die Mädchen räumen sie morgen weg.« Er knipste die Beleuchtung aus und hielt die Tür für mich auf.

»Meine Mutter ist nicht zu Hause. In Wahrheit bin ich Waise, adoptieren Sie mich.«

»Tsts, was bin ich doch zerstreut. Mrs. Klein sagt, deine Mutter ist eine berühmte Innendekorateurin. Natürlich, sie ist unterwegs – zum Dekorieren.«

Er lächelte fast unmerklich, und ich lachte laut heraus.

Er war auf meiner Seite.

Fast jeden Morgen nahm er mich jetzt im Auto mit zur Schule. Und ohne daß wir irgendwelche Abmachungen getroffen hätten, an die ich mich erinnern könnte, wußte ich, daß ich Montag nachmittag meinen Bus verpaßte und er mich aufgabelte, wenn ich die Arrandale Avenue entlangging. Ich leistete ihm Gesellschaft, während er irgendwas im hinteren Zimmer erledigte, und probierte Hüte auf. Nach einigen Montagen faßte ich die Mäntel ins Auge.

»Wenn du erwachsen bist«, sagte er, »wirst du natürlich deinem Mann sagen: ›Kauf mir einen Zobel von Klein. Von Klein muß er sein, sonst keinen. ‹« Er wedelte ernst mit dem Finger und zeigte mir, wer ich sein würde: eine hübsche junge Frau mit einem reichen, nachgiebigen Mann. »Ich werde dir behilflich sein,«

Mr. Klein streifte mir eine helle Nerzjacke übers Sweatshirt und bewunderte mich lauthals. Bald danach hörte er auf, im Arbeitsraum zu verschwinden, und wenig später begann ich mich auszuziehen. Die Freude in Mr. Kleins Gesicht ließ mich alles vergessen, was ich aus den leise geführten Gesprächen meiner Eltern herausgehört hatte, und auch alles, was ich selbst im Spiegel gesehen hatte. Ich zog es vor, Mr. Klein zu glauben.

Zu Hause hörte ich klassische Musik, um das Gefühl von Mr. Kleins kühlen Fingerkuppen auf meinen Schultern heraufzubeschwören, die mich zart berührten, bevor sich das Satinfutter herabsenkte. Mein Vater ließ ein anerkennendes Grunzen hinter dem *Wall Street Journal* vernehmen.

Ich lag auf dem Wohnzimmerboden hinter der größten Couch und sah mich im Geiste Klavier spielen, erwachsen und wohlgerundet. Ich trage ein langes Kleid, das ich an Marilyn Monroe gesehen habe, anschmiegsamste Gaze, mit glitzernden Steinen besetzt, die sich über meine Brustspitzen hinaufziehen und zwischen meinen Beinen hindurch. Ich schreite langsam über die Bühne, wobei der breite Saum meines Zobelcapes eine Folge dunkler, runder Wellenlinien formt. Ich reiche das Cape meinem Bewunderer Mr. Klein, leicht verschönert und elegant in einem Smoking, der dem meines Vaters genau gleicht.

Meine Mutter stieg über mich hinweg und blieb dann stehen. Direkt vor meinen Augen waren die Spitzen ihrer zierlichen rosaroten Wildledertrotteurs, und ich hatte nichts gegen diese Position. Ihre runden blauen Augen und ihre Angst vor Falten machten ihren Blick so hart und eindringlich wie den der augenlosen Griechenköpfe, die sie im Arbeitszimmer meines Vaters postiert hatte.

»Immer beschäftigt, was, Elizabeth?«

Ich konnte mir nicht denken, was dieses Interesse ausgelöst haben mochte. Meine Mutter verhielt sich gewöhnlich so, als würde ich von einer verantwortungsbewußten und liebevollen Gouvernante aufgezogen; Schuld und Liebe waren ihr so fremd wie Butter und Zucker.

»Ja. Schule, Bücher.« Ich studierte das Goldriemchen über der Zunge ihres rechten Schuhs.

»Und alles in Ordnung?«

»Bestens. Alles bestens.«

»Du hättest nicht Lust, ein Instrument zu lernen? Klavier? Vielleicht ein Klavier in der Bibliothek. Das könnte reizvoll sein. Ein älteres Stück, tiefe Brauntöne, ein kastanienbrauner Paisley-Schal, silberne Bilderrahmen. Sehr reizvoll.«

»Ich weiß nicht. Kann ich mir's überlegen?« Ich hatte nichts dagegen, von meiner Mutter zum Bestandteil der ständig wechselnden Raumdekorationen gemacht zu werden; in der Vergangenheit hatte ihre Heimgestaltungsphantasie ein extra großes Messingbett für mich abgeworfen, das ich liebte, und ein riesiges Tudor-Puppenhaus, komplett mit Türklingel und funktionierender Dusche.

»Natürlich, überleg es dir. Entscheiden wir's nächste Woche, okay?« Sie wollte schon mein Haar berühren, tätschelte mir statt dessen die Schulter.

Ich sah Mr. Klein erst am darauffolgenden Montag wieder. An vier Tagen mußte ich die Bushaltestelle durchstehen: Blätter wurden mir ins Hemd gestopft, Bücher in den Mülleimer geschmissen, mein Essenspaket von einem Jungen zum anderen geworfen. Glücklicherweise war der Busfahrer ein Verrückter, und sein wütendes Gemurmel und Anschreien unsichtbarer Angreifer zog alle Aufmerksamkeit auf sich, die sonst womöglich mir zuteil geworden wäre, sobald wir im Bus saßen.

Es regnete am Montag, und ich fragte mich, ob ich nicht trotzdem laufen sollte. Ich hatte nie darüber nachgedacht, daß Mr. Klein und ich keine Möglichkeit hatten, uns miteinander in Verbindung zu setzen. Ich konnte nur warten. Ich zog mir die Kapuze über den Kopf und marschierte die Arrandale entlang, wartete darauf, daß ein blauer Streifen vorbeizog, wartete auf das leichte Wegrutschen von nassem Laub, wenn Mr. Klein bremste. Endlich, als ich schon viel näher als sonst an meinem Haus war, tauchte der Wagen auf.

»Du bist ja fast schon da«, sagte er. »Vielleicht sollte ich dich gleich heimbringen? Wir können auch ein anderes Mal zum Geschäft fahren.« Er sah gehetzt und unglücklich aus.

»Klar, wenn Sie keine Zeit haben, ist das okay.«

»Ich habe Zeit, *tsatskela.* Ich habe Zeit.« Er wendete den Wagen und fuhr uns zurück zu ›Pelze von Klein‹.

Ich stieg aus und wartete im Regen, während er die großen schwarzen Türen aufschloß.

»Du bist triefnaß«, sagte er schroff. »Du hättest den Bus nehmen sollen.«

»Ich hab' ihn verpaßt«, log ich. Wenn er nicht zugab, daß er wollte, ich sollte den Bus verpassen, würde ich auch nicht zugeben, daß ich den Bus seinetwegen verpaßt hatte.

»Ja, du verpaßt den Bus, und ich nehme dich im Auto mit. Lizbet, du bist etwas ganz Besonderes, und im Laden von einem alten Mann herumzustehen, dazu in nassen Kleidern, ist nicht gerade das, was du tun solltest.«

Normalerweise stand ich da herum ohne überhaupt etwas an, aber ich sah schon, daß Mr. Klein wie die meisten Erwachsenen sich jetzt an seine Version des Textes hielt.

Ich setzte mich unbehaglich an das Tischchen mit dem vergoldeten Drehspiegel, bereit, Hüte auszuprobieren. Ohne die Ermunterung von Mr. Klein würde ich nicht mal einen Blick auf die Mäntel werfen. Er reichte mir nicht einen einzigen Hut.

Er preßte sein dünnes, scharfes Gesicht tief in die Seite meines Halses, wobei er mein Sweatshirt mit einer Hand beiseiteschob. Ich schaute in den Spiegel und sah mein eigenes rundes, nasses Gesicht, komisch mit dem überraschten Ausdruck und der rosa Brille. Ich sah Mr. Kleins krauses Grauhaar und eine kahle Stelle auf seinem Kopf, die ich sonst nie entdeckt hätte.

»Hol deinen Mantel.« Er rieb sich das Gesicht mit beiden Händen und ging zur Tür.

»Ich habe keinen Mantel.«

»Sie lassen dich in den Regen raus ohne Mantel? *Gottenyu*. Gehen wir, bitte.« Er hielt mir die Tür auf, und ich mußte durch.

Diesmal gab's nicht die übliche belgische Schokolade.

Es war eine hohe Schachtel in Goldfolie mit rosafarbenen und goldenen Zierbändern, obendrauf ein Büschel funkelnder Goldbeeren. Er ließ sie in meinen Schoß fallen wie etwas Ansteckendes.

Ich hielt die Schachtel im Schoß und strich über die märchenhaften Bändchen, bis er mir sagte, ich solle sie aufmachen.

Jede der sechs Pralinen hatte oben eine Verzierung.

Drei Vollmilch, drei Zartbitter, jede hatte Engelsflügel oder ein Herzchen oder ein weißrandiges Röschen. In meinem fettfreien Zuhause galten meine Eßgewohnheiten als kriminell. Meine Eltern hätten mir genausowenig eine schöne Pralinenschachtel gekauft, wie sie einem Killer eine Pistole in Geschenkpapier verpackt hätten.

»Lizbet ...«

Er sah aus dem Fenster in den Regen, und ich blickte rasch zu ihm auf. Offensichtlich hatte ich etwas falsch gemacht, und wenn mich Ärger und Kummer meiner Eltern auch völlig kaltließen, sein Unglücklichsein machte mir das Herz schwer. Ich zerdrückte eine der Pralinen mit den Fingern, und Mr. Klein bemerkte es.

»Na, na«, sagte er leise und wischte mir die Finger mit seinem Taschentuch ab. Er räusperte sich. »Mein Zeitplan ändert sich, ich werde dich nicht mehr nach der Schule im Auto mitnehmen können. Ich werde das Geschäft montags öffnen.«

»Und was ist mit morgens?« Ich wußte nicht, daß ich durch den Schmerz hindurch reden konnte.

»Ich glaube nicht. Ich muß auch ein bißchen früher anfangen. Es ist doch nicht so schlimm, du solltest mit den anderen Jungen und Mädchen fahren. Du wirst sehen, es wird dir gefallen.«

Ich saß da und zermanschte mißmutig und ostentativ die Pralinen.

»Das ist wirklich schade, so köstliche Pralinen. Von Teuscher. Denk dran: Zobel von Klein, Pralinen von Teuscher. Nur das Beste für dich. Ich sage dir, nur das Beste.«

»Mir wird's im Bus nicht gefallen.« Die letzte Praline ließ ich heil; ich fuhr bloß mit der Fingerkuppe über die Fältchen der Rosenknospe.

»Vielleicht nicht. Ich hätte nicht sagen sollen, daß es dir gefallen wird. Tut mir leid.« Er seufzte und schaute weg. Ich knabberte an der letzten Praline. »Hier, auch für Sie ein Stückchen.«

»Nein, sie sind für dich. Sie waren alle für dich.«

»So hungrig bin ich nicht. Da.« Ich hielt ihm die Praline hin, worauf er den Kopf zu mir hinsenkte, was mich verdutzte. Ich tat meine Finger an seine schmalen Lippen, und er nahm die Praline geschickt zwischen seine Zähne. Ich konnte seine Zahnkanten an meinen Fingern spüren.

Wir hielten bei mir zu Hause an, und er legte seine Hand über meine, bloß einen Augenblick lang.

»Ich sage es noch einmal: Nur das Beste ist gut genug für dich. Und somit sagen wir au revoir, Lizbet. Elizabeth. Und nicht Lebewohl.«

»Au revoir. Und vielen Dank für die Pralinen.« Die mütterliche Erziehung kam manchmal an seltsamer Stelle zum Vorschein.

Ich ließ meine triefenden Turnschuhe auf dem Backsteinboden stehen, warf mein nasses Zeug in meinen lila Wäschekorb und duschte mich zum ersten Mal freiwillig. Ich nahm mir Zeit mit dem Trocknen und schaute dabei in den beschlagenen Spiegel. Als ich nicht zum Essen erschien, kam meine Mutter und fand mich nackt und ruhig unter der Bettdecke vergraben.

»Legen wir uns das Klavier zu«, sagte ich.

In der darauffolgenden Woche begann der Unterricht bei Mr. Canetti. Er offerierte mir Plätzchen mit Weingeschmack statt Schokolade. Eines Tages beugte er sich nach vorn, um mir die Ärmel über meine schmerzenden Handgelenke hochzuschieben, und ich sah, wie mein schönes Ich in seinen Augen Gestalt annahm. Ich liebte auch ihn.

Nimm meine Hand

Ich hatte Trost in den scheuen, roten Augen von Mr. Klein und Mr. Canetti gefunden, und ich fand ihn in Frank's Five and Dime. An Stehlen dachte ich dabei nicht; ich brüstete mich damit nicht vor anderen Kindern, mal ganz davon abgesehen, daß ich sowieso nicht mit ihnen sprach, und ich betete auch nicht um Vergebung. Es war einfach nur NEHMEN. An jedem Schultag nahm ich Necco-Waffeln und einen Heath-Riegel.

Franks Laden war eine lange, schummrige Schachtel von einem Raum; die Ständer mit den Süßigkeiten standen vor der Registrierkasse, etwa in der Mitte der linken Wand, gegenüber einer schweren Vitrine, fünf Regalbrettern, die mit Madame-Alexander-Puppen und deren Hüten und Schuhen und Reisesets angefüllt waren.

An den meisten Tagen betrat ich den Laden zehn Minuten, ehe die Schule begann, und ging nach hinten durch, bis auf die Höhe der Puppenvitrine, von wo aus ich zu dem Grüppchen der Geschäftsleute vor den Zeitungen hinüberspähte, hinter die ich mich stellen wollte. Ich war eine fürchterliche Diebin, langsam und unentschlossen und leicht zu durchschauen. Ohne mein rundes, zutrauliches Gesicht und die ulkige Brille wäre ich überhaupt nicht soweit gekommen.

Ich steckte die Neccos, die in ihrem glasartigen, undurchsichtigen Röhrchen hin- und herrutschten, in meinen Beutel und behielt die Hand mit dem Heath-Riegel in der Manteltasche. So ein Riegel ließ sich mühelos auswickeln, indem man den tastenden Finger unter die glatte braune Klappe auf der Rückseite gleiten ließ. Einmal war mein Taschenfutter kaputt, und ich mußte ihn unter den Gummizug meines Höschens stecken und beim Mantelausziehen wieder herausholen. Den ganzen Tag roch ich nach Angstschweiß und Schokolade.

Langsam wie ich war, da mir die Zielstrebigkeit meiner Mutter fehlte und ich eher zögernd zu Werke ging, wurde ich erwischt. Franks riesige Hand umschloß mein Handgelenk und drückte es so lange, bis ich meinen Beutel auf den Tresen fallen ließ. Er holte die Süßigkeiten heraus, und ich behauptete, während mir beinah schwarz vor Augen wurde, daß ich sie hätte bezahlen wollen.

»Aber ja doch. Jeden Tag kommst du hier rein. Wegen dem Zeug hier. Verschwinde und laß dich hier nicht noch mal blicken.«

Ellyn und Cindi Kramer standen in der Ladentür, hörten mit offenem Mund zu und musterten mich mit aufrichtiger Schadenfreude, während ich zwischen ihnen zur Schule ging. Es hätte schlimmer kommen können; er hätte meine Eltern anrufen können, die mich bestimmt zu dem Psychiater geschickt hätten, um den ich das ganze letzte Jahr gerade noch herumgekommen war. Ich wollte nicht über das reden, was ich machte und warum; ich wußte bereits, daß ich verrückt war. Meinen Weg in die Hölle mußte ich allein antreten, wie alle anderen auch. Was ich bei Mrs. Hill tat, war auch kein Stehlen. Stehlen war, wenn man Lippenstifte bei Woolworth klaute oder blaue Seidenslips in Bee's

Wäscheladen. Nach dem Vorfall in Franks Laden, nachdem der ganze Bus mich monatelang Diebin genannt hatte, nachdem Ellyn und Cindi mich die ganze Straße hinunter mit Buhlauten verfolgt hatten, bis ich die Hecke erreichte, die unsere Grundstücksgrenze war, hielt ich mich zwar von Süßwarenläden fern, stahl aber immer noch. In der Mitte des siebten Schuljahrs breitete ich lässig Kugelschreiber, Marker und lederne Haarspangen auf dem langen Tisch im Lesesaal aus, als handelte es sich um den Flohmarkt.

Alles was ich von Mrs. Hill mitnahm, versteckte ich jedoch in meinem Kleiderschrank. Jedesmal, wenn die Türglocke ging, sah ich bereits zwei kräftige Polizeibeamte, die, die Hand auf der Pistolentasche, in die Diele meiner Mutter traten und meinen Namen riefen.

Mrs. Hill war nahezu blind, sie hatte Soundso-Netzhautentzündung. In der Mitte ihres Gesichtsfelds war ein Loch, so als ob ein aufgeschlagenes Buch in der Mitte ein großes Loch hat. Wenn sie den Kopf weit nach rechts oder links wandte, konnte sie mit Mühe und Not mein Gesicht sehen. Wenn ich auf sie zuging, während sie in dem großen Ruhesessel mit dem roten Vinylbezug saß, wandte sie das Gesicht weit nach rechts; je näher ich kam, desto mehr schien sie sich sehnsüchtig der Küche entgegenzurecken. Wenn ich fast bei ihr war, lächelte sie in eine andere Richtung.

Jeden Samstag räumte ich Mrs. Hills Haus auf und bereitete ihr Mittag- und Abendessen. Sie war meine gute Tat, mit freundlicher Empfehlung von Samuel C. Shales, Pfarrer an der Beech Street A. M. E. Zion Church, wo jedermann jemand und Jesus Herr über alles ist. Regelmäßig hatte der Chor der Zion Church seine lieblichen Töne ab elf Uhr in meine Algebrastunde entsandt und mich, sowie die Schule aus war, zu der weißen Holzkirche an der Ecke geleitet. Dabei war dieser Vormittagsauftritt noch die minder strahlende Sternstunde des Chors. Um drei Uhr nachmittags sangen einige seiner Superstars sich ein, und diese Töne wurden nicht nur richtig getroffen, sondern geradezu geküßt und in die Freiheit entlassen. Ich mußte jedesmal an Reverend Shales' Büro vorbeigehen, und jedesmal blickte er auf und telefonierte weiter. Ich verweilte in der Nähe des Anschlagbretts der Kirche, mit niedergeschlagenem Blick und singendem Herzen.

Reverend Shales war kleiner, als ich geglaubt hatte, und seine Brillengläser funkelten im staubigen Licht.

»Miss? Besuchst du mal wieder unsere Kirche?«

Ich sagte ja. Er fragte mich nach meinem Namen, dem Namen meiner Eltern, meiner Anschrift und meiner Schule, und so peinlich es mir war, dabei ertappt zu werden, wie ich mich im Vorraum seiner Kirche herumdrückte, ihm schien das ganz gelegen zu kommen. Seine Augen leuchteten wie schwarze Perlen. Ich sähe ganz wie ein Mädchen aus, das einem alten Menschen ab und zu ein wenig Gesellschaft leisten könne, hm? Ich sei doch bestimmt imstande, mal eben zum nächsten Laden zu laufen und mir richtig rausgeben zu lassen, wie? Ich sei mir doch nicht zu schade für ein bißchen Saubermachen, hm? Er forderte mich auf, dem Chor zuzuhören, so oft ich Lust hätte, und gleichzeitig die Gelegenheit zu ergreifen, diese einmalige Gelegenheit zu dienen, einer ganz lieben, ganz reizenden alten Dame ein paar Häuser weiter ein wenig christliche Nächstenliebe zu erweisen. Er führte mich durch die Kirchentür hinaus und wies auf das weiße Häuschen mit dem lückenhaften Rasen und der windschiefen Veranda.

»Ich rufe Miz Hill gleich an und sage ihr, daß du unterwegs bist. Und schon bist du unterwegs, junge Dame.« Und er legte mir seine große Hand ins Kreuz und schob. Er sagte: »Geh«, und ich ging.

Kräuselige, leblose graue Locken zogen sich über Mrs. Hills graubraune Kopfhaut und stachen über den Ohren wie Flügel in die Luft. Was einst runde, braune Augen gewesen sein mußten, waren nun opake, beigefarbene Schlitze. Wie zwei zusätzliche Stellen glatter Haut in ihrem ansonsten dunklen, runzligen Gesicht. Sie hatte sieben Hauskleider, und ihre Tochter, die Ärztin, kam zweimal jährlich von weit, weit her, aus dem in sicherer Entfernung gelegenen, großartigen Kalifornien, und ersetzte sie komplett durch neue. Mrs. Hill trug sie jedoch nicht im Wechsel, wie von Dr. Hill beabsichtigt; sie trug das rosafarbene die ganze Woche, und wenn es steif war von Schweiß und Feuchtigkeitscreme und der ärztlich verordneten Salbe gegen ihr Ekzem, dann warf sie es in den Wäschekorb, damit ich es wusch. Das lila Hauskleid trug sie allerdings nur samstags, und ich hatte dafür volles Verständnis. Es war das am wenigsten strapazierfähige von allen; statt aus einem Baumwoll-Kunstfasergemisch war es aus weichem Samt, und um den Reißverschluß zu öffnen, zog man an einer lila-gelben Sonnenblume, als hätte Van Gogh im Versandkatalog von Sears sein Unwesen getrieben. In ihrem lila Hauskleid mit Sonnenblume sagte Mrs. Hill mir die Zukunft voraus.

»Lange Lebenslinie«, sagte sie, und ein dicker, verkrümmter Finger grub sich in die Mitte meines Handtellers. »Liebesgeschichten, hier. Hast du Mrs. Hill ein paar Schweineschwartenkrüstchen mitgebracht?«

Dr. Hill hatte brieflich mitgeteilt, daß an Mrs. Hills Herzen alles Mögliche nicht in Ordnung sei. Salz und Fett seien folglich auf das Äußerste einzuschränken. Mrs. Hill und ich hatten ein Abkommen geschlossen: einmal Handlesen gegen eine Tüte Salty Jim's Pork Rinds. Mrs. Hill erzählte mir, Salty Jim sei eigentlich Jim Buckton, der in den Fünfzigern mit Duke Ellington Trompete gespielt und gemeinsam mit Mrs. Hill die High School besucht hatte. Aus Respekt und alter Anhänglichkeit an die Schule aßen wir gewöhnlich Salty Jim's, doch wenn der Red Owl Supermarkt Li'l Pig Bar-B-Que Pork Rinds hereinbekommen hatte, mußten wir dem guten alten Jim den Laufpaß geben und uns mit orangegesprenkelten Bernsteinwolken aus Schweineschwarten eindecken.

»Mach die Tüte auf, und stell' sie hierher, neben mich. Sehen wir uns mal die Hand an.« Ich riß zwei Büchsen Grapefruitsoda auf.

Mrs. Hill beugte sich über meine Handfläche, und ich roch den fettigen Fruchtgeruch ihrer Frisiercreme und das durchdringende Vick's Vapo Rub, das sie vorbeugend benutzte.

»Mit den Liebesgeschichten geht es schon früh los.« Sie stach in meinen Handteller und hob mir dann meine eigene Hand vor die Augen, um mir den Punkt zu zeigen, an dem die Liebeslinie sich mit der Lebenslinie vereinte.

»Wirklich?« sagte ich. Meine Erlebnisse mit Mr. Klein oder auch Mr. Canetti betrachtete ich nicht als Liebesgeschichte. Ich wußte, daß sie mich geliebt hatten, und ich hatte sie wiedergeliebt, doch Sex war nicht im Spiel gewesen, und ohne Sex konnte man keine Liebesgeschichte haben. Als ich in der fünften Klasse war, hatte ich ein bißchen Sex mit Seth Stern gehabt, doch das war auch nicht gewesen, was ich mir unter einer Liebesgeschichte vorstellte. Wir spielten James Bond, und er zog mir die Unterhose herunter und steckte mir die Hand zwischen die Beine. Er war zwar erst in der sechsten Klasse, rasierte sich jedoch bereits, und ich empfand die roten Schnitte an Kehle und Kinn als geheimnisvolle, verlockende Stammesmale. Er steckte einen langen Finger in mich hinein und schaukelte mich mit derben Bewegungen auf seinem Handteller hin und her, bis wir hörten, daß unsere Eltern an der Garderobe in der Diele standen. Er stieß mich aufs Bett zurück und zerrte mein Höschen hoch, während er den Daumen an der Innenseite meines Schenkels entlanggleiten ließ. Mein Eltern riefen nach mir, und wir gingen nach unten. Meine ganze Aufmerksamkeit war von meiner wunden, nassen Mitte und von Seth in Anspruch genommen, der es sich nicht nehmen ließ, sich per Handschlag von meinem Vater zu verabschieden. Die Anspannung und die Erregung und die Scham, die ich empfand, waren schrecklich. Das war also das Leben. Aus schlechtem Gewissen oder Gleichgültigkeit rief er mich jedoch kein einziges Mal zurück, und da meine Eltern den Kontakt zu den Sterns ohnehin so ziemlich einschlafen ließen, blieb mir meine Jungfräulichkeit noch eine ganze Weile länger erhalten. Ich träumte von seinen Händen.

Mrs. Hill lehnte sich in ihrem Sessel zurück und wandte das Gesicht ab, um mich zu mustern.

»In meinem Schrank ist eine Hutschachtel, eine alte rote Hutschachtel. Hol mir die doch mal, Sugar.«

Der Kleiderschrank wäre für meine Mutter der reinste Alptraum gewesen: da lagen Blusen als zerknitterte, staubige Häufchen am Boden, einzelne Schuhe ragten mit dem Absatz nach oben in Bergen von Pullovern und Hosen. Im obersten Fach standen drei Hutschachteln, eine in einem verblichenen Rot, eine grünweiß gestreifte und eine vergilbte, von der rechts und links schmierige elfenbeinfarbene Quasten herabhingen. Mrs. Hill war wesentlich kleiner als ich und konnte gerade noch von Zimmer zu Zimmer humpeln; die Hutschachteln und das Brett, auf dem sie standen, waren staubbedeckt.

Mrs. Hill nahm ihre rote Hutschachtel auf den lila Samtschoß und zog die knochigen Knie an, damit sie nicht zu Boden glitt. »Sind ein paar hübsche Sachen drin. Wenn ich die offen aufbewahrte, könnten sie einem Einbrecher in die Hände fallen. Doch welcher Einbrecher wird schon im Unterzeug einer alten Dame herumkramen, in so einem ollen, unordentlichen Kleiderschrank.« Auch ich fand immer neue Rechtfertigungen für das Durcheinander in meinem Zimmer.

Mrs. Hill hob den Deckel hoch und reichte ihn mir. Der dicke Staub rieselte sacht herab.

»Na, wie finden wir die, Miss? Sowas kriegt man heutzutage nicht mehr zu sehen.«

Es waren acht lange Silberstrohhalme, die in einem von Silberfiligran eingefaßten Herz endeten. Mrs. Hill reichte sie mir einen nach dem anderen, und ich ließ die Finger über das hauchdünne durchbrochene Silber an den Rändern der Herzen gleiten. Mrs. Hill wedelte mit einem der Strohhalme.

»Löffel zum Umrühren für Eistee. Außerdem sind die Stiele hohl, so daß man daran saugen kann. Hochzeitsgeschenk.« Sie schloß die Augen. »Hochzeitsgeschenk von Alva und Edna Thomas, er hat mit Mr. Hill zusammengearbeitet. Eistee und Erdbeerbiskuit im Sommer. Und Tee mit Schuß und Zitronenkuchen mit Karamelguß zu Weihnachten.«

In meinem ganzen Leben hatte ich etwas derart Ausgefallenes, Verspieltes noch nicht gesehen. Im Haus meiner Eltern war alles aus schmuckem, eckigem Teak und stramm gerundetem Leder, und jedes dekorative Stück erhielt zusätzlich Gewicht durch Kultur oder Kunst oder guten Geschmack. Diese Löffel waren hingegen einfach hübsch und lustig, und während ich sie in der Hand hielt, spürte ich, wie die hohlen Stiele nachgeben würden, wenn ich auch nur ein kleines bißchen stärker drückte.

»Wollen Sie die Ihrer Tochter schenken?« fragte ich in der Gewißheit, daß die Dr. Vivian Hill des pastellfarbenen 8x10-Fotos auf dem Kaminsims, die die manikürte Hand auf der Motorhaube eines großen weißen Mercedes liegen hatte und uns mit ihren schwarzen Augen unverhohlen aufforderte, doch mal darüber nachzudenken, wie sie eigentlich von dort nach hier kam, weder die Löffel noch sonst irgend etwas aus diesem Häuschen mit den abgetretenen Fußböden und verschmutzten Lampenschirmen wollen würde. Dr. Hills ehemaliges Zimmer diente mittlerweile als Abstellkammer. Drahtkleiderbügel, Kleider von vor zwanzig Jahren, Schuhe, die nicht richtig paßten, die man den Hühneraugen und Ballen zuliebe aufgeschnitten hatte und die immer noch nicht richtig paßten, Katzenfutter für die Katze, die sechs Monate, ehe ich herkam, gestorben war, Backförmchen voller Paketgummis und Rabattmarken. Das einzige Stück, das von Dr. Hill noch übrig war, die Quaste von ihrem Graduiertenhut, diente dazu, das Rouleau herunterzuziehen. Dr. Hill wohnte im Great Neck Inn, wenn sie zu Besuch kam.

Mrs. Hill unternahm einen schwachen Versuch, nach den Löffeln zu greifen, und griff links von mir in die Luft. »Ob ich die Vivian schenke? Warum sollte ich die irgend jemand schenken? Ich bin ja nicht tot. Gib mal her, die Löffel, Mädchen.«

Ich legte ihr alle Löffel bis auf einen in die Hände; sie stachen daraus hervor wie silberne Nadeln aus einem alten braunen Kissen. Sie legte sie einzeln nebeneinander und wickelte sie wieder in das Seidenpapier. Ehe sie nachzählen und mich beschuldigen konnte, reichte ich ihr den letzten.

»Vergessen Sie den hier nicht, der ist Ihnen vom Schoß gefallen«, log ich.

Sie bedeutete mir, daß ich ihr den Deckel der Schachtel reichen sollte. »Nächstes Mal können wir uns noch ein paar Schätze ansehen«, sagte sie.

Ich stellte die rote Hutschachtel an ihren Platz zurück und holte rasch die gestreifte herunter. Darin lagen zwölf silberne Löffel mit kurzem, gedrehtem Stiel, deren Ende von winzigen Emailleporträts langhaariger, biblisch aussehender Männer gekrönt waren. Auf jedes weiße Gesichtchen waren zwei rosa Pünktchen aufgemalt, das waren die Wangen, und zwei blaue oder braune als Augen. Die Haarfarbe variierte zwischen hellen und dunkleren Brauntönen.

»Daß du mir ja nicht in meinen Sachen rumstöberst!«

»Mach' ich doch gar nicht. Ich wollte bloß die Schachtel wieder an ihren Platz stellen. Genau gesagt, habe ich angefangen, Ihren Kleiderschrank aufzuräumen.«

»Nana. Sagen wir mal lieber, du hast geschnüffelt.«

Ich wußte, daß sie gar nichts dagegen hatte; es war ja nun nicht so, daß sich Millionen Menschen für das Leben von Mrs. Hill interessiert hätten, vom Inhalt ihres Kleiderschranks ganz zu schweigen.

Mrs. Hill hatte zwei Kochbücher, *Freude am Kochen* und *Das Osterlamm.* Das zweite war von der Greater A.M.E. Zion Church of Philadelphia herausgebracht worden und fast so umfangreich wie die soßenfleckige Rombauer Bibel. Ich las sie beide, und sowie Mrs. Hill mir gezeigt hatte, wie man ihren abgestoßenen Gasherd anzündete, ging ich furchtlos ans Werk. Was hätte ich auch für Schaden anrichten können? Da gab es keine Limoges-Teller, die hätten kaputtgehen können, nichts, das hätte Flecken bekommen oder falsch wieder hingestellt werden können, keine Sicherungen, die womöglich rausknallen würden. Mrs. Hills Gewürzregal bestand aus einem Schuhkarton mit sechs Dosen Durkee's Spices, der auf der Küchentheke stand. Ich band mein Haar zum Pferdeschwanz, und Mrs. Hill wickelte mir ein rosa Ginghamhandtuch um die Taille. Ich machte Huhn mit Teigbällchen. Ich verwendete Speck und Cornflake-Krümel, und als Mrs. Hill mir mitteilte, als Kind hätte sie gern Brunswick-Ragout gegessen, blätterte ich im *Lamm* bis Seite 88 und erklärte: Dazu brauche ich nichts weiter als Mais. Und ein Eichhörnchen. Ich machte zu Mrs. Hills Geburtstag Süßkartoffeleintopf und Angels On Horseback, Austern, die mit Bacon umhüllt und auf Toast gegessen wurden. Ich machte Lasagne und verteilte sie auf vier kleine Pastetenformen, so daß Mrs. Hill sie während der Woche nur warm machen mußte. Ich kochte sie vor, so daß Mrs. Hill sie, falls sie nicht die Energie hätte, sie in die Backröhre zu schieben, auch kalt essen konnte, ohne sich von dem rohen Fleisch irgendeine Krankheit zu holen.

Am Montag in der Schule fragte ich Mimi Tedeschi, die praktisch in der Kirche lebte, was das denn ihrer Meinung nach an den Löffelstielen für Männer seien.

»Die Apostel. Weißt du denn nicht, wer die Apostel sind? Petrus, Andreas, Johannes, Matthäus, Jakobus der Ältere ...« Sie ratterte alle zwölf Namen herunter. »Wahrscheinlich hast du nichts von denen gehört, weil du Jüdin bist. Meine Großmutter hat auch solche – Apostellöffel. Ihre stehen alle auf einem kleinen Holzständer über dem Kamin.«

Nach ein paar Samstagen waren Mrs. Hill und ich mit allen drei Hutschachteln fertig. Außer den Aposteln und den Eisteelöffeln gab es zwei Schälchen aus rötlichem Glas die in Körbchen aus geflochtenem Golddraht standen; vier silberne Serviettenringe mit Monogramm; sechs Teetäßchen samt Untertassen; jede hatte ein anderes Blumenmuster, das beide Seiten der Tasse und die sichtbare Seite der Untertasse schmückte. Ich fand sie alle gleich schön. Mrs. Hill reichte sie mir einzeln, damit ich sie bewundern konnte, und dann wickelten wir sie wieder in Seidenpapier, und ich brachte sie in den Schrank zurück.

Im November fror Mrs. Hill unentwegt. Sie hatte keine Lust mehr auf die Hutschachteln, keine Lust mehr, mir aus der Hand zu lesen, keine Lust auf Lasagne. Sie schlief um zwei herum ein und wachte wieder auf, wenn der Himmel dunkel zu werden begann.

»Daß du ja nicht weggehst, während ich schlafe. Elizabeth hörst du? Geh ja nicht weg, wenn ich nicht wach bin.«

»Ja, gut. Ich meine, selbst wenn ich das täte, wäre es doch auch nicht schlimm. Ich meine, dann würde doch auch nichts passieren.«

»Erzähl mir nicht, was in meinem Haus passiert oder nicht passiert. Du kommst und weckst mich, ehe du gehst.«

»Ja, Ma'am.«

Am Samstag darauf schlief sie gleich nach dem Mittagessen in ihrem Ruhesessel ein. Ich ging in ihr Schlafzimmer, stellte mich vor den geöffneten Kleiderschrank und starrte zu den Hutschachteln hinauf, die nebeneinander aufgereiht standen. Ich holte die Apostel herunter und wählte den aus, dessen Augen unter Wimpern, die so dunkel und spitz waren wie die von Seth Stern, zu mir emporzublicken schienen. Ich steckte ihn in meinen Rucksack und bezog Mrs. Hills Bett frisch. Ich wagte kaum zu atmen, bis ich das frische

Bettzeug übergezogen und das alte in die Waschmaschine gestopft hatte.

Am nächsten Samstag nahm ich einen mit blauen Augen und am Samstag danach noch einen dunkeläugigen. Als nächstes sollte es die Teetasse mit dem Frauenschuh sein.

Mrs. Hill sagte zu mir: »Kannst du wohl nächsten Dienstag kommen? Vivian kommt nämlich, nur kurz. Ich glaube, wir sollten vorher ein bißchen saubermachen.«

Ich mußte lächeln; wenn »wir« saubermachten, band Mrs. Hill sich eine alte karierte Schürze um und setzte sich in ihren Sessel, während ich den Ausguß scheuerte und alles mögliche Zeug aus dem Haus schaffte – tote Pflanzen und schimmeliges Brot.

Ich machte nicht gern sauber, und Mrs. Hill bot mir nie an, mich dafür zu bezahlen, doch selbst wenn sie es getan hätte, Reverend Shales hatte mir eingeschärft, daß ich auf gar keinen Fall Geld von ihr nehmen dürfte.

»Da kann ich nicht. Ich muß in die Schule. Die Zeitung. Wir haben eine Redaktionssitzung.« Woher sollte Mrs. Hill wissen, daß die Herausgabe der Schulzeitung Sache einer speziellen Arbeitsgruppe war?

»Die Sitzung wirst du wohl versäumen müssen, Kindchen. Ich möchte dir keine Umstände machen, doch ich brauche am Dienstag deine Hilfe. Ich möchte vermeiden, daß meine Frau Dr. Etepetete kopfschüttelnd erklärt, Mrs. Hill müsse in ein *Heim*. Ich brauche dich am Dienstag.«

Wenn ich Dienstag käme, dann wäre ich bald ständig hier. Mir war, als reckten ihre wachsenden Ansprüche sich nach mir wie schreckliche, schwarze Wurzeln, die mich umschlangen und in nasser, brauner Erde begruben.

»Tut mir wirklich leid. Ich kann einfach nicht. Ich muß zu der Besprechung. Vielleicht kann ja jemand von der Kirche kommen.« Die A. M. E. Zion Church schien mir nur so zu wimmeln von adrett gekleideten Damen in Handschuhen und Hüten, die überaus hilfsbereit waren. »Jemanden von der Kirche hier reinlassen? Nun red' aber keinen Unsinn. Ich brauche dich und niemand sonst. Und ich brauche dich Dienstag. Das ist doch nicht zuviel verlangt, wenn du ernsthaft darüber nachdenkst.« Ich sagte nichts, weil ich hoffte, daß ihre Hartnäckigkeit ihr irgendwann peinlich werden würde.

»Komm mal her, Kindchen. Es ist nicht zuviel verlangt, weil du immerhin drei von meinen Löffeln gekriegt hast. Drei Silberlöffel, und du willst am Dienstag nicht kommen und deiner Freundin Mrs. Hill aus der Verlegenheit helfen? Sowas nenne ich selbstsüchtig. Und dumm. Ich nenne das dumm. Mich erst bestehlen und dann böse machen. Du glaubst doch wohl nicht, daß ich nicht schnurstracks zu Reverend Shales gehe und ihm erzähle, daß das nette, kleine jüdische Mädchen, das er für mich gefunden hat, mein Silber stiehlt? Du glaubst doch wohl nicht, daß ich in dem Fall nicht deinen Vater anrufen und ihm erzählen müßte, daß seine Tochter eine Diebin ist und eine arme alte Dame ausnutzt, die halb blind und ganz allein ist?«

»Jesus«, sagte ich und dämpfte die Stimme, damit sie nicht aus ihrem Sessel sprang und auf mich losging.

»Du wendest dich mal besser nicht an Jesus.« Ihre Stimme wurde milder »Die Löffel kannst du haben. Und eine Teetasse außerdem. Doch nur mit Samstag komme ich nicht aus, damit du Bescheid weißt.« Sie lehnte sich in ihrem Sessel zurück und drückte die Wange gegen das schäbige alte Zierdeckchen, das sie an die Kopfstütze geheftet hatte.

Ich ging zu ihr hinüber und schämte mich mehr, weil ich sie hatte bitten lassen, als wegen des Diebstahls. Ich würde es wieder gutmachen; ich würde für den Rest ihres Lebens jeden Dienstag, Donnerstag und Samstag den Pfad der Tugend gehen.

Ein Balsam in Gilead

Ellyn und Cindi, die mir den ganzen Winter der sechsten Klasse hindurch getreulich gefolgt waren und »Du sollst nicht stehlen« und »Haltet eure Sachen fest, die Diebin kommt« geschrien hatten, verlegten sich auf Jungen und wurden hübsche, beliebte Mädchen, die ihre Aggressivität nicht mehr in dieser Offenheit auslebten. Sie sagten hallo, wenn wir einander auf dem Flur begegneten, um zu zeigen, daß sie *nette Mädchen* waren, sprachen mich jedoch nicht mit Namen an, um klarzustellen, daß ich nicht zu ihrer Clique gehörte. Es gab nur noch einen Menschen, der sich für meine kriminelle Vergangenheit interessierte, ein kräftiges, rothaariges Mädchen aus der achten Klasse mit Armen wie pockiger Marmor und wimpernlosen blauen Froschaugen, die beharrlich nach mir Ausschau hielten, während sie erwartungsfroh an der Tür meines Schließfachs lehnte. Da ich so ungeheuer weit vom Festland der Junior High entfernt war, vermochte ich nicht zu erkennen, daß sie selbst auf der Bewertungsskala der als unbrauchbar Befundenen kaum besser abschnitt als ich. Mir war nicht einmal klar, daß sie verrückt war. Ich glaube allerdings nicht, daß das überhaupt jemandem klar war. In meinen Augen war sie einfach nur gemein. Und mein Verhängnis.

Ich versuchte, für die Zeit im Lesesaal sichere Eckplätze an isolierten Tischen zu finden, doch jeden zweiten Tag saß Deenie mir gegenüber. Am ersten Montag ließ sie die Fingerknöchel ein paarmal knacken und reichte mir ein Stück Papier. Sie hatte ein Bild von einem dicken, kleinen Mädchen gezeichnet, das von einem Galgen herabhing. Wellenlinien deuteten das Baumeln ihrer Füße an. Auf späteren Bildern schmorte das Mädchen auf dem elektrischen Stuhl, und das Haar sträubte sich ihr auf dem Kopf; einmal lag es in sechs Teilen am Boden, und darunter stand in säuberlichen Blockbuchstaben mit einem rosa Marker geschrieben: »Diebin = Sau«. Aus dem Lächeln, mit dem Deenie mich betrachtete, sprach klinische Neugier. Ich zählte die Pünktchen an den grauen Deckenfliesen und fragte mich, ob ich tot oder nur lebenslänglich gelähmt sein würde, wenn ich vom zweiten Stock aus dem Fenster sprang. Ich kaute auf meinen Backentaschen herum, um mir äußerlich nichts anmerken zu lassen, und ließ die Zunge über die winzigen Unebenheiten in meinem Mund streichen. Ihre Zettel wurden einfallsreicher, ganze Absätze schilderten meine Verbrechen und wurden von immer neuen drastischen Zeichnungen meines gewaltsamen Todes illustriert. Am Ende der siebten Klasse wechselte sie auf eine private High School. Fünf Jahre später sah ich sie mir gegenüber im Aegean Diner sitzen, wo sie Kaffee trank und mit dem Finger gegen die Türmchen von Wechselgeld stupste, die auf der Tischplatte herumstanden. Ihr rotes Haar war schwarz gefärbt. Sie nickte mir ausdruckslos zu, und ich muß sagen, ich war doch ein wenig gekränkt, daß sie sich nicht mehr an mich erinnerte.

Achte Klasse. Mr. O'Donnell entdeckte, daß ich die unheimliche und im übrigen nutzlose Gabe besaß, die Anwendung der Satzbauregeln zur Perfektion zu treiben. Wenn man mir gestattete, den Unterricht zu verlassen und in die Cafeteria zu gehen, kehrte ich mit achtundzwanzig perfekt korrigierten Arbeiten zurück. Ich brauchte in dem Jahr in Englisch keine einzige Klassenarbeit zu schreiben und stand bald auf gutem Fuß mit den Cafeteria-Frauen, die die Arme vor der Auslage der Backwaren unterzuschlagen pflegten, wenn sie mich kommen sahen. Ich kam dreimal wöchentlich mit einem Vierteldollar für die Milchtüte für Mr. O'Donnells Magengeschwür herein, einen dicken Stapel Klassenarbeiten unter dem Arm und meine neue St. Christopher-Medaille um den Hals. Ich hatte sie auf der Mädchentoilette gefunden und war der Ansicht, wenn sie überhaupt jemandem zustünde, dann mir. Sie sah gut aus da unten zwischen meinen Brüsten, wo sie gegen die rosa Schleife meines BHs schlug.

Da gab es andere, dickere Mädchen in marineblauen, schräg geschnittenen Röcken und losen Pullovern, die auf dem Verkaufstisch der Honor Society das Gebäck hin und her schoben und mit dem Finger an Kuchenplatten oder über den Tellerrand hinausragenden Napfkuchen entlangfuhren, und wieder andere, kühnere Mädchen in Schlabberhemden und Overalls und Baskenmützen, die sie in Buck's Rock Ledershop gemacht und unter denen sie das lange Haar zusammengedreht hatten, Mädchen, die auf der Hintertreppe saßen und Zigaretten herumgehen ließen. Ich klammerte mich an meine eigene marginale, verängstigte Identität und weigerte mich, zu irgendeiner der Cliquen zu gehören, die mich dabeihaben wollten.

Meine Mutter fuhr im Oktober für zwei Wochen nach England, und mein Vater fuhr nach Thanksgiving nach Oregon. Sie brachte mir eine weiße Cashmerejacke mit und er einen Malachitschmetterling an einer silbernen Kette, und ich fand, beide seien auf ihre Weise hübsch, und verlor beide. Ich habe sonst keine Erinnerung an die achte Klasse, weil mein Körper die Hauptrolle in meinem Leben zu spielen begann. Die Veränderungen überraschten mich, obwohl ich in der sechsten Klasse den Streifen *Schneewittchen und ihr Menstruationszyklus* gesehen hatte. Alles war in Bewegung, selbst wenn ich schlief, und wenn ich aufwachte, war Fleisch, das ich mein ganzes Leben lang gekannt hatte, weggerutscht oder hatte sich nach oben verschoben oder sich unter einer Decke aus dünnem schwarzem Haar versteckt. Ich hätte meine Periode meiner Mutter gegenüber überhaupt nicht erwähnt, wenn ich mich nicht für das Blut hätte entschuldigen müssen, das an Laken und Bettbezug verschmiert, hinabgesickert und an den rüschenbesetzten Kanten meines lila Shortys hängengeblieben war. Meine Mutter zog eigenhändig das Bett ab und tauchte alles in der Badewanne in kaltes Wasser, während ich in meinem nassen Schlafanzug hinter ihr stand und die Beine zusammenpreßte, um zu verhindern, daß Blut auf die lila Badematte tropfte. Für den kurzen Augenblick, als sie das Kinn niederdrückte, um den Stapel sauberer Bettwäsche im Gleichgewicht zu halten, war sie nicht meine kühle, vertraute Mutter. Sie war die Frau im Overall, die im Gewächshaus der Schmierlaus zu Leibe rückte oder die einen Eiswürfel an einen Klumpen Kaugummi hielt, der mir das Haar bis auf die Kopfhaut verklebte und von dem sie mich ohne ein böses Wort befreite. Angesichts solcher Aufgaben waren ihre Hände auf einmal zupackend und geschickt, ihre Bewegungen geradezu lustvoll, und ihr wohlgelauntes Lächeln sagte: Das kriegen wir schon hin. Ich sehnte mich nach ihr, wie sich Liebende im Film nach einander sehnen, über Zeit und Raum hinweg, während ihre Augen unbeirrbar an dem vorbeiblicken, was tatsächlich möglich ist.

Sie ließ die Bettwäsche in die Wanne fallen und drückte mich mit einer winzigen Hand auf den Toilettensitz nieder. Ich wartete, daß sie zurückkäme, traute mich nicht, mich zu rühren, bis sie mir das brächte, was, wie ich wußte, das Richtige sein würde; sie kam mit einer blauen Tampaxschachtel und einer trockenen Unterhose herein.

»Zieh nichts Helles an, wenn du es hast, Lovey«, sagte sie und ging hinaus, und ich drückte das Gesicht an den sauberen Pyjama.

Meine Mutter verfügte über Regeln und Leitlinien für das Leben, und wenn auch keine davon auf das Leben anwendbar war, das ich bis dahin geführt hatte, so trug sie sie doch mit großem Nachdruck vor und grub dabei manchmal ihre Hand in meine Schulter, bis ich nickte. Erst die Schönheit verleiht dem Leben Bedeutung, sagte sie. Gute Manieren sind wichtiger und haltbarer als Gefühle. Naturfasern und ein schmeichelhafter Schnitt sind das einzige, worauf es bei der Kleidung ankommt.

Außerdem: Die Männer wissen nicht, was sie nicht wissen, und die Frauen sollten es ihnen nicht verraten. Diese Vorstellungen hegten auch die Freundinnen meiner Mutter: »progressive« Frauen der Oberschicht – Oberschicht in der sechsten Generation, versteht sich –, die anscheinend einen Hang zur Romantik hatten und sämtlich Töchter von Spöttern und Earls waren. So wußte denn auch jeder, der unsere Familie kannte, daß meine Mutter die Tochter eines Rechtsanwalts und einer Landadeligen war, die beide auf tragische Weise im Blitzkrieg umgekommen waren; in manchen Geschichten wurden sie engumschlungen verschüttet, in der von mir favorisierten Version hingegen vom Rauch überwältigt, nachdem sie ihre Bediensteten aus den brennenden Trümmern gerettet hatten.

Was jeder wußte, war von hinten bis vorn erlogen, außer daß es da eine englische Komponente gegeben hatte. Meine Mutter war die uneheliche Tochter einer Londoner Prostituierten, die gerade noch soviel für ihr Neugeborenes hatte erübrigen können, daß sie es in ein fleckiges Laken gewickelt und das Mädchen, dem das geronnene Blut noch an seinem Köpfchen klebte, bei Großtante Lil in Putney abgeliefert hatte. Meine Mutter verließ die Schule und Putney (und Tante Lil und Kusine Harriet) mit sechzehn. Der Zweite Weltkrieg gab ihr Gelegenheit, sich neu zu erschaffen. Sie ging nach Liverpool, lieferte Waren für Schwarzmarkthändler aus und tat andere Dinge, die die Armen und Erfindungsreichen in großen Häfen eben so tun.

Als ich *The Little Princess* las, sah ich in dem verlassenen, adeligen kleinen Mädchen, das von dem ungeheuer netten und ungeheuer reichen indischen Gentleman, seinem Wohltäter, mit Geschenken überhäuft wird, meine Mutter und nicht mich. Ich selbst identifizierte mich mit ihrer ständig hungrigen, geistig zurückgebliebenen Gefährtin, die mit vollen Backen an einem Brötchen kaut und deren Blicke angstvoll hin und her zucken, als sie in schrecklichen Jaultönen ihren Dank abstattet. Wenn ich das unerschrockene, verlogene Mädchen kennengelernt hätte, das Kusine Harriet kannte, ich glaube, ich hätte es gemocht. Ich hätte ihr verbessertes und vervollkommnetes Ich zu bewundern vermocht; zu bewundern vermocht, wie aus einem verhärmten, bläßlichen Gesicht ein schmales wurde, das dem Geschmack der Zeit entsprach; wie schreckliche Verlassenheit sich in wohlerzogene Selbstgenügsamkeit verwandelte. Wir wußten beide, daß ich nicht die Tochter war, die sie geplant hatte und die die grübchenwangige Absage an Tante Lils Boardinghouse, an nächtliche Radfahrten, bei denen sie zwei Flaschen Gin unter die Jacke geschnallt hatte, an Butter, die in ihrer Schultasche durch das gewachste Einwickelpapier fettete, an Kopfläuse und heruntergesäbeltes Haar hätte sein sollen. Kusine Harriet kam zu Besuch, als ich acht war, und brachte unser einziges gemeinsames Wochenende damit zu, mein glattes Haar auf heiße Metallockenwickler aufzudrehen, bis ich Blasen auf der Kopfhaut bekam, und mir die Wahrheit über meine Mutter zu erzählen. Während sie ein steifes, albernes Löckchen nach dem anderen vom Wickler rollte, sah ich die Nonnen vor mir, wie sie die blonden Locken meiner Mutter auf dem Fußboden zusammen- und in den Abfalleimer kehrten, und meine Mutter, wie sie mit dem Rücken zu ihrer Schulklasse stand.

»Nicht, daß du denkst, sie hätte geflennt wie die anderen kleinen Mädchen, nur feuchte Augen hat sie gehabt. Und nur ein bißchen geweint, als wir nach Hause gingen.«

Margaret wurde von Stan Muslic in die Vereinigten Staaten gebracht, einem Captain der Armee, der sie irgendwo bei Ithaca heiratete, in der Nähe der Farm der Familie, die Milchwirtschaft betrieb. (Kusine Harriet war sich zwar nicht ganz sicher, was Ithaca, völlig sicher jedoch, was die Farm betraf) Soweit ich weiß, war sie wahnsinnig verliebt in Captain Muslic, und dessen absurder Tod – am dritten Tag ihrer Flitterwochen spießte er sich mit seinem Skistock auf – hätte, als sie sich endlich in Sicherheit wähnte, beinah ihr Ende bedeutet.

Nachdem Kusine Harriet gegangen war, durchsuchte ich den Nachttisch meiner Mutter und ihre Schubladen, weil mir klar geworden war, daß sie eine Vergangenheit, ein früheres Leben besaß, die vor mir da gewesen waren, doch bin ich auch später nie auf ein Bild von Stan Muslic gestoßen und ebensowenig auf eins von Margaret Hill Muslic aus der Zeit, ehe sie meinen Vater heiratete.

Ich versuchte, meiner Mutter Einzelheiten über ihre Jahre »vor Sol«, vor meinem Vater, zu entlocken, fand jedoch lediglich heraus, daß sie Ithaca nach ein paar Jahren verlassen und Kunst studiert hatte. In meiner Vorstellung sah das so aus: Sie zeichnete nachts, wenn sie im Hühnerstall auf ihrem Strohsack lag, und lebte von den Brosamen, die vom Tisch der ebenso großen wie hartherzigen Muslic-Familie fielen. Von ihrem Erlös aus dem Eierverkauf ließ sie sich Kunstbücher kommen.

Außerstande, die Unfreundlichkeit der feisten Muslics, das gänzliche Fehlen von Manieren noch länger zu ertragen, flüchtete sie nach New York City, wo sie sich in Trödelläden, Gewerkschaftsführer, heruntergesetzte Dior-Kostüme und die Anonymität verliebte. Sie lebte vom An- und Verkauf von Antiquitäten, Reproduktionen und Fälschungen. Für sich selbst erstand sie in jenen frühen Jahren nur Skizzen von im Kommen begriffenen Künstlern und zwei elegante, witzige Limoges-Kästchen, eins ein Heißluftballon und eins ein Klavier in Weiß und Gold, dessen Inneres mit einer einzigen schwarzen Note bemalt war. Sie schenkte mir die Kästchen anstelle einer Bar Mitzwa.

Margaret war sechsundzwanzig, hatte eine Taille von 57 cm und eine Einzimmerwohnung in Manhattan, als sie meinen Vater kennenlernte. In meiner Version ist sie so etwas wie eine blonde Vivian Leigh, als sie noch keine Schraube locker hatte. Die Männer, die sie kennenlernte, müssen alle verheiratet oder Versager oder Schlimmeres gewesen sein, denn während der fünfundzwanzigminütigen Mittagspause meines Vaters, die Phillips, Kritzer und Kahn, die beste Firma, in die ein junger Buchhalter 1953 eintreten konnte (wie er mir hundertmal erklärt hat), ihm gewährte, fand sie Gefallen an ihm. Sie ließ ihn in den Antiquitäten herumstöbern, als ob er dort etwas zu suchen gehabt hätte, und duldete, daß er sie anschaute, als wäre sein Interesse nicht einfach lachhaft gewesen. Er muß geglaubt haben, sie sei die Antwort auf seine Gebete, der Schutzschild für seine eigenen Unzulänglichkeiten: von Natur schlank, von Natur blond, unverkennbar englisch (was bedeutet, nichtjüdisch) und künstlerisch veranlagt (was bedeutet, sexy), ohne hysterisch zu sein.

Ich weiß nicht, was meine Mutter gedacht hat. Ihre Unerschrockenheit hatte Grenzen; sie glaubte wohl, die Ehe würde ihr eine Tarnung und einen Passierschein verschaffen, würde sie gegen alle möglichen Bedrohungen wappnen. Ich will nicht behaupten, daß das falsch war. Ich wünschte mir nur, sie hätte ein wenig länger ausgeharrt, ein wenig mehr Weitblick bewiesen. Sonntagmorgens saß ich in meinem Flauschmäntelchen vor dem Fernseher und sah Trickfilme an oder las. Ich leckte mir die Mundwinkel, bis sie rissig wurden und bluteten, und tupfte sie mit einem Papiertaschentuch trocken. Mein Vater schmiß die *Saturday Evening Post* durchs Zimmer und sagte, ich sei »genau wie Tante Freda, verflixt nochmal«. Wenn ich es leid war, mir meinen eigenen toten Körper vorzustellen, der mit weggestreckten Gliedern am Fuß der Treppe lag, malte ich mir aus, wie mein Vater zu Tode getrampelt daläge, zermalmt von Großtante Freda und ihrer Schwester Dorothy und deren Bruder Onkel Izzy, alles Verwandte, die ich niemals kennengelernt hatte und die in den Dörfern Polens und auf den Hühnerfarmen New Jerseys zurückgeblieben waren.

Meine Mutter ließ mich ungefähr eine Stunde im Badezimmer allein. Schließlich kam ich dahinter, daß man die Pappe abmachen mußte, ehe man den Tampon benutzte, und danach war meine Periode langweilig. Ich blutete nicht sehr stark, und ich roch auch nicht sonderlich schlecht. Der Geruch von Eisen und Salz gefiel mir sogar. Ich führte keinen kleinen Kalender wie andere Mädchen, ruinierte folglich in dem Jahr um die zwanzig Unterhosen und gewöhnte mir an, neben sechs Tampons, Maybelline Frosted Peach Lippenstift, Lush Lash Wimperntusche, Midnight Pearl Lidschatten und einem Cornsilk Compact auch Ersatzunterhosen in der Schultasche mitzuführen. Unablässig und unauffällig blickte ich in den kleinen Spiegel. Ich streichelte meine Schenkel und Brüste, rasierte mir jeden zweiten Tag die Beine. Ich prüfte jeden Zentimeter meines Gesichts und meiner Vorderansicht, stahl die pinkfarbenen europäischen Gels und Feuchtigkeitscremes meiner Mutter und schälte, hydrierte und astringierte, manchmal alles gleichzeitig an einem einzigen Samstagabend. Ich bearbeitete sämtliche rauhen Stellen mit Luffa und schlief auf einem gestohlenen Seidenkissen, um der vorzeitigen Faltenbildung vorzubeugen. Ich bleichte mir die Härchen auf den Zehen, damit Sean Connery, wenn ich an der Riviera auftauchte, der abstoßende Anblick meiner dunkel behaarten Füße erspart bliebe. Ich schmachtete verführerisch in den Badezimmerspiegel und bediente mich des Dampfs und meines Frottéturbans, um mir Wangen und Haltung eines Filmstars zu verschaffen. Ich sagte das zwar niemandem (wem hätte ich es auch sagen sollen, selbst wenn ich dazu bereit gewesen wäre?), doch ich war davon überzeugt, daß einiges in mir steckte.

In der neunten Klasse fragte kein Mensch mehr danach, was einer auf der Grundschule gemacht hatte. Als Frannie Grant, das beliebteste Erstsemester *überhaupt,* bloß einen Gang von mir entfernt mit ihrer Clique bei Woolworth herumstöberte, lächelte sie mir zu, ihr berühmtes herzförmiges Lächeln, und ich griff mir ein Bündel Mascarastifte, schwarze und nerzfarbene und kobaltblaue, einen für jede ihrer Freundinnen, und einen Tuschkasten mit elf aufeinander abgestimmten Lidschatten, das erstbeste teure Zeug, das mir unter die Finger kam, und verließ den Laden. Ich ließ alles in ihre aufgehaltenen Hände fallen.

»Ich hab' mehr von dem Kram, als ich gebrauchen kann«, erklärte ich. »Nun strengt euch mal an.«

Die Jungen betrachteten mich mit einer gewissen Vorsicht, rempelten mich auf dem Flur zwar an, sagten jedoch nichts. Rachel Schwartz lieh mir Geld fürs Mittagessen und brachte mir bei, wie »Leck mich am Arsch« auf Hebräisch, Arabisch und Kisuaheli hieß. Rachel war die einzige, mit der zu reden sich lohnte. Damals in der fünften Klasse, als sie die Neue aus New York City war, und ich war ich, lud sie mich an drei Wochenenden hintereinander zu sich ein. Wir spielten Lawrence von Arabien und terrorisierten den betagten Dackel ihrer Mutter, Schatzie, der ein Chiffonkopftuch tragen und den Scheich geben mußte.

Wir spielten Seemann und Lady, und ich zog eins der blauen Baseballhemden ihres Bruders an und ging krummbeinig um ihr Himmelbett herum, bis der große Augenblick kam, wo ich ihr den BH aufmachte und den Kopf an ihre weiche, milchweiße Brust legte, wobei ich achtgab, daß meine Nase und meine Lippen ihre himbeerrosa Brustwarzen nicht berührten. Wegen ihres großen Busens konnte Rachel nur die Lady sein. Manchmal wollte sie, die in den schwarzen Seidenkimono ihres Vaters gewandet war, daß ich sie an das Eisenrohr in ihrem halbfertigen Keller band und um sie herum einen Kreis aus Streichholzheftchen entzündete. Sie legte einen blitzsauberen Ohnmachtsanfall hin, wobei sie aus dem Kimono glitt, und ich band sie los und schleppte sie über den Korkboden in die Sicherheit des Waschkellers, wo ich sie mit zarten Püffen und Sodaschlückchen wieder ins Leben zurückholte. Ihr Kopf lag auf meinen Arm gestützt, und als Seemann und Lady gaben wir uns Zungenküsse, und sie schmeckte wie Fresca, und der Geruch von feucht gewordenen Streichhölzern hing in ihrem Haar. Wie lasen einander aus dem Playboy Adviser vor, dessen Maskottchen eine Bunny Tinkerbell mit faszinierenden halterlosen schwarzen Strümpfen war, die ihr in die Schenkel schnitten. An unserem letzten Samstag zogen wir uns die Strümpfe ihrer Mutter über das Gesicht und taten so, als raubten wir eine große Bank aus, und die Beute bestand im Modeschmuck ihrer Mutter und dem gesamten Kleingeld ihres Vaters aus seiner Sockenschublade. Rachel rief mich am nächsten Tag nicht an, und sie rief auch in der nächsten Woche nicht an. Ich wartete ab und lächelte hocherfreut, wenn ich sie in der Schule sah, und immer noch rief sie nicht an. Sie spazierte mit Sabra und Julianna Cohen auf dem quadratischen Hof umher, ein einziges Gewirr um die Taille geschlungener Arme.

Bis zum nächsten Jahr hatte sie die Cohen-Mädchen zugunsten der beliebtesten Zu-einander-passende-Socken-und-Pullover-Clique abgelegt, und in der achten Klasse war sie elfmal im Jahrbuch der Junior High zu sehen, sechsmal davon mit Jungen. In der neunten Klasse jedoch, als ich langsam hinter die Spielregeln kam und mit wahrer Wonne Röcke trug, die kaum meine Unterhose bedeckten, und Hüfthosen, die knapp über meinem Schambein saßen, gab sie das Reiten und den modernen Tanz und die Pep Band auf, wurde dick und zornig und sah überkandidelter aus als wir alle zusammen. Sie kam mit Sonnenbrille und Häschenpuschen und rückenfreien indischen Oberteilen mit eingenähten Spiegeln in die Schule. Sie rief mich an, um mir mitzuteilen, der Dackel hätte einen Herzanfall gehabt, und dann sagte sie: »Es tut mir leid«, und wir legten den Hörer gar nicht mehr auf. Wir spielten einander durchs Telefon Platten vor, und manchmal spielte Rachel Gitarre. Am Wochenende schrieben wir auf die Kontaktanzeigen in der *Village Voice* und trafen Verabredungen – die wir nicht einhielten – mit erwachsenen Männern, die sich in einer Notlage befanden und uns mit ihren Ansinnen erschreckten, womit wir nur fertig wurden, indem wir uns über sie lustig machten. Je ausgeklügelter die Art und Weise der Verabredung, je spezifischer die Bekleidungswünsche, desto mehr hatten wir zu lachen, wenn wir den Hörer auflegten. Hätte man uns Waffen gegeben, wir wären Heckenschützen gewesen.

Die meisten meiner Lehrer mochten mich, und ich fand ein gewisses Vergnügen daran, an Erweiterter Algebra teilzunehmen, wo man drei Semester für dasselbe Pensum Zeit hatte, für das alle anderen nur zwei brauchten. Wenn sie Extra-Erweiterte-Algebra angeboten hätten, wäre ich auch dort hingegangen. Mr. Provatella erkannte, daß ich zwar die Prinzipien der Algebra begriff, aber nicht gelernt hatte, wie man dividiert, und kaum multiplizieren konnte, und während alle anderen sich durch endlose Seiten von Gleichungen mühten, sprachen er und ich über die Unendlichkeit und die Umhüllungskurve der Zeit.

Mr. Stone, mein Englischlehrer, las unserer Klasse Gedichte vor und bot mir an, ihm nach Schulschluß meine eigenen Gedichte zu zeigen. Ich saß neben ihm, roch seinen Kaffee und seinen Tabak und den Geruch des älteren Mannes, während ich beobachtete, wie er die Ärmel über den stämmigen Armen hochrollte. Er pochte mit einem gefurchten Fingernagel auf jede einzelne Zeile, umkringelte ein unpassendes Wort, fuhr mit einer gelb gewordenen Fingerkuppe über einem hübschen Ausdruck hin und her.

Ich schrieb Gedichte über die Einsamkeit, über schreckliche Brände in von Menschen wimmelnden Wohnhäusern und sterbende Dichter im russischen Schnee.

Mr. Stone sagte: »Ich weiß, daß du dich mit der Einsamkeit auskennst, Honey«, und alle anderen Zeilen strich er durch und empfahl mir, sämtliche Gedichte wegzulegen, die von Orten handelten, an denen ich nie gewesen war. Ich brachte ihm drei Schachteln blaue Bleistifte mit.

Mrs. Hill und ich arbeiteten uns durch *Stolz und Vorurteil* und die Geschichte ihrer Brautzeit mit Mr. Hill. Ich manikürte sie ein paarmal, ohne ihr dabei allzu weh zu tun, und hoffte, sie würde nicht um Pediküre bitten. Eines Nachmittags kam ich herein, als sie im Schlaf lächelte, während ihre Füße, braun und gelb und höckerig wie Kröten, in warmem Wasser mit Kamillenblüten weichten. Ich trocknete ihr die Füße ab, cremte sie ein, feilte ihr die Fußnägel und malte sie Carnaby Crimson an.

Ich hatte alles, was ich brauchte.

Ein Friede so wie ein Fluß

Von meinem Platz hinter Mr. Stones Schreibtisch beobachtete ich, wie die gesamte Junior High vorbeiging, das Vorbeiziehen ihrer Gesichter zwischen meinen spitzen Schuhen. Ich trank Mr. Stones Kaffee und wartete darauf, daß jemand meine roten Cowboystiefel bewundern würde, die ich auf einen Stoß Aufsätze gelegt hatte. Ich schloß die Tür und las die Noten sämtlicher Schüler. In dem kleinen Büro mit seinem Mattglasfenster, das zugleich mir und der Aussicht auf den Parkplatz in meinem Rücken zugewandt war, mit seinen schmutzigen Aktenschränken, dem Film von Zigarettenasche und Staub und den Apfelbutzen, die von Montag bis Freitag in Mr. Stones Papierkorb vor sich hin moderten, fühlte ich mich rundum wohl. Die Träume anderer Mädchen, die sie mit Hilfe von Jungen oder Kleidung oder Pferden zu verwirklichen suchten, bedeuteten mir nichts. Der beste Traum, das rotsamtene Herz meines Lebens war Mr. Stone. Rachel und Mrs. Hill waren das Seidenband und Bücher der Spitzenbesatz.

Als er hereinkam, weinte ich.

»Liz, was ist denn los?«

»Mein Vater zieht aus.«

Meine sonst so penible Mutter ließ seit einiger Zeit die

Zügel schleifen, was mich betraf, weil die allwöchentlichen rechtlichen Auseinandersetzungen über die Möbel, den Klimt und die wertvolle Keramik ihre Aufmerksamkeit gänzlich in Anspruch nahmen. Mein Vater gab mir jedesmal, wenn er mich sah, zwanzig Dollar und lud mich zu allem ein, was er mich, als ich klein war, nicht hatte essen lassen wollen. Es war eigentlich gar nicht so schlecht. Es war nicht tragisch.

»Das tut mir leid«, sagte Mr. Stone.

Ich glaube, es tat ihm für uns alle leid, sogar für meine Mutter, die eigentlich kein Mitleid erregte.

»Vielleicht läuft jetzt alles ein bißchen besser. Vielleicht streitet ihr euch jetzt weniger, deine Mutter und du, und du verbringst mehr Zeit mit deinem Vater.«

Ich glaubte nicht, daß er das wirklich so sah.

»Vielleicht, vielleicht auch nicht.« Ich blickte auf die Spitzen meiner Stiefel nieder.

»Vielleicht auch nicht«, stimmte Mr. Stone zu und blickte, ohne zu lächeln, zu mir empor. Manchmal lächelte er, wenn ich wegblickte, doch wenn wir einander richtig ansahen, war sein Gesicht ein großer rosa Felsen, oben bemoost von grauem Haar und mit struppigen Halbmonden von Brauen über seinen kleinen, schrägstehenden blauen Augen.

Ich liebte ihn dafür, daß er mir nichts vormachte, doch dann fing ich wieder zu weinen an, und Tropfen fielen auf mein Notizbuch. Ich hoffte, er würde mir erlauben, den Unterricht schießen zu lassen. Ich hoffte, daß meine Nase nicht liefe und daß ich das Seidenhemd von Rachels Mutter nicht ruinieren würde.

»Kannst du zum Unterricht gehen? Es läutet.«

»Ich glaub schon. Ich weiß nicht.«

»Na schön, laß mal. Bleib hier. Ich schreibe dir einen Erlaubnisschein, und du kannst später gehen. Wessen Unterricht versäumst du?«

»Algebra. Mr. Provolone. Ich meine, den von Mr. Provatella.«

»Naja, viel weiter hinterherhinken kannst du wohl sowieso nicht. Ein mathematisches Genie wird bestimmt nicht aus dir, Miss Taube. Besser, du kultivierst deine anderen Talente.« Er goß ein bißchen Kaffee aus seiner Thermosflasche ein. »Ich muß in den Unterricht. Ich kann dich nachher nach Haus bringen, wenn du willst.« Er entfernte sich rasch, eine Art schneller, wogender Cowboygang.

Ich seufzte und wühlte hinten in der untersten Schublade seines Schreibtischs nach den Pralinen. Er liebte mich.

Mr. Stone fuhr mich am Nachmittag nach Haus, und im Kokon seines kleinen Volkswagens atmete ich tief die rauchige Luft ein und hielt dann den Atem an, während ich lächelte und mir jedes einzelne Haus zu merken versuchte, an dem wir vorbeikamen, um die Fahrt vom Parkplatz der Junior High bis zu meiner Einfahrt länger erscheinen zu lassen.

»Du wirst erwachsen.«

»Mmh. Das bleibt nicht aus«, sagte ich.

»Babysittest du, Erwachsene?«

Ich hatte es zwar schon gemacht, aber ich hatte doch immer noch Angst davor, nachts in irgendeinem Haus allein gelassen zu werden. »Ja. Ich meine, nicht oft«, sagte ich. »Doch ich kann es.«

Mr. Stone runzelte die Stirn. »Na schön, vielleicht kannst du ja ab und zu mal für uns babysitten.«

Er schob mir das Haar hinter das Ohr, blinzelte mir durch den Rauch hindurch zu, und ich dachte, daß er mich ja doch nicht zum Babysitten rufen würde, daß wir niemals in dem

Volkswagen sitzen und im Mondlicht an dunklen Häusern vorbeifahren würden, doch er tat es, kurz bevor das Schuljahr zu Ende war.

Ich ging davon aus, daß ich ein guter Babysitter sein würde, ja, geradezu ein phantastischer. Ich mochte Katzen, ich bewunderte die Kleinkinder auf den Weihnachtsfeiern im Büro meines Vaters, ich räumte die ganze Zeit hinter Mrs. Hill her. Selbstverständlich konnte ich für die Stones babysitten. Auch absolut dämliche Mädchen babysitteten unentwegt bei Leuten mit drei Kindern, sogar mit drei Jungen.

Ich wartete in der Diele und hielt durch die farbigen Scheiben nach ihm Ausschau. Sein Wagen fuhr durch das Purpurrot, das Blau und das Gelb, und beim Grün ging ich hinaus, um ihn am Hupen zu hindern. Die Vorstellung, wie meine Eltern und Mr. Stone sich im selben Zimmer aufhielten, im Foyer standen, nebeneinander in den Ledersesseln saßen und über mich plauderten, war mir so gräßlich, daß ich sie nachts heraufbeschwor, um mich zu grausen, so wie ich häufig die Augen schloß und vor der tiefroten Leinwand meiner geschlossenen Lider bluttriefende grüne Monsterklauen über den Rand des Wäschekorbs hängen sah.

Mr. Stone sagte nicht viel während der Fahrt. Ich trug nabelfreie Hosen mit Schlag und eine mexikanische Bluse mit Zitronen und Orangen und roten Herzen, die an meinen Brüsten hinabwirbelten. Ich saß kerzengerade, damit mein Bauch meinem Gürtel nicht zu nahe kam. Er sagte: »Hübsche Bluse.« Er sprach wie ein Vater, über sein Söhne und das, was sie besonders gut konnten; er blickte nicht einmal in meine Richtung. Er sagte, sie seien prima Kinder und außergewöhnlich gescheit, was selbst Eltern wie meine von ihrem Kind behaupteten. Er sagte, Danny sei schüchtern, Marc sei kontaktfreudig und Benjie ein frühreifer Neunjähriger. Ich stellte mir vor, daß ich wahrscheinlich mit Marc gut zurechtkommen würde vielleicht konnten wir ja zusammen fernsehen, während die beiden anderen Schach spielten oder *Die Geschichte der westlichen Zivilisation* lasen, oder was glänzend begabte Kinder sonst so taten. Ich teilte Mr. Stone mit, daß ich Kinder liebte, und er lachte.

Ich hatte noch nie ein Haus gesehen wie das der Stones. In späterer Zeit erinnerten mich viele Häuser, die ich betrat, an ihrs, doch damals war es so neu wie eine Fremdsprache. Ich fand die zebragestreifte Tür, den Türklopfer aus Leder und Bronze und den struppigen braunen Rasen herrlich. Jedes Klischee des Bohèmelebens war neu und bestrickend für mich: die schwarzroten Segeltuchkissen auf dem abgetretenen Holzboden, die niedrige schwarze Schaumstoffcouch auf ihren dicken Mahagonibeinen, die grauen, ziemlich abgewetzten Läufer und die überhängenden, zwei Generationen alten Grünlilien in den bauchigen handgedrehten Töpfen, deren lange grüne Stengel, die sich durch das Makramée hindurch bis in den Nacken der Leute und in ihre höckerigen, halblasierten Steingutbecher vorreckten. Eine kopflose Kleiderpuppe mit einer Armeemütze im Nacken und einem Friedenssymbol an der Brust stand in der Diele. Meine Eltern hatten mich, als ich elf war, nach Versailles mitgenommen, und ich war nicht halb so beeindruckt gewesen. Das einzige, was ich nicht mochte, waren Mrs. Stones Bilder. Ich mochte sie nicht nur nicht; sie ängstigten mich.

Mr. Stone stieß mich praktisch durch die Haustür, und als ich nochmal zum Auto zurückgehen mußte, um meinen Rucksack zu holen, verschwand er. Mrs. Stone forderte mich auf, mir ihre Bilder anzusehen, und ich mußte mit ihr das ganze Zimmer durchqueren, bis wir vor ihnen standen. Sie hingen an der Wand wie Alpträume. Selbst die Rahmen waren eigenartig bleich und unebenmäßig, übersät von Wurmspuren und winzigen braunen Löchern. Ich konnte Mr. Stone im anderen Zimmer hören, wie er über den Lärm der kleinen Jungen und die Muppets hinweg irgend etwas brummelte.

»Tja, nun weißt du, was ich mache«, sagte sie, als hätte ich mich das gefragt.

»Hm, ja, stimmt.« Ich blickte mich um, in der Hoffnung, Mr. Stone oder die Jungen würden aus dem Fernsehzimmer herauskommen.

Das größte Bild war ein Leichnam, eine Frau mit bis zu den Brüsten aufgeschlitztem Bauch, aus dem irgendwelche kleinen Lebewesen – allzu genau sah ich nicht hin – wie Miniatursoldaten und Tiere herauskletterten und über ihren Körper ausschwärmten.

»Was meinst du dazu?« Sie reckte die Hand zu meiner Schulter empor und ließ sie einfach dort liegen.

»Es will irgendwas sagen« – das behauptete meine Mutter jedesmal, wenn sie dermaßen häßliche Dinge betrachtete, doch ich konnte solche Worte nicht in den Mund nehmen. Ich wollte nicht wissen, was diese Bilder sagen wollten, oder weshalb Mrs. Stone es mir sagen wollte.

»Vielleicht ist Elizabeth ja nicht gewillt, Kommentare zu den Kunstwerken ihrer Arbeitgeber abzugeben, Sweetheart.«

Ich schwieg und lauschte jenem komplizierten »Sweetheart« nach.

»Hast recht, Max«, sagte sie und nahm die Hand von meiner Schulter.

Die Jungen standen hinter Mr. Stone, an ihn gehängt wie kleine Eisenbahnwaggons, und trugen die verrücktesten Nachtgewänder, die ich je gesehen hatte. Sie waren wie Flannellnachthemden, doch nicht etwa marineblau oder kariert, was den sonderbaren Eindruck ein wenig abgemildert hätte, sondern bonbonrosa mit winzigen schwarzen Häusern drauf, grau mit rostroten Sternen und gelb mit lauter aufgedruckten blauen Bratpfannen. Danny und Marc waren echte Zwillinge, keine zweieiigen, und einer von beiden wischte sich die Nase an seinem Nachthemd ab. Er trug keine Unterhose.

»Du bist ziemlich groß«, sagte Mrs. Stone.

Ich sagte nichts. Ich sagte nicht: Und Sie sind ziemlich alt. Oder: Ihre Zähne sind ziemlich gelb, und Ihre Bilder sind völlig meschugge.

»Die Schlafanzüge der Jungen habe ich selbst entworfen«, sagte Mrs. Stone.

Das hatte ich mir fast gedacht. »Wann sollen sie denn ins Bett?« Das hatten die Babysitter meine Eltern immer gefragt.

»Ach, warte mal – die Zwillinge um halb neun, ich weiß nicht, sie sind ja erst acht. Benj dann um neun, denke ich mal – wenn das vertretbar scheint.« Sie schien nicht viel Erfahrung mit Babysittern zu haben.

Ich fragte sie, unter welcher Telefonnummer sie zu erreichen sein würden und ob die Jungen eine Kleinigkeit zu essen haben dürften und überhaupt alles, was meine Babysitter sonst noch gefragt hatten. Der Lieblingssitter hatte sich immer alles in ein kleines Notizbuch geschrieben, was ich ganz schön obsessiv gefunden hatte, auch wenn mir das Wort mit neun noch nicht geläufig war. Benjie würde es wahrscheinlich kennen.

Mrs. Stone umfaßte die Gesichter der Jungen mit beiden Händen und wandte sich um, um uns alle anzusehen, als Mr. Stone sie hinausführte, so als ginge sie für Jahre weg. Als die Tür sich schloß, sogen alle drei Jungen an ihrer Unterlippe, genau wie Mr. Stone.

»Na, wer ißt denn nun Eis?«

Ich war der Babysitter, den ich nie gehabt hatte. Ich war besser als Mary Poppins, weil es mich nicht kümmerte, was für Menschen einmal aus ihnen werden würden, ich wollte einfach nur die Meistgeliebte sein; ich wollte, daß sämtliche anderen Babysitter bei ihnen unten durch wären. Ich zeigte ihnen, wie man das Eis weich bekam, es mit zerbröckelten Keksen mischte und wieder gefrieren ließ. Davon aßen wir ein gutes Kilo. Sie bekamen große glänzende Augen, als ich die Karamelsauce fand, die sie aus dem Glas löffeln durften, während wir *Million Dollar Movie* ansahen. Wir spielten Cowboys-und-Indianer-im-Weltall, bis die Zwillinge in der Diele zusammenbrachen, und dann wischte ich ihnen die dicksten Schokoladenstreifen vom Gesicht und schleppte sie wie Pakete die Treppe hinauf zu ihren Betten. Sie hatten Bettdecken, die genauso verrückt gemustert waren wie ihre Nachthemden.

Benjie sagte: »Die müssen erst nochmal wohin, weißt du, sonst ...« Und ich holte sie noch einmal raus und warf sie dann wieder ins Bett.

»Laß uns was spielen«, sagte er.

»Okay«, sagte ich und holte ein Kartenspiel hervor, für den Fall, daß er Spit oder Crackerjack lernen wollte.

Er lehnte sich auf der Couch zurück, riß den Mund auf und verdrehte die Augen, bis nur noch das Weiße zu sehen war. Daß er den Mund so aufriß, machte es wesentlich schlimmer – das nasse rosa Loch und über ihm diese Farnwedel mit den braunen Spitzen, die fast seine hervortretenden ausdruckslosen Augen streiften.

»Benjie. Benjamin!«

»Ich kann dich weder hören noch sehen. Du bist unsichtbar.«

»Okay. Du kannst deine Augäpfel wieder runterdrehen, wenn du willst. Ich bin jetzt unsichtbar.« Ich hatte einmal einen Babysitter gehabt, der diese Art Spiele mit mir spielte: Jetzt tun wir mal so, als wärst du ein Tier im Zoo, du kriechst unter den Tisch und kannst nicht raus, solange ich telefoniere. Ich konnte sie nicht mehr ausstehen, sowie mir der tiefere Sinn dieses Spiels aufgegangen war, doch wenn er sowas spielen *wollte*, sollte es mir recht sein. Ich nahm ein LIFE Magazin in die Hand und blätterte die Fotos von Mädchen durch, die sich das Haar schneiden ließen wie die Beatles. Benjie gab das Spiel mit den Augäpfeln auf, und seine Augen waren sehr hell und feucht, als wären sie gerade gewaschen worden. Er stand auf und zog sich das Nachthemd über den Kopf, so daß seine Arme eine Flanellsäule bildeten und ich seinen nackten Körper in aller Ruhe betrachten konnte. Er war wie der seines Bruders, nur größer, und ich hatte mehr Zeit zum Hinsehen. Sein Ding war wie eine weiche, maulwurffarbene Zigarre. Eine Zigarre mit einer schlaffen, kleinen Schleife dran. Er verharrte in dieser Haltung, und schließlich nahm ich die Illustrierte wieder hoch.

»Brauchst mir nur Bescheid zu sagen, Benj.«

»Du bist unsichtbar«, sagte er aus dem Innern des Nachthemds.

»Ach ja, stimmt. Ich bin unsichtbar.«

Er schleuderte sein Nachthemd auf den Boden, nahm mir die Illustrierte aus der Hand und zwang mich, auf seine nackte Brust zu blicken.

»Möchtest du Karten spielen? Ich kann dir ein Spiel beibringen.«

»Okay«, sagte er, »Ausziehpoker.«

»Ganz bestimmt nicht. Wie wär's mit richtigem Poker?«

»Du bist unsichtbar«, sagte er.

Er hechtete sich auf die Couch und begann, sich auf diese wirklich widerwärtige Weise an den Kissen zu reiben.

»Oh, Max, Max, Max«, wimmerte er.

»Na komm, jetzt sei mal nicht so eklig.«

Er setzte sein Gepumpe in den Kissen noch eine Weile fort und blieb schließlich einfach liegen, zitternd, den kleinen Hintern rund und glänzend in die Luft gereckt wie eins der Kissen.

»Ich seh mich mal im Zimmer von meinem Vater um«, sagte er, und ich folgte ihm, weil ich es besser fand, ihn im Auge zu behalten, und weil ich mir gern die Sachen von anderen Leuten ansah.

»Willst du dir nicht was überziehen? Es ist kalt hier drin.« Es *war* kalt. Die Stones mußten ihre Schlafzimmertemperatur auf ungefähr 10 Grad eingestellt haben, und Benjies ganzer Körper war von einer Gänsehaut überzogen.

»Unsichtbar«, sagte er und steuerte auf ihre Kommode zu.

Er tat also genau das, was ich selbst getan hätte, wenn ich allein gewesen wäre. Was mir am Babysitting, das heißt, an meinen bisherigen drei Jobs, am besten gefallen hatte, waren das Essen und das Schnüffeln, die sich im Laufe so eines Abends zu schwelgerischen Genüssen entfalteten, zu lustvollen Herausforderungen, wobei die kleinen Anwandlungen von Scham gegen die Aussicht, ausnahmsweise einmal so richtig auf seine Kosten zu kommen, nicht die mindeste Chance hatten. Ich aß geräucherte Austern und Kaviar zum Abendbrot, nachdem ich entdeckt hatte, daß die Speisekammern der Leute interessante Hors d'oeuvres bereit hielten, die ganz hinten, hinter dem Mehl und dem Crisco und dem Zwiebelsuppenpulver, standen. Und ich aß Eis mit den Fingern und schüttete mir die Oreokrümel in den Hals, wenn ich die Schachtel geleert hatte. *Niemand sah es.*

Benjie hockte vor der Kommode, und sein kleines Ding baumelte zwischen seinen Fesseln. Er hielt eine der lappigen Unterhosen seiner Mutter empor, die, wie ich fand, eher meinen eigenen ähnelten als denen einer erwachsenen Frau, und legte sie wieder in die Schublade zurück. Ich hatte gewiß nicht vor, mich über die Unterhosen seiner Mutter lustig zu machen, und wenn das alles war, was wir zu erwarten hatten, würde ich zu meiner Illustrierten zurückkehren, und er konnte mich rufen, wenn er müde war. Er reckte einen kleinen Plastikschild empor. »Unterleibsschutz«, sagte er und hielt ihn sich vor, um mir zu zeigen, wie er funktionierte. »Hat mein Dad beim Rugby immer getragen.«

Ich begann, mich auf eigene Faust umzusehen. Wenn ich das Benjie überließ, würden wir nie auf irgend etwas Brauchbares stoßen. Ich steckte den Kopf unter das Bett, und dann ließ ich mich auf die Knie nieder. Unter dem Bett und hinten im Kleiderschrank waren bisher die besten Plätze gewesen. In den Keller ging ich nicht gern, schon gar nicht um der geborstenen Gartenschläuche, rostigen Schlittschuhe und alten Autoreifen willen, die die Leute dort immer aufbewahrten.

Unter dem Bett war nichts, doch hinten im Wandschrank standen Schuhkartons, die halb mit sich wölbenden Fotos gefüllt waren. Ich ließ Benjie in den Schubladen mit der Unterwäsche wühlen. Die Aufnahmen zeigten Mrs. Stone.

Sie war nackt, und auf der einen kniete sie, auf der anderen stützte sie sich auf Hände und Knie und blickte mit einem dümmlichen Lächeln über die Schulter in die Kamera. Ihr langes Haar hing über die eine Schulter, und ihr Hinterteil war dunkel von Pickeln und Fältchen und Haaren. Das Ganze war noch schlimmer als ihre Bilder.

Ich legte die Fotos in die Schachtel zurück und stellte sie wieder hinter Mr. Stones Winterstiefel.

»Gehen wir«, sagte ich. »Hier ist sowieso nichts.«

»Sieh dir mal dies an. Das ist Greta.«

Ich konnte es nicht ausstehen, wenn Kinder ihre Eltern beim Vornamen nannten, als wären sie ebenfalls Kinder. Sie ist mager und groß auf dem Foto, größer als sie jetzt wirkt. Vielleicht kommt das daher, daß ihr Rock so kurz ist und sie kurzes Haar hat und Stirnfransen, die in alle Richtungen stehen. Sie trägt Schuhe ohne Söckchen, doch es sieht nicht nach Sommer aus; sie trägt die Jacke eines Jungen und hat die Hände in die Taschen gesteckt.

»Wo ist das?« Es ist offensichtlich nicht Amerika.

»Prag. Das ist in der Tschechoslowakei. Sie sprechen Tschechisch. Meine Mutter spricht Tschechisch.«

»Du auch?«

»Ein bißchen. Nicht richtig. Sie sieht irgendwie komisch aus.«

»Hm.« Ich richtete den Blick wieder auf das Foto. Ich wußte, was sie gerade dachte, als stünde ich selbst dort, die Hände in ihren Taschen, unsere Finger in dem zerschlissenen Futter verschränkt. Sie versucht, nicht zu weinen. Jeder möchte, daß sie jetzt glücklich ist, und sie versucht es.

»Es ist spät, Benj. Du solltest längst im Bett liegen.«

»Du bist unsichtbar.«

»Einen Scheiß bin ich, und es ist halb elf. Los, leg das Bild zurück.«

Er sprang aufs Bett, schnellte wie ein Trampolinexperte auf und ab, mit angezogenen Knien, die Arme parallel zur Matratze, und sein Ding verwischte zu einer klatschenden Auf- und Ab-Bewegung.

»Komm und hol mich, Milacku.«

»Was ist das?« Ich begann, das Bett zu umkreisen. Ich wollte ihn zwar packen, hatte aber keine Lust, mein Gesicht gegen sein Ding oder seinen Hintern zu drücken.

»Milacku, Schätzchen. Milacku, Schätzchen. Ma te rad. Ich liebe dich. Ma te rad. Dobrounots. Gute Nacht. Gute Nacht, gute Doughnuts.«

Er sang die Worte und wiederholte sie unaufhörlich, bis Englisch und Tschechisch ineinander flossen und ich nichts mehr verstand. Das Bett ächzte laut, während es auf seinen kurzen Beinen schwankte.

»Benjie, geh vom Bett runter.«

»Sag das schmutzige Wort nochmal.«

»Geh vom Bett runter. Es tut mir leid, daß ich das Wort benutzt habe.«

Er fing zu brüllen an. »Sag es. Sag das schmutzige Wort.«

»Okay, und jetzt hör auf! Herrgott nochmal. Geh von dem Scheißbett runter. Okay? Geh von dem Scheißbett runter und gib mir das Scheißfoto. Deine Eltern werden mich nie wieder herholen, wenn sie um elf zurückkommen und dich mit nacktem Hintern im Haus rumlaufen sehen. Okay?«

Beim dritten »Scheiß« hörte er mit dem Gespringe auf, und dann saß er einfach nur am Fußende des Bettes und schwenkte das Foto vor meiner Nase wie eine kleine, graue Flagge. Ich nahm es ihm aus der Hand und steckte es in die schwarze Lederbrieftasche zurück, worin er es gefunden hatte.

»Wo hast du die Brieftasche her?«

Er zuckte die Achseln.

»Jetzt *hör* aber auf. Du kannst nicht in den Sachen anderer Leute herumstöbern und sie dann im ganzen Zimmer herumliegen lassen.« Grundkurs für Schnüffelanfänger.

»In dem Ding da.« Er zeigte auf den Nachttisch.

Ich war zwar kein Genie gewesen, doch mit neun kannte ich das Wort für Nachttisch. Selbstverständlich kannte ich, dank meiner Mutter, auch »escritoire«, »armoire« und mehr Stilmöbel-Chinesisch als die meisten Menschen.

Ich ließ das Bild herausgleiten und betrachtete noch einmal ihr Gesicht, das magere verängstigte kleine Gesicht mit dem großen falschen Lächeln. Ich tat die Brieftasche in die Schublade zurück und legte einen Bleistiftstummel drauf, um den Eindruck der normalen Unordnung hervorzurufen.

Ich gewöhnte mich daran, daß Benjie nackt war. Es machte mir nicht einmal etwas aus, daß er die Badezimmertür offenließ, während er sich die Zähne putzte und pinkelte.

Ich zog ihm die Bettdecke über.

»Setz dich zu mir«, sagte er. »Ich habe Angst im Dunkeln.«

»Na komm«, sagte ich. Ich wollte fernsehen.

»Doch. Du mußt bei mir sitzen. Max macht das, wenn sie nicht da ist.«

»Normalerweise macht das dein Vater?« Die Vorstellung, daß Mr. Stone ein großartiger Vater war, gefiel mir.

»Nein, sie. Weil sie hier ist. Sie schläft hier.« Er zeigte auf das gleiche Bett auf der anderen Seite des Zimmers.

»Deine Mutter schläft hier?«

»Hm. Ist das komisch?«

»Nö. Wahrscheinlich schläft sie hier, weil du im Dunkeln Angst hast. Um dir Gesellschaft zu leisten.«

»Vielleicht«, sagte er und gähnte.

»Du kannst jetzt einschlafen, dir geht es prima. Gute Nacht, Benjie.«

»Dobrounots, Milacku.«

»Dobrounots, du Doughnut.«

Meinen Namen schänden

Werfen wir doch mal eben einen Blick auf die rechte Hand«, sagte Mrs. Hill, den Blick zur Zimmerdecke gehoben.

»Vivian hat gesagt, absolut keine Schweineschwartenkrüstchen mehr.«

Ich war fünfzehn, und in unseren zwei Jahren hatten wir eine Fahrt zur Notaufnahme, zwei Anginaanfälle und mehr als nur ein paar Abreibungen hinter uns gebracht.

Nach Stolz *und* Vorurteil wechselten wir zwischen Boulevardzeitungen und der Lyrik Mr. Paul Dunbars ab.

»Siehst du Vivian hier irgendwo in der Gegend?«

»Kommen Sie, Mrs. Hill, es ist nicht gut für Sie.« Es gab keinen anderen Erwachsenen, mit dem ich so reden konnte. Meine Mutter tat nie irgend etwas, das nicht gut für sie war, die Arterien meines Vaters interessierten mich nicht, und Mr. Stone, der von allem ein bißchen wußte, hatte mir unmißverständlich zu verstehen gegeben, daß wir über mich, nicht aber über ihn reden könnten.

»Wer hat dich denn abgesetzt? Ich habe eine Wagentür gehört.« Mrs. Hill gefiel sich in dem Gedanken, zum Ausgleich für ihr Augenlicht mit einem außergewöhnlich scharfen Gehör gesegnet worden zu sein.

»Mr. Stone.« Stolzgeschwellt.

»Wer ist das denn?«

»Er ist dies Jahr mein Englischlehrer.«

»Weshalb setzt er dich denn hier ab?«

Mrs. Hill klang immer leicht anklagend. Ich wußte nicht, warum mich das gerade in dem Augenblick so sehr störte, doch ich zuckte die Achseln, was sie, wie ich wußte, zwar nicht sehen, aber spüren konnte, und begann, Mohrrüben zu putzen.

»Halte ich vielleicht Selbstgespräche, Elizabeth? Hast du irgendwelche Probleme in der Schule?«

»Nein, überhaupt nicht. Ich nehme an, er hat mich hier abgesetzt, weil ich hierher wollte.« Ich sprach sehr langsam und deutlich, um ihr zu verstehen zu geben, wie dumm sie sich benahm.

»Wie alt ist denn dieser Mr. Wie-heißt-er-noch?«

»Mr. Stone. Wie soll ich das wissen? Alt. Möchten Sie die Mohrrüben püriert oder in Scheiben und zusammen mit Erbsen oder irgendwas?«

»Fährt er dich häufig nach Hause?«

Ich schnitt die Mohrrüben in nicht eßbare, übergroße Stücke und ging in ihr Schlafzimmer, um die Schmutzwäsche zu holen. Sie würde sitzenbleiben und darauf warten, daß ich wiederkäme. Die Beine taten ihr zu weh, um mir überallhin nachzulaufen und mich mit ihren Fragen zu löchern.

»Hat deine Mutter ihn kennengelernt?«

Das hätte gerade noch gefehlt.

»Du bekommst allmählich lange Beine.«

Ich zuckte die Achseln.

»Du trägst keine Brille mehr. Wieso eigentlich nicht?«

»Kontaktlinsen.« Ich liebte meine Kontaktlinsen. Ich

liebte die scharfumrissene Welt, und ich liebte meine Augen, die von schwarzem Eyeliner eingefaßt waren. Ich hatte mir zweimal die Hornhaut zerkratzt, weil ich es nicht ertragen konnte, die Linsen herauszunehmen, es sei denn zum Schlafen.

Mr. Stone setzte mich dienstags und donnerstags ab, und nach dem ersten Mal versuchte ich, die Wagentür leise zuzumachen, indem ich sie mit beiden Händen eher zudrückte als zuschlug, und sobald ich den Fuß durch die Tür setzte, sagte Mrs. Hill jedesmal: »Dummes Ding«, als spräche sie mit jemand anderem.

Charlotte Macklin war die Sozialbetreuerin der Schule, und wenn sie Mrs. Hill gehört hätte, sie wäre um einiges ruhiger gewesen, was mich betraf. Zu ihrem Bedauern scherte es nämlich keinen Menschen, daß ich meine gesamten Lernstunden in Mr. Stones Büro verbrachte und häufig gesehen wurde, wie ich nach der Schule in sein Auto stieg. Und mochte sie auch die einzige sein, Mrs. Macklin wußte, daß das zwar keine Vorschrift der Schule verletzte, wohl aber die Moral der Schüler ebenso wie der Lehrer untergrub, wenn sie ein Mädchen der neunten Klasse hinter dem Schreibtisch des Leiters der Englischabteilung sitzen, Kaffee aus dessen Thermosflasche nippen und den Vorbeigehenden ihre Stiefelsohlen zeigen sahen. Mr. Stone hatte bereits von ihr gehört, doch das wußte ich damals nicht. Mrs. Macklin blickte mich, wenn ich an ihr vorbeiglitt, wissend an, die blaßblauen Augen besorgt zusammengekniffen, das Taschentuch zu feuchten, weißen Schlingen gedreht. Sie schickte mir drei Briefe, worin sie mich zur Teilnahme an einer Selbstwertgruppe, einer Mädchen-deren-Eltern-in-Scheidung-leben-Gruppe und schließlich zu einem Gespräch unter vier Augen aufforderte, bei dem wir meine

Ziele und Erwartungen für die High-School-Zeit erörtern wollten. Ich lehnte ab, und sie rief mich aus dem Algebraunterricht heraus, was bewies, daß sie sich meine Noten nicht allzu gründlich angesehen hatte. Sie fragte mich, wie ich denn mit der Scheidung meiner Eltern zurechtkäme, und ich sagte, prima. Sie sagte, sie habe beobachtet, daß ich meinen Lunch lieber in Mr. Stones Büro einnähme als in der Cafeteria, und ich sagte, das sei wahr. Wir beäugten einander fünf Minuten lang, dann schickte sie mich in den Unterricht zurück. Ich erzählte Mr. Stone davon, und sein Gesicht wurde richtig rot, was Ärger für Mrs. Macklin bedeutete. Mr. Stone und der Direktor waren alte Freunde, und Mrs. Macklin war niemand.

Ende Mai waren meine Eltern gesetzlich geschieden. Meine Mutter legte sich eine Sekretärin, einen Jogalehrer und einen flaschengrünen MG zu. Sie sprach bereits davon, auf welches College ich gehen sollte. Sie hatte die Nase voll.

Mein Vater zog weiter nach draußen, in ein Cottage in Sag Harbor, und kam zu merkwürdig formellen, merkwürdig angenehmen Besuchen vorbei. Wir gaben es auf, miteinander essen zu gehen, nachdem wir den Northern Boulevard in seinem Oldsmobile auf und ab gerollt waren und nach einem Lokal Ausschau gehalten hatten, wo wir einander kennenlernen konnten, um dann schweigend den Brokkoli aus dem Brokkoli-Rinder-Topf, die Sardellenfilets aus dem Cäsar Salat und die Rosinen aus dem Reispudding zu picken und festzustellen, daß wir wenigstens dies gemeinsam hatten. Jetzt klopfte er an die Tür und brachte beutelweise chinesisches Essen oder Riesensandwichs mit, die so üppig belegt waren, daß das weiße Papier sich von selbst öffnete, wenn er sie hinlegte, und an den Seiten bröckelige Pastramischeiben und Corned Beef herausfielen, schimmernde Berge von rosa Fleisch, genug für eine weitere Mahlzeit. Meine Mutter hatte zwar nie gern gekocht, doch die Küche war ihr Reich, und es kam uns gar nicht in den Sinn, dort zu essen oder etwa mit unseren großen polnischen Pfoten die ganze Glasplatte des Eßzimmertisches zu betatschen. Das Wohnzimmer kam nicht in Frage; ich selbst hatte zwar nichts gegen ein paar Klackse Ba-Tampte-Kosher-Senf auf den vierhundert Jahre alten türkischen Gebetsteppichen einzuwenden, doch trotz der Entfremdung meiner Eltern wollte mein Vater davon nichts wissen. Wir aßen im Fernsehzimmer, umgeben von Nahrung für sechs Personen, und wenn meine Mutter vorbeikam, schüttelte sie höflich lächelnd den Kopf, als wäre mein Vater ein extravaganter, gänzlich inakzeptabler Bewerber, der er wohl auch war.

Er trug nicht länger die Marineblazer und die hellgrauen Hosen, die er immer getragen hatte, um wie ein deutscher-fast-gar-nicht-jüdischer-beinahe-Warburg-Finanzberater auszusehen statt wie ein Buchhalter von Pustelnik im tiefsten Brooklyn. Er trug die Krawatten nicht mehr, die meine Mutter ihm jedes Jahr gekauft hatte, rote Seide, bedruckt mit Steigbügeln und Füchsen und Einhörnern. Jetzt trug er Jeanshemden und Baumwollhosen, die zwar keine Jeans waren, aber doch nichts, was meine Mutter gebilligt hätte, und weiche, bequeme, braune Slipper, und er begann jedes Gespräch damit, daß er mir erzählte, wie großartig die Luft in den Hamptons sei. Er berührte mich nicht oft, doch wenn er es tat, zuckte ich nicht zusammen. Als ich acht war, waren wir nackt vor dem Badezimmer meiner Eltern zusammengeprallt, und als er mich sanft von sich weggeschoben hatte, war mir beim Anblick seines zitternden, hilflosen Sacks ein Aufschrei entfahren; er tat mir so leid, denn die Vorstellung, daß dies baumelnde, klägliche Gebilde von entscheidender Bedeutung für die Zukunft eines Jungen sein sollte, entsetzte mich. Er war freundlicher, seit er von meiner Mutter weg war. Sie war unverändert. Nicht wärmer (ich hatte gesehen, wie Mütter ohne besonderen Grund die Hand an die Wange ihrer Kinder legten, und mich gefragt, wie man wohl eine Mutter fand, die so etwas tat), nicht kuscheliger (nicht, daß ich jetzt noch hätte kuscheln wollen), nicht interessierter am Leben ihrer Tochter, als sie es seit jeher gewesen war. Mein armer Vater gehörte irgendwo anders hin, und das war kein Woanders, wie es für mich richtig war, bestimmt nicht das Woanders der schmalen, balkonverzierten Backsteinhäuser und der Wohnhäuser mit Glaswänden, wie es für meine Mutter richtig zu sein schien.

Nachdem er gegangen war, verstaute meine Mutter die Moo Goo Gai Pfanne und die Shrimps in Knoblauchsauce in Plastikbehältern und sagte: »Noch eine Schickse im Leben deines Vaters? Na, wie es aussieht, muß *die* jedenfalls nicht konvertieren.«

Mr. Stone nahm mich immer noch an den meisten Tagen nach der Schule mit. Ich war mir ziemlich sicher, daß ich aufgehört hatte zu wachsen; ich preßte die Knie in die eine und die Füße in die andere Richtung, um auch nur halbwegs bequem auf dem Vordersitz des VW sitzen zu können. Die Hände klemmte ich während der Fahrt zwischen die Knie. Ich legte mit Hilfe seines Rückspiegels Lipgloss auf. Überreste von Comics und Pappbecher und Zigarettenschachteln bedeckten meine Tennisschuhe.

Eines Dienstagnachmittags, an der zweiten Ampel, sagte ich, was ich seit den Ferien im Februar hatte sagen wollen.

»Ich fände es schön, wenn Sie Mrs. Hill kennenlernen

würden. Ich glaube, sie würde Sie gern kennenlernen. Sie hat wohl früher selbst unterrichtet.«

»Tatsächlich.«

»Hat sie jedenfalls gesagt. Halt, nicht vorbeifahren, das nächste links ist es doch schon.«

Mr. Stone sagte aus dem Fenster heraus: »Weißt du, ich bin in einem Haus aufgewachsen, das ganz ähnlich war wie dies. Überwiegend weiß, obwohl – mein Gott, sieh dir mal die da an.« Er zeigte auf zwei Doppelhäuser mit blauen Fensterläden, säuberlich geharkten Doppelhausgärten und zusammengestückelten Veranden, jede mit zwei Stühlen und einem Plastiktischchen versehen, das mit vier hohen rosa Gläsern und dem dazu passenden hohen Krug gedeckt war. »Riechst du das? Das ist der Geruch des Südens, alles genau wie dort drüben. Minze, Schmutz und Maisstärke.«

Ich ließ ihn ins Haus und kündigte unseren Auftritt vorsorglich an, damit Mrs. Hill nicht überrascht und barsch wäre.

»Wir sind da, Mrs. Hill. Ich habe Mr. Stone, meinen Englischlehrer, mitgebracht. Er hat gemeint, er könnte doch auf einen Sprung mit reinkommen, um guten Tag zu sagen.«

Mr. Stone sah nicht so aus, als schätze er es, so mir nichts dir nichts zwischen Mrs. Hills blaue Brokatbezüge geschleppt zu werden. Mrs. Hill blickte ihn direkt an, was so war, als wandte sie ihm den Rücken zu.

»Willkommen, Mr. Stone. Elizabeths berühmter Englischlehrer. Honey, machst du uns ein bißchen Tee?«

Ich rührte mich nicht von der Stelle, bis Mrs. Hill ein paarmal in die Hände klatschte, als wäre ich ein verirrtes Huhn, und dann entfernte ich mich im Rückwärtsgang und behielt Mr. Stone dabei im Auge. Er lächelte Mrs. Hill zu und klatschte ebenfalls in die Hände. Ich horchte an der anderen Seite der Küchentür, die so dünn war, daß ich Mrs. Hill seufzen und Mr. Stone zurückseufzen hören konnte.

»Könnten Sie wohl ein bißchen näher kommen? Ich sehe nicht so gut.« Mrs. Hills Reizende-kleine-alte-Dame-Stimme.

Ich hörte ihn den Polsterhocker heranziehen, was bedeutete, daß er gute zwanzig Zentimeter tiefer saß als sie und sie einander von Angesicht zu Angesicht gegenüber saßen. Von Ohr zu Angesicht, da Mrs. Hill wahrscheinlich versuchte, ihn in ihr Gesichtsfeld zu bekommen.

»Sie sehen ja nicht einmal jung *aus*«, sagte sie, und ich hörte Mr. Stone lachen.

»Nein, Ma'am.« Er hörte sich anders an, nicht wie seine Klassenzimmerstimme, nicht wie seine Rauchen-im-Auto-Stimme.

»Kommen Sie ein bißchen näher«, sagte Mrs. Hill.

Seine Nasenspitze mußte sich in ihre wabbelige Wange bohren, so leise, wie sie jetzt sprachen.

»Was haben Sie mit meinem Mädchen vor? Haben Sie eine Vorliebe für Mädchen? Kinder?«

Mr. Stone holte hörbar Luft. Ich wäre am liebsten hineingestürzt und hätte sie geschlagen, und während sie auf dem Boden läge, wären wir in unserem dunkelroten Kabrio irgendwohin unterwegs, wo es pastellfarben und fremdartig war.

»Nein, Ma'am. Das nun nicht. Ich mache mir nicht mehr aus Mädchen als aus Frauen. Ich habe eine Frau zu Hause. Und drei Jungen.«

»Soso«, sagte sie, und ich dachte: Da haben wir's und fragte mich, wie dicht sie wohl mittlerweile beieinander saßen. Ich konnte gerade nur ein Streifchen seiner Schuhspitzen sehen, die dem Lehnstuhl zugewandt waren.

»Soso«, echote er. »Ich weiß, es scheint nicht richtig zu sein. Ich könnte Ihnen etwas vorlügen, und ein vernünftiger Mann würde das auch tun. Ein vernünftiger Mann, ach mein Gott. Entschuldigen Sie, Ma'am.«

Ich hörte Mrs. Hills Niesen und Mr. Stones Husten und die Uhr auf dem Kaminsims.

»Ich tue nichts, das ich besser nicht tun sollte«, sagte er.

»Wenn man mal von dem absieht, was Sie denken – und damit wollen Sie auch nicht aufhören, wie?«

»Wollen schon, aber können – wie kann ich das? Ich verlasse die Stadt nicht, wenn Sie das meinen. Und das müßte ich, ungefähr dreitausend Meilen weit weg gehen. Wie soll unsereiner denn einen ganzen Ozean dazwischenlegen können?«

Sehr leise sagte Mrs. Hill: »Unsereiner sollte besser zwei ganze Ozeane dazwischenlegen, wenn man bedenkt, was Ihnen daraus Gutes erwüchse, und Sie wissen sehr wohl, daß wir das tun sollten, weil aus dieser Geschichte nichts Rühmliches werden kann, und wir reden hier auch nicht von Vergebung. Es ist mir gleichgültig, was aus Ihnen wird, das ist Ihre Angelegenheit oder die Ihrer armen Frau. Rühren Sie dies Kind, das glaubt, Sie liebten seinen gescheiten Kopf, auch nur mit dem kleinen Finger an, selbst wenn sie erwachsener ist, nur mit dem *kleinen* Finger, und ich werde dafür sorgen, daß Sie in der Hölle schmoren, und ungerührt zuhören, wenn Sie Ihren Tod herbeiflehen. Und glauben Sie nur ja nicht, ich würde das nicht erfahren. Dies Kind erzählt mir alles. Wenn Sie also gefälligst Ihre Hände bei sich behalten würden, dann müßte ich nicht ganz so schlecht von Ihnen denken. Mister Stone.«

»Ja, Ma'am. Ich möchte nicht, daß Sie schlecht von mir denken, und ich möchte auch selbst nicht schlecht von mir denken. Ich habe nicht die Absicht, ihr zu schaden. Verstehen Sie bitte – wie immer es aussehen mag, es ist Liebe. Und ich muß sagen, es geht dabei teilweise durchaus um ihren gescheiten Kopf. Ehrenwort.

Tja, viel mehr bleibt mir ja unter den gegebenen Umständen auch nicht. Ich würde mir als erster die Hände abhacken.«

Das klang nicht so, als fiele es ihm ungeheuer schwer, mich aufzugeben und für den Rest seines Lebens einfach nur meinen Kopf zu bewundern. Er hörte sich nicht an, als sei er so rasend verliebt in mich, daß er und Mrs. Hill es mit der Angst zu tun bekommen mußten. Er hörte sich einfach nur an, als sei er froh, Southern reden zu können, so wie die beiden vor sich hin schnurrten und die Wortenden sich in Nichts auflösten, wie sie mit diesen Stimmen sprachen, die weiter ausholten und sich breiter machten und melodischer klangen, als wenn sie mit mir sprachen.

Ich trug die Teetassen hinein, ging wieder hinaus, um die Löffel zu holen, und mußte noch ein drittesmal gehen, weil die Milch fehlte; Mr. Stone schenkte ein. Mrs. Hill erzählte ein paar ulkige Geschichten über die Kinder in ihrer Sonntagsschulklasse, die mittlerweile alle mindestens in Mr. Stones Alter waren, und Mr. Stone schlug sich vor Lachen auf die Schenkel.

Ich begleitete ihn zur Tür, und er sagte meinen Namen und strich meinen Hemdkragen glatt. Ich hob die Schultern, um seinen Fingern zu begegnen, und er ließ das Stückchen Hemd fallen, das er in der Hand gehabt hatte. Mrs. Hill hatte selbstverständlich gesagt, er solle doch wiederkommen, und er hatte gesagt, selbstverständlich käme er gern wieder, ohne ihre Gastfreundschaft strapazieren zu wollen, es würde ihm ein Vergnügen sein.

Ich schloß die Tür hinter ihm. Sie seufzte bereits und sog an ihren Zähnen, als rüste sie sich für irgend etwas.

»Das ist also dein Mr. Stone.«

»Hm. Möchten Sie etwas zum Abendbrot? Truthahn Tetrazzini? Da ist doch noch der Dreierlei-Bohnen-Salat vom Wochenende.«

»Ja gut. Gleich. Komm herein, Elizabeth. Willst du vielleicht, daß ich den ganzen Abend brüllen muß?«

»Nein, Ma'am«, sagte ich und seufzte immerhin genauso laut wie zuvor sie.

Der Polsterhocker war noch warm, ja, feuchtwarm davon, daß Mr. Stone dort gesessen und ihr erklärt hatte, er liebe mich.

»Er mag dich, soviel steht fest. Und du magst ihn.«

»Er ist okay. Er ist ein guter Lehrer. Er interessiert sich für Gedichte.«

»›*Wer ist sie, die da herabschaut wie die Morgenröte,/ Schön wie der Vollmond,/ rein wie die Sonne,/ furchtbar wie Heerscharen?*‹ Etwa die Art?« sagte Mrs. Hill.

Ich antwortete nicht, ging einfach nur in die Küche, während sie rezitierte.

»Du rennst in einem fort rein und raus. Ich weiß Bescheid. Hast du gelauscht?«

»Es ist mir egal, was Sie wissen, und es ist mir egal, was Sie gesagt haben. Ich mache jetzt Ihr Essen fertig.«

»Würde es dir etwas ausmachen, mir eine Serviette zu bringen?«

Ich legte ihr die Serviette in den Schoß und kochte und wusch ab, während sie aß, was eine Ewigkeit dauerte. Ich wischte den matschigen Rest des Bohnensalats und die Truthahnfitzel vom Teller und fuhr mit dem Lappen über die Resopalplatten.

»Ich gehe jetzt.«

»Dann mach's mal gut. Sei artig. Sei vorsichtig. Eines Tages wirst du mir noch danken.«

Ich knallte die Tür zu.

Mr. Stone wartete nicht mehr auf dem Parkplatz auf mich. Wenn ich in sein Büro ging, waren da immer schon andere, Kinder, die kaum lesen konnten und die sich die Tonbänder anhörten, die er von *Huckleberry Finn* und *Die rote Tapferkeitsmedaille* gemacht hatte, um ihnen zu helfen, Schüler, die dort warteten, um ihm ihre Aufsätze zu zeigen oder ihn um Rat zu fragen oder einfach bei ihm herumzusitzen. Ich aß mein Mittagessen hinter dem Gerätehaus, bis die Schule zu Ende war, beobachtete die Kleineren in der Pause und sah, welche Mädchen ganz allein in der Nähe der Kletterstangen oder der Hintertreppe saßen. Mrs. Hill schenkte mir die Rosenknospentasse samt Untertasse, um mich aufzuheitern.

Meine Mutter richtete Konten bei unseren bevorzugten Eßlokalen ein und kochte keine einzige Mahlzeit mehr. Ich verriet ihr nicht, daß ich kochen gelernt hatte. Sie bot mir an, mich in den Sommerferien irgendwohin zu schicken – segeln in der Karibik, Schweine tränken und Schmuck herstellen in Vermont, zum Architekturkurs in Venedig. Ich fand einen Job bei der Great Neck Bibliothek, wo ich alte Zeitschriften in Schachteln packte und alte Bücher stahl. Mr. Stone rief mich nicht an.

Im Frühjahr war ich auf der High School. Mitte Oktober ging ich zur Junior High hinüber, um Mr. Stone zu besuchen. Ich brachte Tony DiMusio mit, der zwei Monate lang nicht von meiner Seite wich, bis wir das Gefummel satt hatten und den Fehler begingen, ein Gespräch anzufangen. Mrs. Stone rief mich einmal an, um mich zum Babysitten anzuheuern, und eine Stunde später rief sie erneut an, um wieder abzusagen. Ich wäre gern Danny oder Benjie in der Stadt über den Weg gelaufen, um sie daran zu erinnern, was für ein toller Babysitter ich gewesen war, doch ich sah sie nie, obwohl ich im Comicladen und in den nahegelegenen Parks nach ihnen Ausschau hielt. Rachel wurde wieder dürr, und wir zerstritten uns wegen Eddie Sachs, der als ihr Freund galt, mich jedoch in sein Souterrain einlud, als sie mit ihren Eltern auf den Bermudas war. Ich sagte ja, und er erzählte ihr, was wir getan hatten, und sie erklärte mir, sie würde mir niemals verzeihen, obwohl es nur einmal gewesen war. Wenn sie auf dem Flur an mir vorbeikamen, legten sie den Arm umeinander, steckten einander die Hand in die Tasche und blickten durch mich hindurch.

Ich sah ein wenig in die Bücher, verlegte mich auf Hamburger, Hüttenkäse und Heißes-Wasser-Diäten, so daß die Rippen durch meine Ballettrikots zu sehen waren, und stahl meiner Mutter Geld. Ich kaufte Pot von Eddie Sachs' Mutter und rauchte es unter der Footballtribüne. Pot machte mich schläfrig und willenlos, und ich hörte auf zu rauchen, als ich im Morgengrauen aufwachte und den Kopf auf einem Stein und jemandes Hand unter meinem Hemd hatte. Mein Vater zog für sechs Monate nach Ohio und kehrte wieder zurück. Er erklärte, Cleveland sei nicht der Westen, und er arbeite weiter an der Möglichkeit, in die große unermeßliche Weite hinauszugelangen. Ich eröffnete ihm, daß ich vielleicht nicht aufs College gehen würde.

Er sagte: »Du tust das, was du möchtest. Für den Fall, daß du zu studieren anfängst, ehe du zwanzig bist, kann ich dir versprechen, daß du genügend Geld haben wirst. Für später nicht.« Er trommelte mit den Fingern auf die Sessellehne. »Ich muß auch ein eigenes Leben haben, Lizzie.«

»Ich weiß«, sagte ich.

Ich kreuzschraffierte ein bißchen an meinen Handgelenken und am Oberschenkelansatz herum, und es tat viel weher, als ich gedacht hatte, und sah schrecklich aus. Ich tat es nicht wieder. Ich trank mit Eddie Sachs' Bruder in ihrem Souterrain Wodka und Hawaiian Punch. Ich glaube, mehr tat ich im ersten High-School-Jahr nicht.

Mr. Stone schrieb mir im Juni und schlug mir vor, Tonbänder der *Schatzinsel* für sein Literaturprojekt der Junior High anzufertigen. Ich warf den Brief in den Müll. »Ich werde nächstes Jahr ganz schön zu tun haben«, sagte ich, als er anrief »Bitte. Ohne dich kann ich das nicht machen.«

»Ich weiß nicht.«

»Elizabeth, laß mich nicht betteln«, sagte er.

Gehab dich wohl

Ich lag im Dunkeln auf dem Rücken, und Max' Kopf ruhte auf meinem nackten Bauch.

Er sagte, es täte ihm leid, er hätte vorgehabt zu warten, bis ich mit der High School fertig wäre, doch er hätte es nicht fertiggebracht. Nach dem ersten Mal am Columbus Day in meinem ersten High-School-Jahr hatten wir es immer auf diese Art gemacht, ich nackt, er vollbekleidet.

Beim erstenmal waren Greta und die Jungen auf einer Konferenz für begabte Kinder. Max machte mir bei sich zu Haus etwas zu essen, während meine Mutter mich bei Rachel glaubte, und er küßte mich auf den Mund, als ich den Salat wegräumte. Die Kühlschranktür berührte mich kalt von hinten, und dann schob Max sich dazwischen und roch genau, wie er gerochen hatte, als ich in der neunten Klasse war. Ich sah sie kommen, die haarige, fischmaulähnliche Öffnung, und schloß die Augen. Das Gefühl seines Mundes war eigentlich gar nicht so schrecklich – ein weiches Benetzen mit Scotch von seiner Zunge, seinen Lippen, zwei glitschigen, drängenden Riegeln.

»Wenn du nein sagen mußt, sag nein«, sagte er. Er war nervös.

Ich sagte gar nichts. Was hätte mir ein Nein schon eingebracht? Er legte die Hand an meinen Reißverschluß und wartete.

»Nein?« fragte er.

Na schön. »Nein.«

»Dein Nein ist sehr sexy. Und das weißt du auch.«

Das half. Ich beugte mich zurück, damit er sich nähern konnte, und dann beugte ich mich vor, um zu gehen. Ich machte ihn verrückt. Rührend. Mein Körper sagte: Spring, seiner sagte, wie hoch. Falls ich nein sagte, wäre das Gespräch vorüber, ich wäre einfach nur ein verängstigtes Mädchen. Wenn ich ihm direkt in die blauen Augen mit den langen Wimpern blickte, sah ich die faltige Haut nicht, von denen sie umgeben waren, sah nicht die erschlafften Lider oder die tiefen schmutzigen Löcher in seinen Wangen.

Ich lag mit dem Gesicht nach unten auf seinem Bett, ihrem Bett, und tat so, als schliefe ich, während er auf mir lag und mich unter den Kleidern berührte. Ich preßte den Körper ganz fest an die Matratze und versuchte, das Kreuz durchzudrücken, um ihn ein wenig auf Abstand zu halten. Er schob die Hand ganz unter mich, und seine Finger kämpften gegen meinen Körper an, sein Bauch drückte auf meinen Rücken. Ich hielt die Augen ständig auf eins von Gretas Bildern gerichtet, ich machte mich steif, bis mein Körper sich wie Holz anfühlte, und schließlich sagte er: »Na gut, dann schlaf jetzt.« Er kam mir so alt vor mit seinen dunklen Sommersprossen und den grauen Haaren an Schultern und Rücken, keine solchen Unmassen zwar wie bei den ekligen Typen im Schwimmbad, aber immerhin. Das Fleisch hing lappig von seinen Armen herab, und Falten durchzogen seinen Rücken. Und mein Blick war ihm nicht entgangen; als ich die Augen aufriß, hatte er Hemd und Hose wieder an. Von da an hielt ich die Augen geschlossen.

»Wie soll es denn nun weitergehen?« fragte ich eine Woche später, in der Annahme, er müsse das wissen.

Er lachte und hob den Kopf »Wie es weitergehen soll? Ich werde dich so lange lieben, wie du mich läßt, und ich werde dir ein bißchen was über Literatur und über richtige Musik beibringen, und dann wirst du mir das Herz brechen. Das ist der klassische Ausgang.« Er klang heiter. Ich glaubte, daß er mich hochnehmen wollte.

»Wie soll ich dir denn das Herz brechen?«

Er küßte meinen Bauch und zog mich empor, zog mich ganz auf seinen Schoß.

»So, Baby.« Er küßte mich leicht auf die Wange. »So.«

Noch einmal. »Ganz bestimmt auf sehr sanfte Art.«

»Vielleicht brichst *du* ja *mir* das Herz.« Irgendwie hatte ich das Gefühl, er *hätte* mir das Herz gebrochen, indem er alles, was einfach und ungefährlich gewesen war wie Milch, in ein schwarzes, gefrorenes Wasserloch verwandelt hatte, so daß alles Vertraute ins Rutschen gekommen und in die Tiefe entglitten war.

»Ha. Du bist siebzehn. Alles andere ist Nebensache. Alle Siebzehnjährigen brechen die Herzen von älteren Liebhabern. Selbst solche, die nicht halb so hinreißend sind wie du. Honey, ich bin bloß eine erste Etappe für dich.« Ich war fast sechzehn, und dies war meine Lieblingsrolle; ich hätte ihn eine ganze Nacht lang über meine Unwiderstehlichkeit reden hören können. »Und was ist die Nebensache?«

»Du willst Komplimente hören. Sowas machen nette Mädchen aber nicht! Die Nebensache sind dein Witz und deine Schönheit und deine klaren grünen Augen. Und so weiter. Und nun sei brav, ich kann nicht den ganzen Tag damit zubringen, deine Reize aufzuzählen.« Er küßte seine Hand und hielt sie mir an die Wange, und ich legte meine

Hand über seine. Seine Hände waren der Teil von ihm, den ich gern berührte.

»Warum denn nicht?« Ich genoß es, mich ihm von der schlimmsten Seite zu zeigen, weil das ohne Folgen blieb. Er konnte sowieso nicht anders lieben, als er es tat. In meinem eigentlichen Leben war ich bemerkenswert zuverlässig geworden. Die Leute gaben mir ihren Schlüssel, wenn sie übers Wochenende wegfuhren, und wenn sie zurückkamen, fanden sie alles vor, wie sie es verlassen hatten, ihre private Korrespondenz unberührt. Ich babysittete bei Neugeborenen und legte Wäsche, während sie ihr Nickerchen hielten; ich verhandelte mit dem Schulleiter darüber, ob man Schülern, die als verläßlich galten, nicht erlauben sollte, das Schulgelände während der Mittagspause zu verlassen. Ich war eine Schülerin geworden, die ein gewisses Ansehen genoß. Ich hatte immer noch zuviel zu verbergen, um mich in der Öffentlichkeit schlecht zu benehmen.

»Ich muß diese Prüfungsarbeiten lesen, und Danny wird bald nach Haus kommen, und dann solltest du eigentlich mit ihm in die City fahren, ins Kino. Das ist doch in Ordnung, daß du wieder für uns babysittest?«

»Na klar. Danny ist ein netter Junge.« Ich reckte mich über seine Prüfungsarbeiten hinweg.

»Bitte zieh dich an. Ich kann nicht zu lesen anfangen, solange deine reizenden kleinen Brüste mir ins Gesicht starren. Sozusagen.«

Zufrieden zog ich mein T-Shirt an. Ich fragte mich, wie es wohl sein würde, wenn ich erwachsen wäre. Vor zwei Jahren hatte er mir mitsamt meinem gerade erst aufblühenden, sich ständig verändernden Körper von heute auf morgen das lautere goldbesetzte Gewand der Aphrodite übergeworfen, und seither sah er mich in dieser Gestalt. Alles was später kam, selbst zwischen uns beiden, konnte nur eine Enttäuschung sein.

Jeden Montag und Mittwoch zur Mittagszeit war Greta bei ihrem Hypnotherapeuten, die Jungen waren in der Schule, und ich lag unter Max' schwarzroter Bettdecke. Mir war leicht übel vom Geruch und der Präsenz Gretas. Selbst der unsichtbare Staub im Bettzeug stammte von ihr, war dort zurückgeblieben, um mich zu ärgern und zu bewirken, daß ich Max haßte.

Er holte etwas unter dem Bett hervor. Etwas Elektrisches, wie ich an der Schnur sehen konnte, die zur Wand lief. Er schaltete es ein, und ich lachte. Es sah so albern aus, wie ein Schneebesen, der nichts zu schlagen hatte, einfach nur in der Luft herumsurrte und in seiner Hand auf und ab zuckte.

»Was ist denn *das*?«

»Hast du sowas noch nie gesehen?« Ich tat so, als schlösse ich die Augen, während ich nur den Blick gesenkt hielt, damit ich sah, was passierte, wenn er näher kam.

»Das ist ja ganz schön laut.«

»Stimmt«, sagte er, »es ist ein lautes kleines Ding. Aber nett. Nett für dich. Ich halte dir das jetzt einfach nur an die Haut, es tut nicht weh. Gar nichts tut weh. Es ist bloß ein Spaß, etwas Nettes für meine Süße.«

Max hielt das tropfenförmige weiße Ding an meinen Arm. Es kitzelte. Er bewegte es an meinen Beinen auf und ab, und dann drehte er mich um und ließ es an meiner Wirbelsäule hinabgleiten.

Max behauptete, mein Rücken sei meine erogene Zone. Es war auch die einzige Stelle, an der ich seine Berührung ertrug. Wenn wir nebeneinander lagen, fühlten seine Finger sich glitschig und austernhaft an. Sie taten mir jedoch nicht weh, und wenn ich auf seiner Couch saß und er den Arm um mich gelegt hatte, liebte ich seine Hände. Sie waren so breit wie lang, und seine Finger waren dick und glatt und stark. Romantische Hände, doch es war mir zuwider, wie sie sich auf meiner Haut anfühlten, und wenn ich sah, wie sie sich meinen Körper hinabbewegten, schloß ich die Augen.

In der zehnten Klasse hatten Tony und ich auf einer Party einmal zuviel getrunken, und ich hatte mich dort unten von ihm berühren lassen. Dabei hatte er mir mit dem Fingernagel ein Fetzchen Haut abgerissen, und ich hatte geblutet und dazu wie eine *Schwachsinnige* bemerkt: »Ach, das macht nichts, ist ja nur ein kleiner Schnitt.« Als ob ein Schnitt mitten in der Vagina weiter keine Affäre wäre. Er rief mich sechs Monate lang an, um mit mir auszugehen, offenbar hatte ich auf ihn den Eindruck eines prima *Kumpels* gemacht, doch wenn wir uns in der Schule sahen, verengten sich meine Augen, und er blickte weg.

Max führte den kleinen Ball mit Kreisbewegungen an den Innenseiten meiner Schenkel auf und ab und erzeugte damit elektrische Spuren auf meiner Haut. Er drehte mich wieder auf den Rücken, zog sich die Decke ums Gesicht wie eine Babuschka, um komisch zu wirken, und warf sie dann wieder ans Fußende des Bettes. Er rieb meine Arme, um die Gänsehaut wegzubekommen, und steckte meine Hände unter seinen Pullover. Das Haar auf seiner Brust war naß.

»Dir wird gleich warm werden, Sweetie. Willst du jetzt mal die Augen zumachen und dich auf das konzentrieren, was du empfindest?«

Er streckte meine Beine und versuchte, sie auseinanderzuziehen. Ich hielt sie zusammengepreßt und lächelte gleichzeitig, wie um ihm zu bedeuten, daß es mir leid tat. Ich versuchte, mich zu entspannen.

»Du mußt überhaupt nichts machen, Baby. Du mußt dich nicht bewegen und mich auch nicht küssen, gar nichts. Wenn du es nicht magst, sagst du es mir.«

Er steckte mir den kleinen Ball zwischen die Beine, und ich wäre fast aus dem Bett gesprungen.

»Oh Gott. Was ist das denn bloß?«

»Ist das zuviel?« Er legte das Ding nieder und wartete.

»Irgendwie schon. Wie ein Schock, aber wehgetan hat es nicht. Es hat sich ulkig angefühlt.«

Ich machte die Augen auf. Ich erkannte, wie erregt er war, der Schweiß lief ihm die Schläfen und den Hals hinab und tropfte auf mich nieder.

»Na gut.«

Ich legte mich wieder zurück, und diesmal schlang er mir den Arm um die Hüfte und hielt mich fest. Er steckte es mir zwischen die Beine, ohne mich selbst zu berühren; er schwebte einfach nur über mir und wirbelte Luft auf. Eine kleine Brise surrte durch mein Schamhaar.

»Jetzt geht es ganz leicht«, sagte er und senkte es auf meine Haut, während sein Griff um meine Hüfte fester wurde. Es begann, gedämpfte Geräusche zu machen wie überdreht, während Max es hin und her bewegte wie einen winzigen Metalldetektor. Druckwellen rollten durch meine Beine, von den Fußsohlen her, brannten sich durch meine Schienbeine und dann unmittelbar in meine Mitte, so daß mein Kopf zurückflog. Ich hörte Tonys Stimme, ehe er mir wehgetan hatte: »Oh yeah, ba-de-boom. Komm, jetzt zeig ich's dir mal.«

»Oh ja«, murmelte Max hundertmal, Nichts war von mir übrig geblieben als schwelende Haut, schmelzende Knochen. Meine Hüften bäumten sich unter Max' Hand auf, bis ich aufs Bett niederschlug, erlöst. Die Zunge klebte mir am

Gaumen, und meine Beine bebten so stark, daß ich wußte, weggehen konnte ich nicht. Ich verkroch mich unter die Bettdecke und duldete nicht, daß er mich berührte.

»Alles in Ordnung?« Er legte das Ding wieder unter das Bett. In der Tat hatte ich nicht das Bedürfnis, es zu sehen.

Ich wollte nichts sagen, und als er mir die Hand auf die Brust legte, stieß ich sie weg. Nach einer Weile stand er auf, um sein nasses Hemd auszuziehen, und ich ging ins Bad und erblickte mein breites, zerlaufenes Gesicht, das waberte wie Wackelpudding auf einem Teller.

»Kuhgesicht«, sagte ich in den Spiegel, und als ich aus dem Bad kam, war ich angezogen und hatte die Hände zu Fäusten geballt. Max wich zurück. Ich wußte, er hatte keine Angst, daß ich ihm wehtun würde. Er hatte Angst, daß ich ihn hassen würde. Er hatte Angst, daß ich es nicht wieder machen würde.

»Du bist ein beschissener Perverser«, erklärte ich ihm, und obwohl ich endlos dazu brauchte, mein Fahrrad aufzuschließen, blieb er im Haus und beobachtete mich vom Schlafzimmerfenster aus. Ich zeigte ihm den Finger, was ich noch im selben Augenblick reichlich albern fand, doch mir fiel nichts anderes ein, um ihm zu sagen: *Ich hasse dich.*

Das ganze Wochenende läutete bei uns das Telefon, doch ich ging nicht dran, und wenn meine Mutter abnahm, legte er auf. Am Samstagnachmittag beschwerte meine Mutter sich bei der Telefongesellschaft. Selbst als der Techniker mit seinem läutenden Gürtel durchs ganze Haus lief wie ein verrückt gewordener Hamster und meine Mutter ihm von Apparat zu Apparat folgte, saß ich ruhig im Spielzimmer und öffnete und schloß die Türen des Puppenhauses, bis er wieder ging. Meine Mutter kaufte zwei neue Telefone. Max schickte mir während der letzten Woche des Schuljahrs einen Brief per Post, was dumm von ihm war. Er hätte dafür eingesperrt werden können.

Mein liebstes Mädchen,
Deine Abwesenheit und der Kummer bringen mich noch um. Bitte verzeih mir. Es war nicht richtig von mir. Dabei wollte ich nichts anderes, als ein ganz besonderes Erlebnis mit Dir teilen. Es tut mir leid, daß ich Dich erschreckt habe, böse gemacht habe, was auch immer – es tut mir leid. Es tut mir leid, und ich habe im ganzen Leben noch nie etwas so Schönes gesehen. Es hat mir den Atem verschlagen. Bitte frühstücke wenigstens mit mir, ehe die Schule aufhört.
Dir gehört meine Liebe, solange Du mich willst,
M.

Im August langweilte ich mich bereits. Mrs. Hills Haus war tagsüber der reinste Backofen. Wir hatten soviele Ventilatoren an, daß wir einander nicht mehr hören konnten, was mir allerdings nichts ausmachte. Sie schenkte mir noch zwei Tassen, und hin und wieder wies sie auf irgendeinen gutaussehenden weißen Knaben in einer Soap-Serie und sagte: »Na, das ist mal ein netter junger Mann«, als müßte ich daraufhin zum Telefon eilen und beim CBS anrufen. Rachel und ich sprachen zwar mehr oder minder wieder miteinander, doch sie hatte einen neuen Freund, einen der älteren Schüler, der ihr auf Schritt und Tritt folgte und bloß lächelte, wenn sie sich über seine Anhänglichkeit lustig machte. Nachdem ich zurückgebliebenen Kindern das Schwimmen beigebracht und gelernt hatte, wie man den Rauch durch die Nase ausstößt und gleich wieder inhaliert, hatte ich nichts mehr zu tun. Schließlich rief ich Max an und legte den Hörer auf, als er sich meldete.

Er wußte, wer dran gewesen war, rief mich zurück und erklärte weinend, ich sei das einzig Wichtige auf der Welt, und ich hörte mit einem Ohr, wie meine Mutter sich eine Tasse Tee machte, und vermochte ihn mir kaum vorzustellen, während er sprach und weinte. Er war ein Stäubchen.

Lange Zeit ließ ich mich nicht mehr nach Hause mitnehmen, nicht mal bei schlechtem Wetter. Ich tat Gutes und spielte Solitär. Ich las Baudelaire, und ich las Georgette Heyer. Ich gab das Geld meiner Mutter fürs Kino aus und begann erneut, die Jungen zu beobachten und ihnen zuzulächeln. Mein Körper summte, eine fröhliche mutwillige Melodie, eine unaufhörliche Hintergrundmusik. Und dann hatte ich Lust, mit Max über Bücher und Jungen zu reden, und ich roch im Traum Kaffee und Barbasol, und wir fingen wieder an.

Sprich zu meinem Herzen

Ich war kein Cheerleader, ich trieb keinen Mannschaftssport, und ich schaute den anderen auch nie dabei zu; ich bewies also keinen Schulgeist, doch die Basketballspieler gefielen mir. Einmal schaute ich mir sogar die NBA im Fernsehen an, aber deren Akteure wurden mir dann doch zuviel: riesige Männer mit dicken Adern, massiv wie Baumstämme, so stürzten sie auf ihren kräftigen bandagierten Beinen über das Spielfeld. Die Basketballspieler an meiner High School bestanden hingegen nur aus feuchter Haut und Kalziumablagerungen, ein paar von ihnen gutgebaute, junge Männer, die gerade erst breite Schultern bekamen, die übrigen einfach nur hochaufgeschossene, schlaksige Jungs mit weizenblondem, seidigem Haar, das ihnen in die Augen fiel, bis es in der zweiten Spielhälfte strähnig und naß wurde, oder braunen Afropilzen, die leicht auf und ab federten, wenn sie auf dem Spielfeld hin- und herrannten. Die weißen Jungen bekamen dunkle Halbkreise unter den Armen und große Flecken in der Mitte von Brust und Rücken, doch den schwarzen Jungen lief das Wasser nur so am Leib herunter. Und Huddie Lester troff und glänzte wie Regen in einer Mondnacht. Ich gab einem Mädchen aus der neunten Klasse Nachhilfeunterricht, dem es jedoch eher darum ging, nicht sitzenzubleiben, als darum, wirklich lesen zu lernen, und so legten wir alle zehn Minuten eine Pause ein. Während dieser Pausen trieb Yolanda auf den Fluren ihr Unwesen, stemmte Schließfächer auf und fotokopierte ihren Hintern im Pausenzimmer der Lehrer; ich beobachtete Huddie beim Körbewerfen.

Ich beobachtete drei Freitage hintereinander das Basketballtraining, und schließlich kam Huddie herübergedribbelt, als sie sich in Vierergruppen aufteilten und endlos Würfe ausführten, so daß die Bälle dutzendweise durch Netze pfiffen, gegen das harte weiße Korbbrett und auf den harten glänzenden Boden prallten.

»Du magst wohl Basketball?«

»Es geht so. Wenigstens müßt ihr beim Spielen denken. Oder jedenfalls seht ihr aus, als dächtet ihr.« Ich hätte mich ohrfeigen können.

»Hm, wir denken. Du gibst wohl Yolanda McKee Nachhilfe?«

Es stellte sich heraus, daß Yolanda eine gute Freundin von Huddies Kusine Abigail war. Wir konnten sie im Flur singen hören, laut und lieblich. Er stützte die Hand auf das Geländer der Tribüne und ließ den Ball mit leichter Hand aufprallen, während sein Blick auf eine Stelle irgendwo zwischen mir und der Sporthallentür gerichtet war.

»Du gehst wohl mit Allen Schreiber?«

»Nein. Das ist nur ein guter Freund.«

»Mit Jon Schwartz?«

»Nein. Ist das hier ein Quiz?«

»Hm. Noch eine Frage.«

»Na gut. Kannst du damit nicht aufhören?« Falls er mit mir ausgehen wollte, falls er *die* Art von Sympathie für mich empfand, dann mußte er mit dem Gedribbel aufhören.

Er ließ den Ball auf dem dürren braunen Finger kreisen, und wir schauten zu, wie er sich drehte – Orange, Schwarz, Orange. Er klemmte ihn sich unter den Arm. »Wie wär's mit Pizza nach dem Training? Wir hören um fünf auf, und ich muß heute hinterher nicht gleich in den Laden.«

Ich weiß nicht, wie ich es geschafft habe zu antworten.

In meinen Ohren summte es Ja, und mein Blut schrillte, und wir saßen grinsend und atemlos, bis wir den Pförtner Yolanda anbrüllen hörten.

»Dann um fünf am Fahrradständer.«

Wir waren sehr darauf bedacht, nicht miteinander gesehen zu werden, und sehr eigen. Wir trafen uns bei dem abgelegensten Fahrradständer, dem, der von den Hippies und den Angebertypen gemieden wurde; wir nickten einander auf dem Flur zu, und am Wochenende schlenderten wir die Bleecker Street hinunter, küßten uns an jeder Ecke und erwiderten den Blick der Leute, die uns anschauten. Ich dehnte Yolandas Nachhilfeunterricht aus, was ohnehin sinnvoll war, und dann beobachtete ich Huddie beim Training wie jemand, der irgendwie die Zeit zwischen zwei Verpflichtungen überbrücken muß, und setzte mich dazu hin, damit meine Beine nicht zitterten. In all den Monaten, die wir zusammen waren, gingen wir ein einziges Mal in eins unserer Kinos und aßen nur in dem abstoßenden Pizzaschuppen am Bahnhof Pizza vom Blech. Der Laden gehörte einer indischen Familie, die gar nicht mitzubekommen schien, daß alle gutgehenden Pizzerien auf Long Island von Griechen geführt wurden und die Lokale von Italienern, und daß man das einzige exotische Essen, das einen gewissen Zuspruch fand und unter anderem aus Dosenlitchis und großen blauen tropischen Drinks bestand, am Donnerstagabend in Bruce Ho's zu sich nahm. Die Patels servierten wäßrigen Schinken, grünen Pfeffer, Ananasspezialitäten und abgestandene Coca-Cola, und Trunkenbolde und erschöpfte Frauen, die auf die Flushing- und Bayside-Züge warteten, waren die einzigen Leute, die wir jemals dort sahen. Die Pizza war so schlecht, daß wir das Curry zu bestellen begannen, das nur verschämt in kleiner Schrift ganz unten auf der Speisekarte aufgeführt war; erstaunt und beglückt strichen die Patels die schlimmste Sorte Pizza von der Karte. Wir mochten Rogan josh und Hühnchen vindaloo und die Joghurt-Shakes, durch die wir uns einmal mehr von allen unterschieden, die wir kannten. Wir machten uns unsichtbar. Wir sprachen niemals aus, weshalb.

Wir nutzten jeden verschwiegenen Ort, den eine kleine, überfüllte Stadt zu bieten hat, jeden gepflegten Wald, jeden überwinternden Swimming Pool,jedes leere Bootshaus und selbst die Granitbrocken von zwei Meter Umfang, die manche Leute in Saddle Rock Estates herankarrten, um ihre Fünfhundert-Quadratmeter-Grundstücke interessanter zu gestalten. Huddie brachte uns Sodas und Twinkies aus dem Laden seines Vaters mit. Wir lagen im Schatten von Felsen und Booten und in den großen blauen Badewannen leerer Pools und redeten. Große Dinge geschahen um uns herum, die Bewußtseinsveränderung war spürbar, die Revolution im Anmarsch, sogar hier, und wenn die älteren Jugendlichen und die anständig gesinnten Erwachsenen damit fertig wären, dies Land zu verändern, wäre die Reihe an uns, und wir würden ihr Werk fortführen. Wir gingen davon aus, daß jeder vom anderen wüßte, was er politisch dachte, und setzten voraus, daß wir einer Meinung wären. Während wir einander das Haar bürsteten und Zöpfe flochten und die Hemden aufknöpften, träumerisch einen Zeh über ein nacktes Bein streichen ließen, sprachen wir über unsere Familien, über unsere Schule, unsere schwachsinnigen Lehrer, gestanden einander, welches ungeheure Glück wir gehabt hätten, sprachen von seiner Zukunft bei den Celtics und meiner bei der *Village Voice*.

Ich vergaß Max. Jeder Tag mit Huddie ließ sein Bild blasser werden, bis die Wahrheit sich darauf beschränkte, daß ich vor Jahren als Schülerin in ihn verknallt gewesen sei, daß ich der Babysitter seiner Kinder gewesen sei, daß er immerhin so nett gewesen sei, mir beizubringen, wie man eine Knüppelgangschaltung bediente, und daß ich den Eindruck hätte (und an dieser Stelle lächelte ich geschmeichelt und verlegen zugleich), er fände mich jetzt, wo ich erwachsen war, attraktiv. Ist denn irgendwas passiert? fragte Huddie. Nein, du machst wohl Witze, entgegnete ich und legte die Hand auf den hüpfenden Muskel in seinem Oberarm. Jedesmal, wenn Max auf dem Parkplatz gegenüber der High School auftauchte, um mich mit dem Auto zum gemeinsamen Mittagessen abzuholen, fiel ich aus allen Wolken. Und dann sagte ich, montags sei es nicht günstig, und dann, mittwochs sei es nicht günstig, und nur ganz selten einmal ließ ich mich erweichen, damit er nicht allzu trübselig wurde, und als ich selbst das nicht mehr fertigbrachte, gab ich ihm gerade nur noch ein Küßchen, und dann stand Rachel eine ganze Woche mit herausfordernd untergeschlagenen Armen auf den Stufen vor der Schultür und bedeutete ihm, er solle es ja nicht wagen zu fragen, wo ich sei. Er gehörte nicht in die Nähe meines Körpers, jetzt, wo er Huddie gehörte.

Liebe und Begehren bewirkten, daß wir, ohne nach rechts und links zu sehen, auf eine harmlose und impulsive Art ineinander krachten wie die Autoscooter. Das einzige, das uns – und nur gelegentlich – zu trennen vermochte, war meine Angst vor der Schwangerschaft und Huddies Unfähigkeit, eine Erektion aufrechtzuerhalten, während er ein Kondom benutzte, eine Kombination, die dazu führte, daß wir Zuflucht zu allen möglichen Kunstgriffen suchten und uns zugleich dafür schämten. Mein leidenschaftliches Verlangen nach ihm wallte auf wie Wildwasser und wurde von Angst aufgesogen, sowie wir unsere Kleider ablegten. Während ich im Umkleideraum der Sporthalle stand, umgeben von normalen Mädchen mit normalen Begierden und normalen kondombenutzenden Freunden, erfuhr ich zu meiner Verwunderung, daß sie festgestellt oder angeblich festgestellt hatten, daß der erigierte Penis als solcher erregend sei. Für mich war er ein strapaziöser, unberechenbarer Gefährte, den man aufs Wärmste begrüßen und insgeheim zu übertölpeln versuchen mußte.

Huddies Penis war dumm, Huddie jedoch nicht. Ich mußte mich scheinbar derart von meiner Erregung fortreißen lassen, daß ich Huddie, ohne daß ich das selbst zu ahnen schien, dazu brachte zu kommen, und ihn dann mit List und Tücke daran hindern, an mich heranzukommen, ehe er fertig war. Und da wir beide siebzehn waren, mußte ich das sehr häufig tun. Um Huddie und seinen kleinen Freund abzulenken, ging ich alsbald mit seinem Penis um wie der Wundergeiger mit der Violine; ich konnte Huddie aus jeder Lage im Nu zum Orgasmus lecken, knabbern oder summen. Sowie er schlaff war, liebkoste ich ihn sanft, meine Hand und sein Penis stupsten einander so sanft wie zwei Kaninchen. Sowie er wieder steif wurde, ließ ich die Finger um die glitschige, gerippte Oberfläche gleiten und umspannte ihn fest, um dann so stetig zu arbeiten wie eine Pleuelstange, und pumpte sein Sperma gegen den Rücksitz oder auf die Decke, die wir dabei hatten.

Einmal, als wir nackt in unserem grünen Versteck im Wadsworth Park lagen, bildete sein schlanker brauner Rücken einen vollkommenen Bogen, die Gischt seines Samens einen zweiten, ein dunkler und ein weißer Halbmond vor einem Hintergrund dichter Farne und eines violetten Abendhimmels. Ich mußte beide Hände in unsere Decke krallen, um nicht auf ihn zu springen und diese herrliche, bockende Kraft in meinem Innern zu umfangen.

Das letzte Sonnenlicht fiel durch das Laub über uns, und Huddie blickte zwischen meinen Beinen auf und schnellte vorwärts, glitt so schnell zwischen meine nassen Schenkel, daß ich nicht wegrollen konnte, wie ich es sonst immer tat.

»Ich möchte, daß du mich fühlst«, sagte er und drückte mich von der Brust bis zum Schenkel mit seinem ganzen Gewicht nieder. »Baby, bitte, nur ein wenig. Nur die Spitze, weiter nichts.«

Es war wundervoll. Besser als Finger und Zungen, diese vollkommene Form, dies vollkommen glatte, üppige Fleisch, wie von einer Pflaume, die in mich eindrang, mich in die allergrößte Erregung versetzte.

Als ich mich einen nassen, benommenen Augenblick zurücklehnte, spürte ich, wie sein Penis weiter vordrang, in völliger Übereinstimmung mit meinem eigenen Körper. Schlagartig sah ich mich im Umkleideraum der Mädchen weinen wie die arme Celia Sheehan und stieß Huddies Hüften weg, schob ihn aus mir heraus und spürte die schreckliche, kühle Enge, wo zuvor er gewesen war. Er kam auf der Decke und verfluchte mich und begann zu weinen, die Fäuste an die Augen gedrückt wie ein kleiner Junge.

»Ich will deswegen nicht streiten. Ich will nicht mit dir streiten. Du willst es doch, stimmt's? Ich weiß, daß du es willst. Ich weiß es. Kannst du nicht die Pille nehmen oder irgendwas? Du weißt doch, daß ich mich drum kümmern würde, wenn ich könnte.«

Ich wußte es. Er hatte eine Woche lang ein Kondom getragen, bemüht, sich daran zu gewöhnen. Er streifte eins über, ehe er zur Schule ging, und er trug es die ganze Nacht, doch die erste Einengung durch das Latex, und sein Penis war zu einer verängstigten purpurfarbenen Locke erschlafft, die auf grausame Weise von einer großen gelben Narrenkappe geschluckt worden war. »Kein Kondom, kein Sex« stand schützend vor meinen Schwangerschaftsängsten, wenn man einmal absieht von solchen Bildern wie den bewaffneten, reißzahnbewehrten Spermen, die schwimmend und nagend meine Baumwollunterhose überwanden, doch Huddie trieb dies Verdikt zum Wahnsinn. Er hatte als Vierzehnjähriger mit dem Sex angefangen und nicht die Absicht, ihn schon drei Jahre später wieder aufzugeben.

Huddie setzte mich bei Planned Parenthood ab, der Beratungsstelle für Familienplanung über dem A&P, wo ich eine ganze Reihe zunächst hocherfreuter, dann leise mißbilligender Frauen kennenlernte. Einerseits freute es sie, daß jemand ihren Rat suchte, andererseits hielt diese Freude nicht lange an, weil ich diese ratsuchende Person war. Ich füllte Formulare aus, zog mich aus und überreichte meinen uringefüllten Pappbecher einer Frau, die Greta Stone dermaßen ähnlich war, daß ich ihr die Hälfte über den Kittel schüttete. Ich hielt während der Untersuchung den Atem an und fragte mich, wie eine Frau kaltes Metall in eine andere schieben konnte, ohne auch nur mit der Wimper zu zucken. Das Speculum klickte in meinem Innern und öffnete mich den Augen und Fingern der Schwester; es war nicht unfreundlich, es sagte einfach nur: »Und sowas willst du haben? Nun weißt du ja, wie es ist.« Die für Geburtenkontrolle zuständige Beraterin gab mir für die ersten drei Monate einen Gratisvorrat von winzigen gelben Pillen und eine Reihe kleiner rosafarbener, die ich während der Periode nehmen sollte. Soweit ich mich später erinnerte, hatte sie von nichts anderem als von der Abtötung von Spermen gesprochen, und als sie zu den Nebenwirkungen gekommen war, hatte ich nicht zugehört. Brustkrebs und Blutgerinnsel sagen Teenagern nicht sehr viel. Soziale Ächtung und Schwangerschaft waren für uns die einzigen echten Katastrophen, und nachdem ich die eine durchlebt hatte, beabsichtigte ich nun, der anderen ein Schnippchen zu schlagen.

Ich kehrte zum Auto zurück, und Huddie schaute mir zu, als ich feierlich die erste der gelben Pillen schluckte. Er klatschte Beifall, und ich lachte und steckte ihm zwei Finger in den Mund, die seine scharfen Zähne festhielten, während das warme Innere seiner Lippen sie umfaßte.

Ich weiß nicht, wie die anderen Mädchen damit zurechtkamen. Ich weiß, daß die Schwester mich aufgefordert hatte, dreißig Tage zu warten, »andere Verhütungsmittel zu benutzen«, während die gelben Pillen meinem Körper vorgaukelten, ich sei schwanger, der daraufhin sämtliche Blüten eines Zustands trieb, den ich doch um jeden Preis hatte vermeiden wollen, und wenn ich meine Seele, meinen echten Smaragdring und Huddies Auto hätte drangeben müssen.

Ich versuchte es. Wir versuchten es. Wir machten Kompromisse, wir hatten Verkehr mit sämtlichen anderen Körperteilen, wir feilschten mit Gott, während unsere Säfte uns das Kinn hinabrannen, und forderten die Katastrophe in jeder überhaupt denkbaren Weise heraus – es fehlte nicht viel, und wir hätten in aller Form verkündet, daß wir nun, da wir uns wie Erwachsene betragen hatten, verdammt nochmal ein Anrecht auf ein richtig dickes Vergnügen hätten. Am zwanzigsten Tag ließen Huddie und ich den Lesesaal schließen und gingen zu ihm nach Haus. Auf seinem schmalen Bett mit dem rohen Sperrholzkopfteil, das unablässig gegen die verblichene gelbe Tapete knallte, murmelte ich »Nein, nein, nein« und umklammerte seinen nassen Rücken, zog ihn direkt durch mich hindurch, bis es mich erstaunte, überhaupt noch irgendeinen Teil von ihm außerhalb meiner Haut zu sehen. Huddie und ich gaben den Versuch auf, erwachsen zu sein. Nach einer Dreiviertelstunde blieben wir erschöpft liegen, hechelnd und benommen wie Langstreckenläufer.

Zum Duschen blieb uns keine Zeit mehr, was uns nicht störte. Wir hatten noch nie gemeinsam geduscht. Kids haben keinen Platz zum Vögeln und keinen zum Duschen. Nur Erwachsene, die immer alles vertuschen und auf der Hut sein müssen, beseitigen anschließend sämtliche Spuren. Wir sprangen naß und stolzerfüllt in unsere Jeans und verließen sein Zimmer, das noch geschwängert war vom feuchten, salzigen Pelzgeruch zweier Welpen, die auf sumpfiger Wiese spielen – ein Geruch, der von Huddie auf mich getropft war und den das Bettzeug wieder an unsere Haut zurückgegeben hatte. Eine Flüssigkeit, die so heiß und dick war wie mein eigenes Blut, rann mir den restlichen Tag die Beine hinab, und ich lächelte jedesmal, wenn ich mich hinsetzte und spürte, wie die derbe Naht meiner Jeans mir in den Schritt schnitt. Man hätte uns erschießen müssen, um uns voneinander fernzuhalten.

Als das Wochenende kam, wußte ich, daß ich schwanger war. Ich erinnerte mich, von Mädchen in meinem Alter gelesen zu haben, die niederkamen und bis zum Einsetzen der Wehen gar nicht wußten, daß sie schwanger waren. Haben ihre Eltern das wirklich geglaubt? Daß diese

Mädchen fühlten, wie ihre Brüste sich in zarte, empfindliche fieberheiße Eier verwandelten, fühlten, wie ihre Bäuche sich zu straffen Zeltkuppeln wölbten, die winzige, fordernde Fremdlinge umhüllten, und nicht Bescheid wußten? Ich wußte Bescheid.

Ich wollte Huddie nicht beunruhigen, und ich wollte ihn nicht verlieren. Ich rief Max an.

»Ich bin schwanger«, sagte ich. »Ich glaube, ich bin schwanger.«

Max sagte nichts. Ich hörte sein Atemgeräusch in meinem Ohr; mühselig und verraucht. Ich hörte ihn schlucken.

»Warum läßt du nicht erst einen Test machen? Nur um ganz sicher zu sein.« Ich hörte das Klicken seines Feuerzeugs. »Mach dir keine Sorgen, Baby.« Er sagte nicht: Es ist ja nicht mein Kind, obwohl er wußte, daß es nicht seins war.

»Na gut. Rachel hat mir erzählt, daß sie bei Planned Parenthood einen Test machen lassen hat.«

»Wer war denn der Junge?« Max hatte Rachel nie gemocht, und sie haßte ihn geradezu, seitdem ich ihr erzählt hatte, was sich da abspielte, ohne auch nur den Vibrator zu erwähnen oder ihr zu schildern, wie er mich nackt in einen Sessel setzte und mich einfach nur anstarrte. Wenn sie ihn in der Stadt traf, dann murmelte sie zornfunkelnd vor sich hin, und einmal hatte sie ihm das Auto mit ihrem Schlüssel zerkratzt. »Huddie ist so süß«, sagte sie. »Er ist eklig, Elizabeth. Sowas ist doch krank. Wir sollten ihn umbringen.«

»Zvi Carnofsky. Sie war übrigens nicht schwanger.«

»Na prima. Nach Carnofsky habe ich übrigens nicht gefragt. Wenn du nicht zu Planned Parenthood gehen willst, dann geh zu einer Freundin von mir. Hilda Ringer. Das ist eine sehr gute Ärztin, eine reizende Frau.«

Ich sagte nichts. Ich hatte noch nie einen Termin bei einem Arzt gemacht.

»Soll ich für dich anrufen?«

»Nein, das kann ich allein. Was soll ich denn sagen? Soll ich sagen, daß ich schwanger bin?«

»Nein, du bittest um einen Termin bei Frau Dr. Ringer und sagst, du möchtest einen Schwangerschaftstest machen lassen und riefst auf Empfehlung von Mr. Stone an.

Um die Rechnung kümmere ich mich dann schon.«

»Kommst du mit?« Das wollte er nicht. Die Leute würden sich fragen, weshalb er mich begleitete, und es würde Scherereien geben.

»Ich glaube nicht, Baby. Das wäre doch reichlich auffällig. Du gehst hin, und ich hole dich hinterher ab. Wir können einen Happen essen gehen, während wir auf das Ergebnis warten.«

»Macht nichts. Dann gehe ich mit Rachel. Irgendwer wird schon mitkommen. Mach dir keine Sorgen, das kriege ich schon hin. Ich tu schon nichts Auffälliges.« Ich knallte den Hörer auf. Ich war wütend, bis mir wieder einfiel, daß es ja nicht sein Kind war.

Es freute mich nicht, daß ich noch drei Wochen bis zur Abtreibung warten mußte, doch die Beraterin bei Planned Parenthood sagte mir, was ich hören wollte, und hielt meine Hand, während sie mir versprach, daß es nicht wehtun würde, das sei nur »so ein kleiner Krampf«. Es hörte sich an, als handelte es sich um einen Zahnarztbesuch, und so wollte ich es auch haben. Sie lächelte Huddie zu, betrachtete mich mit ernster Miene und überreichte uns einen

Stapel Aufklärungsfibeln, worin fröhliche Strichmännchen und –frauchen vernünftige und gesunde Entscheidungen trafen. Ich warf sie auf dem Weg zu Huddies Auto in den Papierkorb. Ich sagte, das sei doch keine Riesenaffäre, und Huddie sagte, sei es doch und wir stritten uns über Dinge, die zu groß für uns waren, bis wir den Park erreichten, wo wir unter hundertjährigen Eichen lagen und befanden, nun käme es auch nicht mehr drauf an.

Erhöre mich

Dank Mrs. Hill und ihrer Tochter kannte ich mich mit Cholesterinwerten und Herzkrankheiten aus wie eine betagte Herzpatientin. Ich machte Ragouts mit einer weißen Sauce aus Magermilch, ein Rezept, das ich in einer Broschüre der American Heart Association gefunden hatte, und gehäutete Hühnerbrust mit Tomaten und Champignons, die in einem halben Teelöffel Olivenöl gedünstet wurden. Manchmal ersetzte ich das Huhn durch Truthahn und die Tomaten durch Kartoffeln. Die Schweineschwartenkrüstchen gehörten längst vergangenen Zeiten an, ebenso wie das Handlesen. Wir waren jetzt ernsthafte Menschen; Mrs. Hill war ernsthaft krank, und ich liebte sie ernsthaft.

Mrs. Hill hatte einen ziemlich guten Tag. Ihre Haut hatte eine normale Kaffeefarbe, die nicht von graugelben Tönen überlagert war, und wir hatten uns vor ihrem Nickerchen eine ganze Weile bestens amüsiert und herumgealbert, während das Radio ein Lied zu Ehren der Supremes spielte. Mrs. Hill und ich beherrschten die gesamte Gestik zu jedem einzelnen Lied, und wir fanden übereinstimmend, daß Diana Ross dies allzu Dürre, Herrschsüchtige überhaupt nicht stünde. Wir bevorzugten Flo Ballard, die Vivian ein wenig ähnelte, oder selbst Cindy Birdsong, die zwar offensichtlich dumm wie Bohnenstroh war, aber wenigstens gutmütig.

Eben war ich noch dabei, die Hühnerbrust zu häuten, und dann auf einmal nicht mehr.

Huddie machte seine Liefertour und fand mich auf dem Boden zusammengerollt, die Wange auf dem rotgraugetüpfelten Linoleum, die Hände an den Bauch gepreßt. »Was ist denn, Liz? Sweet, ich bringe dich ins Krankenhaus. Elizabeth?« Ich konnte ihn zwar hören, und ich konnte ihn riechen, und der Schmerz war nicht so schlimm, aber ich konnte nicht sprechen. Ein kalter, anschwellender Fluß schloß sich über mir, durchlief mich, trug nur mich und mein Baby – ganz plötzlich war es mein Baby geworden, das ich in den Armen hielt. Nackt wurden wir über scharfe, halbverborgene Felsen hinweggeschwemmt, Steine schrammten mir die Füße auf, eisige graue Gischt ließ unsere Wangen kalt, ihren weichen Körper steif werden, zog mit derben Fingern an ihrem feinen Haar.

Mein Baby stirbt, dachte ich, und hämmerte auf den Boden, so daß Huddie der Schreck in die Glieder fuhr. Das Blut hatte durch meine Jeans zu sickern begonnen. Ich schob die Hände in die Unterhose und besah mir meine rotgestreiften Handflächen. Ich kroch zum Badezimmer, und er zog mir die Jeans und die Unterhose aus und saß zu meinen Füßen, weinte um meinetwillen.

Weine um sie, dachte ich, und forderte ihn auf, mich allein zu lassen. Er blickte auf meine beschmierten Hände und Beine, meine entblößten Zähne, die Blutfetzchen, die in meinem schwarzen Haar zu trocknen begannen, und dann setzte er sich draußen vor die Badezimmertür und wartete.

Ich saß und saß, spürte, wie Klumpen von Blut und Gewebe aus meinen hellen Adern gesogen wurden, aus meinem jungen Körper herausgezerrt, ins Nichts, und nichts zurückließen. Ich würde alt sein, wenn dies vorüber wäre, eine Muschelschale, die von den Wellen blankgescheuert worden war. Huddie würde jung sein, und ich würde alt sein, so erschöpft wie Mrs. Hill. Legt mich einfach nur neben mein kleines Baby, laßt uns in Frieden. Es tut mir so leid, Baby, ich werde nie wieder im Leben an eine Abtreibung denken, was auch passieren mag, es tut mir leid, Gott, nimm mir das Baby nicht weg, nimm mir das Baby nicht weg. Die Krämpfe waren fast vorüber, es waren nur noch winzige Wellen.

Ich bat Huddie, mir ein Paar von seinen Jeans zu bringen und eine Schachtel Binden aus dem Laden seines Vaters. Ich stand auf, um mich leise zu waschen, und wunderte mich, daß mein Gehämmer und mein Weinen Mrs. Hill nicht aufgeweckt hatten. Ich erkannte mein eigenes Gesicht nicht wieder, das mit einem schlechten Halloween-Makeup beschmiert war, mein Haar, das sich zu trockenen roten Spitzen eingerollt hatte, meine kalkweißen Wangen. Ich blickte weg, in die Kloschüssel hinab, und fiel wieder auf die Knie, als bräche es mir ein zweites Mal das Rückgrat. Etwas Gerolltes, klein, eine kleine Babyfigur, mit knospenkleinen Fingern, die in unserem Blut schwamm. Ich konnte, nur mit einem blutbefleckten T-Shirt bekleidet, nicht hinausgehen, und ich konnte die Spülung nicht betätigen. Niemals würde ich mein Baby hinunterspülen.

Huddie kehrte zurück, und ich wusch mich zu Ende und zog seine ausgebleichten Jeans an, die nach Huddie und dem industriellen Waschmittel rochen, das Mr. Lester für alles verwendete. Wir fingen an, das ganze Chaos zu beseitigen. Huddie wischte den Küchenfußboden, und ich machte mich ans Badezimmer. Dann nahm ich ein Marmeladenglas aus Mrs. Hills Küchenkollektion. Ein kleines

Sechs-Unzen-Marmeladenglas war alles, was ich brauchte. Ich kehrte wieder ins Badezimmer zurück.

»Ich muß das Baby beerdigen.«

Huddie sah mich nur an, zu nett oder zu verängstigt, um zu widersprechen.

»Wo willst du hin?«

Ich wäre gern in den Wadsworth Park gegangen, doch ich konnte Mrs. Hill nicht so lange allein lassen. Ich wollte überhaupt nie wieder irgend jemand allein lassen. Ich wollte gut sein.

»Hol eine Schaufel aus der Garage. Wir können in den Wald hinter der Kirche gehen.«

»Hinter der Kirche?«

Nun, es war ja nicht meine Kirche. Mir war das egal. Dort gab es hohe Fichten und weiche Farne, und am Donnerstagnachmittag war dort kein Mensch.

»Hol nur die Schaufel, ja?« Ich wollte nichts weiter als den süßen, sauberen Geruch der Fichten und einen sicheren Platz für mein Baby.

Mitten im Wald gruben wir in aller Eile ein tiefes Loch, und Huddie schwitzte in der Nachmittagshitze sein Hemd durch. Wir legten das Marmeladenglas hinein, das in Plastik und zusätzlich in Aluminiumfolie gehüllt war, bedeckten es mit Erde und strichen sie glatt.

»Wir sollten die Erde noch festtreten. Dann hat es mehr Halt«, sagte er und sah mich nicht an. Wir trampelten mit unseren Turnschuhen die Erde fest und warfen Fichtenzweige und halb verrottetes Laub über die Stelle.

Als Mrs. Hill aufwachte, lag ich schlafend auf der Couch, die Füße in Huddies Schoß. Er hatte nicht gehen wollen, obwohl er noch Bestellungen auszufahren hatte.

Mrs. Hill, die doch nicht einmal mehr wußte, welcher Wochentag war und ob sie gegessen hatte oder nicht, blickte mir ins Gesicht, auf das Zeitungspapier, das ich mir untergelegt hatte, um ihre häßliche blaue Brokatcouch zu schonen, auf Huddies Hand auf meinem Bein und wußte Bescheid.

»Bist du das, Horace Lester? Du hast meine Lebensmittel doch schon geliefert, wie?«

»Ja, Ma'am«, sagte Huddie und rührte sich nicht vom Fleck.

Ich glaube nicht, daß meine Mutter von Huddies Existenz wußte. Huddies Vater hingegen wußte, daß es da jemanden gab, wußte jedoch nicht, daß ich das war. Huddie belieferte Mrs. Hill zwar einmal die Woche, aber ich glaube nicht, daß sie uns je auch nur flüchtig zusammen gesehen hatte. Dabei war im Grunde ich die Blinde, weil ich uns für unsichtbar hielt. Huddie und ich saßen und beobachteten, wie unser Schicksal zum Spielball einer launischen alten Dame mit schlechten Augen und einer unerbittlichen Selbstgerechtigkeit wurde.

Es läutete, und ich erkannte Mr. Lesters rauhe Stimme, die nach Mrs. Hill rief Sie schlurfte zur Tür, und er kam hinter ihr hereingestürmt. Sein rundes Gesicht war starr und schwarz, die Lederschürze saß glänzend und stramm über seiner breiten Brust.

»Horace, du hast schon noch vor, deine Bestellungen auszuliefern, wie? Ich suche dich nämlich seit einer geschlagenen Stunde. Miz Hill, brauchen Sie Horace noch?«

»Nein, Gus. Ich weiß es sehr zu schätzen, daß er kommt und überhaupt. Das ist eine große Hilfe für mich.«

Huddie hatte zwar beim Klang der Stimme seines Vaters die Hand von meinem Bein genommen, und ich hatte schon aufspringen wollen, doch wir blieben auf der Couch, erstarrt, schuldbewußt. Ich fragte mich, ob wir allesamt so tun würden, als wäre ich gar nicht vorhanden. Mr. Lesters Augen waren rote Stecknadelknöpfe in seinem schwarzen pockennarbigen Gesicht, und ich konnte nicht begreifen, wie ein so abgrundhäßlicher Mensch ein so wohlgestaltes Wesen wie Huddie hatte hervorbringen können.

»Sie kennen doch Elizabeth Taube, das Mädchen, das mir dienstags und donnerstags zur Hand geht, wie?« Mrs. Hill klang wie meine Mutter an einem Bridgeabend, entgegenkommend und wachsam zugleich, ganz die aufmerksame Gastgeberin.

»Nein«, sagte Mr. Lester, der offensichtlich in diesem Augenblick begriff, wer ich war. »Tut mir leid, daß ich so hereingeplatzt bin, aber ich brauche meinen Jungen im Laden. Horace?«

Huddie erhob sich wie ein Riesenwelpe, und ich sah, wie Mr. Lesters große Hände auf seine Schultern niederfielen. Ich zuckte zusammen, und Huddie ballte die Hände zu Fäusten und steckte sie in die Tasche.

»Verabschiede dich«, flüsterte Mrs. Hill.

»Wieso denn? Er hat mir ja nicht mal guten Tag gesagt«

Für Mr. Lester würde ich meine guten Manieren nicht bemühen.

»Von Horace, verabschiede dich von Horace.«

»Auf Wiedersehen.« In meiner Verwirrung rief ich ihm nach, und ich sah seine goldbraunen Fingerspitzen winken, seinen linken Daumen und den Zeigefinger den Buchstaben »L« bilden, für Liebe, für Liz, während er unter dem Küchenfenster hindurchging, um sein Fahrrad zu holen. Ich wußte, er hatte mich gehört.

Mrs. Hill fiel in ihren Ruhesessel, während ich wieder auf die Couch sank, meine schmutzigen Turnschuhe wieder auf

Zeitungspapier bettete. Sie blickte zur Uhr auf dem Kaminsims empor und griff nach dem Hörer. Ich war erstaunt, sie meiner Mutter erklären zu hören, ich fühlte mich ein bißchen unwohl, ich dürfe gern über Nacht bei ihr bleiben, außerdem hätte sie mich sowieso gern bei sich. Ihre Stimme war jetzt hell, sie sprach flüssig und fast akzentfrei, und ich fragte mich, wie sie es wohl schaffte, von der einen Stimme zur anderen zu schalten.

Mrs. Hill schloß die Augen.

»Ich hab' gesagt, du sollst auf Wiedersehen sagen, weil er weggehen wird. Gus hat Familie in Alabama. Wenn du Horace dies Jahr nochmal wiedersiehst, freß ich 'n Besen.«

Mrs. Hill konnte zwar nicht die Bohne Handlesen und lag mit ihren Wettervorhersagen völlig daneben, doch in diesem Punkt sollte sie recht behalten. Ich sah Huddie sieben Jahre nicht wieder.

TEIL II

Errette die Liebe, fang ein das Licht

In Mars, Alabama, war an Uncle Burfs blauem Hemd, das noch warm und steif war von Aunt Arlenes Bügeleisen, schon um halb acht am Rücken ein langes nasses Dreieck zu sehen. Die scharfen Falten an den Ärmeln hingegen würden sich bis Mittag halten. Burf blickte aus dem Fenster des Postamts auf die Pyramiden der Sternmagnolien draußen, drei in einer dunkelschimmernden Reihe und jede in der Nähe der Spitze mit einer verspäteten weißen Blüte besteckt. Das einzig Gute an Alabama, sagte Burf immer, waren die Vegetation, das Angeln und das Essen. In letzter Zeit packte Arlene ihm immer ein Mittagessen ein, als hätte er eine lange Bahnfahrt vor sich: drei Stück Huhn, einen Pfirsich, ein Stück Süßkartoffelkuchen. Sein Soda holte er sich selbst. Gus würde genauso essen, wenn er noch hier wohnte. Gus' Sohn aß, um zu leben, mehr aber auch nicht.

Arlene stand am Herd, als wären alle drei Kinder noch daheim. Sie holte alte Obstkuchenrezepte hervor, dünstete Rhabarber und wagte sich an neue Sachen aus Zeitschriften wie Spinatlasagne und Barbecuetruthahn. Und der Junge saß da wie ein Toter, was zwar verständlich war, fand Burf, aber doch ungerecht Arlene gegenüber, die sich aus Nettigkeit stundenlang an den Herd stellte, und Burf gegenüber auch, denn er aß praktisch für zwei, damit Arlenes Kochkunst gebührend gewürdigt wurde. Und ganz besonders schwer erträglich war es, beobachten zu müssen, wie der Junge verkümmerte, während man mit ihm an einem Tisch saß, und zu wissen, daß er, Burf, mit Sicherheit immer wieder Briefe finden würde, jeden elenden Tag, den Gott werden ließ, wieder so einen Brief des Jungen an sein Mädchen finden würde, den er dann in der Mittagspause zweimal durchreißen und in den Papierkorb werfen mußte.

Den ersten hatte er von Anfang bis Ende durchgelesen und die Liebe eingesogen, die er ausströmte, dies heiße, schmerzliche Gefühl unter den Rippen, diese Art Liebe, um deretwillen er sich einst an diesem Irren von Sergeant vorbei aus der Kaserne geschlichen und das Kriegsgericht riskiert hatte, um durch den Maschendrahtzaun hindurch einen von Arlenes Küssen zu kriegen und danach mit einer rostgeprenkelten Raute, die sich in sein Gesicht gedrückt hatte, schlafen zu gehen. Die Liebe verlieh dem Leben selbst dann noch seinen Wert, wenn man aus weiter Ferne auf sie zurückblickte.

2. April 1970

Liebe Elizabeth Ann,
ich liebe Dich. ICH LIEBE DICH. Ich bin in Mars, Alabama. Ich weiß nicht, ob Du mir einen Brief zukommen lassen kannst. Vielleicht, wenn sie nicht wissen, daß er von Dir ist. Kannst Du ihn in der City abschicken? Ich glaube nicht, daß sie einen Brief kontrollieren werden, der nicht aus Great Neck ist.

Meine Tante und mein Onkel sind nette Menschen, ich habe sie nicht gesehen, seit ich klein war. Er ist der Bru-

der meines Vaters, und es besteht tatsächlich eine physische Ähnlichkeit, was bedeutet, daß die Natur ihn nicht gerade begünstigt hat.

Dad hat mich in einem derartigen Affenzahn ins Flugzeug verfrachtet, man glaubt es nicht! Naja, Du glaubst es bestimmt, Du kennst ja Gus. Die Schule hört hier Anfang Juni auf. Wir sind viel weiter als die hier, und ich muß überhaupt nicht arbeiten. Die Mannschaft ist nicht schlecht, und ich bin Angreifer. Die sind alle groß, größer als ich, wie immer, aber langsam. Das sind so richtige lahme Landärsche. Wir sind hier nämlich auf dem Land, Mädchen. So reden die hier alle. Die finden alle, daß ich mich komisch anhöre, so daß ich, wenn Du mich wiedersiehst – wann immer das sein mag –, wahrscheinlich klingen werde wie Onkel Remus.

Ich würde Dich gern anrufen, doch das merken die dann an der Telefonrechnung, und ein R-Gespräch kann ich ja nur machen, wenn wir eine Zeit vereinbaren. Ich habe überhaupt kein Geld. Wenn Du mir eine bestimmte Zeit schreibst, wann Du anrufst oder ich anrufen soll, wie etwa Freitagnachmittag zwischen zwei und vier, ehe die beiden nach Hause kommen, könnte ich da sein. Du mußt doch wissen, wie sehr ich Dich liebe. Schreib mir. Ruf mich an.

Dein Dich ewig liebender H.

Burf hatte den Brief an Huddies Stelle eine Minute lang geküßt, ehe er ihn zerriß, und versucht, alle übrigen Briefe nicht mehr von Anfang bis Ende durchzulesen. Er hielt Ausschau nach Briefen des Mädchens, obwohl ja unmöglich welche dabei sein konnten; er hoffte, selbst als er Huddies Briefe in trübselige, fettige Streifen zerriß, daß sie sie irgendwie bekommen und darauf antworten würde. Nein.

Burf stellte sich Elizabeth Ann als blasse Blonde mit rosigen Lidern vor, wie die kleine Weiße, die während der Ferien auf dem Postamt arbeitete, bis ihm wieder einfiel, daß Elizabeth Jüdin war. Dann also wie Anne Frank, traurige Samtaugen und dunkles, adrett gewelltes Haar. Als Burfs älteste Tochter das Buch mit nach Hause gebracht hatte, hatte er sich oben auf dem Weg ins Badezimmer in den Flur gesetzt und es in einem Zug durchgelesen. Dann hatte er unter der Dusche geweint und war zur Arbeit gegangen. Burf wußte, in Gus' Augen verschlimmerte die Tatsache, daß die Freundin Jüdin war, das Ganze, doch es sah nicht so aus; gebrochene Herzen waren immer gleich, jüdisch oder nicht.

Nadine Taylors Eltern hatten sich bestimmt auch nicht gewünscht, daß sie seinen kohlrabenschwarzen, häßlichen Bruder heiratete. Häßlich, bösartig, arm, bedeutungslose Familie, keine Manieren. Nadines Familie hingegen stammte aus Maryland, alle möglichen gebildeten freigelassenen Sklaven im Hintergrund, deren sämtliche historisch bedeutende Briefe, Wäschelisten und Gedichte hübsch in Eiche gerahmt waren und in allen dreizehn Zimmern der Taylors hingen, und Indianer waren dabei gewesen, nicht nur hochwangige schwarze Vorfahren, sondern echte Weapomec Indianer aus Raleigh, die zurückgekehrt waren, als Schwarze das noch für eine Verbesserung hielten; sogar einen französischen Farmer und eine irische Zofe hatte es unter den Vorfahren gegeben, die die Grundlage für ein Sommerhaus in Highland Beach gelegt hatten, wo hochgewachsene, kaum gebräunte Männer und silberhaarige, langnasige Frauen in keuschem, sommerlichen Weiß in Liegestühlen lagen.

Augustus und Burford hatten hingegen nichts vorzuweisen als ihre halbverrückte, unstete Mutter und ihre Tante

Lessie, deren Pflichtgefühl sie dazu veranlaßte, die Kleidungsstücke aufzulesen, die ihre Mutter im Hof verstreut hatte, wie es ihrer Willenskraft zu verdanken gewesen war, daß ihre Mutter sich wieder beruhigte und im hinteren Zimmer Platz nahm, Abendessen auf dem Tisch, und daß er und sein Bruder am nächsten Morgen zum erstenmal seit einer Woche machten, daß sie in die Schule kamen. Ihr Vater, der gutaussehend und wach von dem goldgerahmten Foto blickte, war bei der Handelsmarine, und dort blieb er auch. Erzogen, verdroschen, gewaschen und aufgewachsen in Ehrfurcht vor dem Herrn und vor Menschen, die ihre Rechnungen bezahlten, waren Gus und Burf anständige Jungen. Und dennoch brachen sie ihrer Tante das Herz, und es war ihre Schuld, daß sie sich krank sorgte. Denn sie liebten das Wasser. Sport des weißen Mannes oder nicht, sie segelten, fuhren Kanu, Kajak und sogar Wasserski. Sie stahlen sich nachts in den Country Club, um in dem Schwimmbecken von olympischen Ausmaßen zu schwimmen. Sie liehen sich Skiffs und brachten sie am frühen Morgen zurück; sie heuerten auf großen Segelbooten bei rücksichtslosen weißen Jungen an, die mehr Geld als Verstand besaßen. Gus bewahrte drei signierte Fotos von Esther Williams unter seiner Matratze auf, und zwei volle Jahre bäumte sein Körper sich jede Nacht darüber auf. Burf träumte vom Tiefseeangeln, davon, wie er Fächerfische einholte, die Füße gegen eine Meile philippinisches Mahagoni gestemmt. Auf eine religiöse Weise angelte er immer noch, befestigte er Fliegen zu seiner Abendmeditation. Er hatte es dem Jungen ein paarmal gezeigt, doch Horace stellte sich mit den Fliegen an, als ob er zwei linke Hände hätte, und ließ seine bernsteinfarbenen Füße wie ein kleines Kind über die Bordwand baumeln, während er Songs aus dem Radio summte.

»Kein Fisch, kein Abendessen«, log Burf. Der Junge hatte jedoch mit eigenen Augen gesehen, daß Arlene die Kühltruhe bis zum Rand mit Pasteten und Eintöpfen und Keksen in Alufolie vollgestopft hatte, für alle Fälle.

»Der Fisch wird nämlich unser Abendessen.«

»Das macht mir nichts aus. Ich bin nicht hungrig«, sagte der Junge und schob die Unterlippe vor. Queen Nadines Sohn, ganz klar, von seiner rosa Schmollippe bis zu den langen knochigen Füßen und den runden Froschzehen, die durch das reglose Wasser schnellten.

Burf seufzte. »Ich weiß, daß du nicht hungrig bist. Deine Tante Arlene weiß, daß du nicht hungrig bist. Ganz Mars weiß, daß du nicht hungrig bist, Junge. Warum nimmst du nicht die Füße aus dem Wasser, und wir fangen was und gehen nach Hause. Kein Mensch verlangt, daß uns das auch noch Spaß machen soll.«

Arlene putzte das Haus, rüstete sich für die Hitze und dachte über das Mädchen nach. Gus war ja verrückt, den Jungen nur drei Monate vor dem Schulabschluß wegzuschicken. Vielleicht sah sie ja aus wie Nadine, und Gus konnte das Gesicht nicht mit reinem Gewissen ansehen, auch wenn es weiß war. Was Nadine Gus hinterlassen hatte, reichte für ein angenehmes Leben. (Arlene erinnerte sich immer noch an die handbestickte Unterwäsche, die Tenniskleidung, die Nadine errötend ausgepackt und ganz unten in eine Schublade gelegt hatte.) Ach, Queen Nadine. Zu gut für Gus, zu gut, um sie alle schon so früh zu verlassen. Und das war nicht etwa feines Getue gewesen. Es war echte Güte gewesen, und sie leuchtete Arlene jetzt wieder Tag und Nacht entgegen, beim Frühstück wie beim Abendessen, während sie ihr in Gestalt ihres Sohnes am Küchentisch gegenüber saß und mit ihm dahinzuwelken drohte.

Der Junge ging im späten August aufs College. Burf und Arlene sahen sich seine Spiele im Fernsehen an, und Burf dachte, vielleicht würde das Mädchen Horace ja spielen sehen und ihm schreiben. Schreib ihm, dachte Burf, vergiß es nicht. Finde sie, dachte Arlene.

So glaube denn

Für die letzten drei Monate kehrte Elizabeth in die Schule zurück, zwar mit Schatten unter den Augen und strähnigem Haar, doch sie kehrte zurück. Sie wollte Max nicht anschauen, der wie ein Verwundeter durch die Flure wankte. Sie wollte seinem mürrischen Blick aus den eiförmigen Augen hinter der Brille nicht begegnen, und sie schnappte nach Luft, wenn ihr seine Hände zu nahe kamen. Er betrank sich praktisch an jedem Wochenende und goß sich beim Frühstück Wodka in den Orangensaft. Er schaffte es zur Arbeit, hielt den Atem an, wenn er seine Kinder küßte, gab jedem Schüler, dessen Eltern sich sonst beschweren gekommen wären, gute Noten. Er fiel nicht hin, machte nichts kaputt, und aus Angst, die Jungen umzubringen, weigerte er sich, mit ihnen Auto zu fahren. Greta stieg am Freitag nach vier Uhr nicht mehr zu ihm in den Wagen. Die Jungen fuhren mit dem Rad in die Stadt, und Greta hatte begonnen, Dan Geld zum Einkaufen mitzugeben. Max konnte nichts anderes tun, als was er tat, also kaufte er Dan einen Drahtkorb und sämtliche Comics, die er haben wollte.

»Ja sieh mal, Elizabeth, wie schön, daß du wieder da bist. Wie ist es dir denn ergangen? Hast du den Aufsatz über Edith Wharton fertig?« Manisch vor Verzweiflung, klang er wie ein völlig anderer Mensch; die Stimme, die er ihr und Hunderten von Schülern und deren Eltern und seinen eigenen Kindern gegenüber gebraucht hatte und in der Anteilnahme ebenso mitschwang wie Autorität, schrumpfte ihm in der Kehle ein. Rachel stand einen Meter entfernt Wache.

Elizabeth sah sie an und schüttelte den Kopf, woraufhin Rachel sich ein Stück den Flur hinunter zurückzog und sich auf die unterste Treppenstufe setzte.

»Mir geht's soweit gut. Ich habe das Kind verloren.«

»Ich weiß. Es tut mir so leid, Sweetie. War es denn schlimm?«

Er versuchte, sie auf sein Büro zuzulenken, doch sie stand an die Wand gedrückt wie eine Geisel.

»Nein, ich habe das Kind verloren. Es ist gestorben. Ich habe es nicht töten lassen müssen.«

Max hob die Hände, die ins Leere griffen.

»Du hast eine Fehlgeburt gehabt?«

»Ganz richtig.«

»Es tut mir leid.«

»Hm, mir auch. Dem Baby bestimmt auch.«

Und Max redete weiter, nur um zu reden. Versuchte, das, was sie miteinander gehabt hatten, in eine kühne, unglückselige Romanze zu verwandeln, die ehrenvolle Niederlage der Liebe, als wären sie es gewesen, die weinend auf Mrs. Hills Küchenfußboden gesessen hatten.

Elizabeth sagte nichts. Sie sah seine Gedanken und schloß die Augen. Max küßte ihre Stirn, küßte sie durch ihre ungewaschenen Stirnfransen hindurch und lehnte sich neben ihr an die Wand.

»Wo ist denn der Junge?«

Sie zuckte die Achseln, und er glaubte, sie mühelos zum Reden bringen zu können.

»Der Junge. Der Junge, der dich geschwängert hat. Wo ist er?«

»Er ist weg. Sein Vater hat ihn weggeschickt.«

»Nun, ich bin ja noch da, Sweetheart. Du rufst mich an, wenn du mich brauchst. Ruf mich einfach an.«

Elizabeth stahl sich an der Wand aus Schlackensteinen entlang und schrie: »Ich komme, warte auf mich«, und als sie den halben Flur hinter sich hatte und an Rachels Seite in Sicherheit war, rief sie ihm über die Schulter zu: »Haha. Nein danke, Mr. Stone. Trotzdem vielen Dank.«

Und er sah, wie sie rasch etwas zu Rachel sagte, den Arm um die Taille der Freundin gelegt, und dann warfen sie ihm einen Blick über die Schulter zu und brachen in hartes, ungläubiges Gelächter aus.

Max hatte sich unter Affären, normalen Männeraffären, eine Art Tabasco für Ego und Libido vorgestellt, ein bißchen Pep für das tägliche Einerlei der Hamburger und Rühreier. Seine eigenen Affären erschienen ihm mittlerweile unglaublich beschwingt und freundlich, die Motels wie in Rosa und Gold gehaltene Operettenkulissen, alles Unglück, alle denkbaren Ausgänge kaschiert durch schwere, freundliche Seufzer in Höhe seiner Taille, eine gutmütige weiche Kehle, die Wein schluckte, einen leicht erschlafften Bauch, der unter seinen Fingern rund und straff wurde. Dies hier, dies Mädchen, war vergiftetes Wasser in einer Tausend-Quadratmeilen-Wüste, und er mußte trinken und wußte, er starb.

In jenem ersten schrecklichen Sommer ohne sie vor zwei Jahren hatte er Scotch getrunken, bis sein Hinterkopf so fest gegen seine Stirn drückte und sein Mund ein derartiger Komposthaufen war, daß er drei Tage lang hatte aufhören müssen, und dann war er zu Weißwein übergegangen, den er kartonweise kaufte. Es tat ihm wohl, in einem Restaurant oder bei irgendwelchen Leuten eins der hübschen Etiketten wiederzusehen, und dann erklärte er, für den Preis sei das ein toller Wein. (Nicht, daß Max und Greta noch oft eingeladen wurden. Max war von jeher der Charmeur gewesen, die Hälfte des Paares, die die Leute bei sich sehen wollten. Ein trauriger, uncharmanter Trinker und eine religiöse Agoraphobikerin sind bei Essenseinladungen oder Grillfesten nicht sonderlich gefragt.) Er bezog, wie Trinker das so tun, den Standpunkt, wenn andere Leute legitime Beweggründe hätten, das Zeug zu trinken, dann hätte er die wohl auch.

Nachdem er in jenem vollgestopften, blauen Empfangszimmer in die Knie gezwungen worden war, hatte er Mrs. Hill und seinem Gewissen äußerlich Genüge getan, Abstand gehalten und gehofft, solch sichtbares Wohlverhalten würde belohnt werden, er würde wieder der werden, der er gewesen war. Elizabeth war dann monatelang weggeblieben und schließlich mit einem gutaussehenden italienischen Knaben in sein Büro spaziert gekommen, diesem Burschen mit dem kunstvoll zerrissenen T-Shirt, der unverständlichen Aussprache und den langen schwarzen Locken. Max hatte gedacht: Der ist nicht wirklich ihr Freund, sie hat ihn nur für den Nachmittag angeheuert, um mich dafür zu quälen, daß ich mich von ihr ferngehalten habe, wozu ich kein Recht hatte und was ich, so schwöre ich bei Gott, nie wieder tun werde.

Wie schön sie ist, hatte Max gedacht. Was erwartet man von mir? Soll ich mich dafür schämen, daß ich so ein alter Schmutzfink bin, so ein Humbert, so abstoßend in meiner Obsession? Ich versuche, mir den Mann vorzustellen, der sie nicht lieben würde, den kaltherzigen Perversen, der sie ohne Leidenschaft anzusehen vermöchte. Meine unbewegte Babypuppe, so schön wie der Tag, und wenn ich ihr ein Kompliment wegen der Rosen mache, die auf ihren Jeanshintern appliziert sind, dann errötet sie so tief, daß sogar das reine Weiß ihres T-Shirts sich rosa färbt. Ich weiß, daß sie erst fünfzehn ist, verdammt nochmal. Ich versündige mich, das braucht mir niemand zu sagen. Fünfzehn. Ich hab sie das erstemal angeschaut und den Wunsch verspürt, sie an mich zu ziehen und so zärtlich und so einfühlsam zu lieben, daß selbst Gott mir vergeben würde. Und danach hätte ich mich umgebracht, weil ich gewußt hätte, mir würde niemals vergeben werden, am allerwenigsten von mir selbst.

Statt zu erklären, daß seine Gedanken jedesmal, wenn er sie sah, um sanftes Vögeln und gewaltsamen Tod kreisten, schüttelte Max Tony DiMusios kleine Hand und stellte sympathische, onkelhafte Fragen. Tony demonstrierte Interesse an Max' Volkswagen mit der Knüppelgangschaltung, und sie stritten sich ohne alle Aufregung darüber, ob nun billige Autos eher zu vertreten seien als teure (Elizabeth und Tony meinten, billige seien moralisch überlegen; Max war arm gewesen und sie nicht) und über Knüppelgangschaltungen im Vergleich zur Automatik (alle drei hatten sie eine Vorliebe für Knüppelgangschaltungen, obwohl Elizabeth und Tony gar nicht fahren konnten).

Sie sprachen nicht über Literatur; Max nahm an, daß Tony nicht las. Ihm war klar, daß Tony Straßenschilder und Speisekarten ohne fremde Hilfe entziffern konnte, doch er las nicht. Und konnte Bob Dylan nicht ausstehen (Elizabeth hatte Max allein im letzten Jahr elfmal *Bringing It All Back Home* vorgespielt, und was er nicht als allzu altklug oder als Platitüde empfand, hatte ihn amüsiert, wenn es ihn gleichzeitig auch gejuckt hatte, Elizabeth dies ganze kritiklose

Wunderkindgetue unter die Nase zu reiben), Dylan sei ja so eine trübe Tasse, Mann, und Tonys ehrgeiziges Lebensziel bestand nun mal darin, einen signalroten Porsche mit Vierradantrieb zu besitzen, Mann, und richtig einen draufzumachen. So wußte Max denn, was sie alles gemeinsam hatten, und er wußte auch, weshalb sie Tony in sein Büro mitgebracht hatte, und spielte den Blödmann bis zum bitteren Ende, sprach seine Bewunderung für Porsches aus, seine Verachtung für Bob Dylan und seine besten Wünsche für ihr künftiges Glück. Er war, und es machte ihn wütend, davon überzeugt, sich gut, ja geradezu auf bewundernswürdige Weise aus der Affäre gezogen zu haben, so daß Elizabeth das gekriegt hatte, weshalb sie gekommen war.

Tonys Hand lag auf dem Türknauf, und Elizabeth hatte bereits ihren flachlippigen Kuß auf Max' Wange hinterlassen, als Max sie alle gleichermaßen mit einer wilden, grausamen Lüge überraschte: Greta und ich spielen mit dem Gedanken, noch ein Kind zu bekommen, ich glaube, wir machen es wirklich. Elizabeth wurde weiß im Gesicht und ging, und Max hatte sich ein weiteres Jahr gänzlich ohne sie eingehandelt, in dem er sich der Reue hingeben durfte.

Ein ganzes Jahr, in dem er aus den Spielen der Schülerliga, Klarinettenstunden, dem Hickhack wegen der Ernährung, den von Tieren wimmelnden Filmen und endlosen Arztterminen, kurz, aus dem Familienleben hinaus- und in ein Meer des Entsetzens und der Lust hineingleiten konnte, das so strahlend wirkte wie die Liebe der Büßer zum Herrn. Danny betrieb jeden Sommer zwei Sportarten. Benjie, der bis zum Ende des nächsten Jahres Ben werden sollte, saß in der Ecke jeglichen Zimmers, in dem Max sich aufhalten mochte, und beobachtete ihn. Benjie war Max' Gewissen, der Schrein seiner eigenen blankpolierten Kindheitstugenden und derjenige, der für seine Hilfsbereitschaft die Fünfdollarnote bekam, mit der Max herumwedelte, ehe er sich auf die Couch legte. Benjie nahm die fünf Piepen, löste die Schnürsenkel seines Vaters und schob ihm ein Kissen unter den Kopf. Benjie hatte drei Fahrradunfälle, bei denen er sich den Arm, das Schlüsselbein und zwei Rippen brach und den Ärzten jedesmal mit Max' eigener Miene komischer Verzweiflung zuzwinkerte. Marc versteckte Süßigkeiten in seinem Zimmer und zeichnete Superhelden mit kleinen Köpfen und schreiende Mädchen.

Greta erkannte nicht, wie krank er war, und Max erzählte es ihr nicht. Ihre Phobien und ihre schwer erträglichen Bemühungen, sie zu überwinden (stundenlange Schweißausbrüche im Wohnzimmer beim bloßen Gedanken an einen Flughafen; Schlangestehen im Supermarkt mit beinah tödlichem Ausgang) hatten zur Folge, daß ihrer Aufmerksamkeit nahezu alles entging. Max glaubte, die Vaterrolle sei sein Schamtuch, und sein wahres, in der Auflösung befindliches Ich sei allen verborgen außer Benjie, der zwar Augen hatte zu sehen, aber, gottlob, noch nicht begriff, was er sah. Seit Gretas offizieller Rückkehr aus Benjies Zimmer (zwei Minuten eines ehelichen Pyrrhussieges: Greta räumte ein, daß ihre Anwesenheit den Jungen nervös mache; Max' Lippen bebten von den gemeinen Äußerungen, die ihm auf der Zunge lagen, und dem Vorgeschmack der Genugtuung, allerdings – was mußte das für ein Vater sein, der seinen Kindern *so eine* Mutter gab?, und dann unterblieben sämtliche Äußerungen, und die Genugtuung stellte sich nicht ein), klammerten sie sich jeder an seine Bettkante. Nicht ein einziges Mal, nicht in einer einzigen Nacht waren sie einander auch nur für eine Minute in der Mitte des Bettes begegnet.

Elizabeth hatte Wachstumsstreifen an beiden Hüften gehabt, und Max erinnerte sich an ihren langen Rumpf, sah ihren elfenbeinfarbenen pfirsichförmigen Hintern über die Decke des Klassenzimmers treiben. Zarte Erdbeerstreifen, die sich durch die sahnige Nachgiebigkeit fester, schimmernder Zellen zogen, die unübertreffliche, einschüchternde Elastizität der Haut einer Sechzehnjährigen. Das hatte so überhaupt nichts zu tun mit den ernsthaften, in sich gefurchten Rissen entlang Gretas Bauch, permanenten Einbrüchen schmerzhafter Veränderung, einer Selbstlosigkeit, die sich tief in die Schönheit gewühlt und sie aufgezehrt hatte. Das einzige, das von der armen Greta übriggeblieben war, waren die schimmernden Heroinenlocken, die nichts mit Elizabeths ahnungsloser Glätte gemein hatten, nichts gemein mit den häßlichen blassen Malen, die Max an seiner Taille entdeckte, unauffällig häßlichen Falten oberhalb seiner Hinterbacken, die er kaum zu erkennen vermochte, wenn er aus der Dusche trat. Max hatte eine Flasche sehr billigen Scotch im Badezimmerschrank, für Krisensituationen am Morgen. Es war Scotch, weil er für Krisensituationen gedacht war, und er war billig, weil Max sich in dem Gedanken gefiel, daß er richtig schlechten Scotch vielleicht gar nicht trinken würde, und außerdem weil er, wozu sonst immer er außerstande sein mochte, wenigstens ernsthaft sparte, um von einem Lehrergehalt drei Collegeausbildungen bezahlen zu können. Wenn er beim Aufwachen an Elizabeth gedacht, ihre Brüste unter seinen Fingern gefühlt hatte, kühle, prächtige, locker gefüllte Päonien, nahm er drei rasche Schlucke, ehe er unter die Dusche trat. Umgeben von Dampf, vermied er den Anblick seines Körpers: eine Reihe breiter werdender, glitschig ungesunder Wülste, ein unsichtbarer Schwanz, der sich zu Recht verschämt verkroch, unter solcher Aufgedunsenheit, infolge einer Scotch-Schwangerschaft verkümmert war; die eigenen Fettbrüste, weich abfallend unter ergrauendem Brusthaar, das, wie alles andere an ihm, im Begriff war, die Schlacht zu verlieren. Elizabeths Brüste boten so gar nichts, keinen Trost, keine Nahrung oder Rast, sie waren einfach nur Schönheit, einfach nur vorhanden, ohne jegliche Absicht außer ihrem eigenen lieblichen Dasein. Er hätte mehr Halt aus einem Hamburger bezogen, mehr echte Fürsorge von Greta und mehr Ruhe aus einem Nickerchen auf dem Badezimmerfußboden. Im Bad gab es einen Pappbecherspender, für die Kinder. Während er trocknete, vor dem Zähneputzen, trank Max einen Krisenbecher Scotch.

Sich mit sechsundvierzig zum erstenmal zu verlieben, war albern und enervierend und verkehrt. Es war nicht romantisch. Eine sechsundvierzigjährige emotionale Jungfrau. Allein das war schon schlimm genug; Max hatte immer eine unernste, zynische Neigung zu seinen unbeständigen Begierden gehegt, Bewunderung, in die sich Erleichterung mischte, hingegen für seine unangreifbare väterliche Liebe. Er wußte, ohne irgend etwas wissen zu wollen, daß er mit weniger als einem Finger an seiner Existenz festhielt, und wenn es gar zu schwer wurde, dies Festhalten, und er sich seine geliebte Walther P-38 in den Mund halten sah, Öl und Stahlgeschmack auf der Zunge, dann entschied er, wie Menschen das oftmals tun, wenn sie sich hinter ihrer Tapferkeit verschanzt haben, daß er lieber mit einem letzten Sichaufbäumen sterben wolle als feige an etwas geklammert – immerhin gäbe es nach dem Sprung die Möglichkeit einer unversehrten Landung, während er so, an den bröckelnden Sims geklammert, weder leben noch sterben konnte. Er rief sie an.

»Ich werde nächstes Jahr ganz schön zu tun haben«, sagte Elizabeth.

»Bitte. Ich schaffe es ohne dich nicht«, sagte er.

»Ich weiß nicht.«

»Laß mich nicht betteln, Elizabeth«, sagte Max.

Sie kam um ein ganzes Jahr schöner in sein Büro spaziert, so wunderhübsch, daß er lachte und es ihm für sie beide leid tat. Sie lächelte zaghaft. Max hatte keine Vorstellung, wie sie mittlerweile wirklich aussah. Ihr Traumgesicht, das blasse, liebliche, breitwangige Gesicht, das er um drei Uhr morgens vor Augen hatte, schob sich unversehens vor die tatsächlich vorhandenen Züge einer Sechzehnjährigen, und wenn sie Akne gehabt hätte oder rituelle Narben oder rechts und links eine Tätowierung, er hätte es nicht gesehen. Ihre Kleider hingegen sah er schon. Grüne Strumpfhosen, Jeansminirock, Taschentuchgröße, zweifellos an Margaret vorbeigeschmuggelt – ihre Mutter würde derlei Vulgarität nicht dulden, wie auch Max selbst nicht, zumindest nicht an seiner eigenen Tochter – und ein unförmiger grüner Rollkragenpullover, der dennoch an ihren Brustwarzen klebte. Seine ehrlich gemeinten Bemühungen, nett zu Greta zu sein, seine nächtlichen Seelenbefragungen, seine wiederholten Schwüre, dem Scotch zu entsagen, erwiesen sich nun als durchsichtige, schwache Versuche, der Wahrheit aus dem Weg zu gehen. Die Wahrheit stand in seiner Türöffnung, einen Fuß auf den anderen gestützt.

Max wagte es nicht aufzustehen, um hallo zu sagen, er winkte sie herein, und das mit einer so grimmig distanzierten Miene, daß Elizabeth es sich fast noch einmal überlegt hätte.

»Ich kann mittwochs Tonbänder machen«, sagte sie.

»Kannst du mir beibringen, wie man mit Knüppelgangschaltung fährt?«

Du mußt, dachte sie. Du liebst mich, und ich bin zurückgekehrt.

Kann sein, daß sie flüchtig irgend etwas vor sich hin murmelte, wie, daß sie letztes Jahr viel zu tun gehabt habe. Er ignorierte es. Er sagte lediglich, es freue ihn, daß sie zusammenarbeiten würden, und er glaube schon, daß er ihr das beibringen könne – sagte dies so reserviert, wie er irgend konnte, beendete, während sie wartete, sogar die Benotung einer Klassenarbeit, um ihr zu zeigen, wer hier der Chef war, und fragte sich unterdessen, in welchem Staat sie wohl eine Heiratserlaubnis bekämen.

Max dachte: Wenn ich sie nach drei Stunden Gerupfe an meinem Schaltknüppel immer noch liebe, dann habe ich, selbst in den Augen des Herrn, doch wohl bewiesen, daß meine Liebe rein ist. Jedenfalls ziemlich rein. Ihr Rock schob sich in ihren smaragdgrünen Schoß hinauf, während sie ruckend und knirschend durch Nebenstraßen fuhren und dabei ums Haar nicht nur einen Schulbus, sondern auch den Anführer von Benjies Pfadfindern streiften, der sich, nach einer Schrecksekunde, den Hals verrenkte, um zu sehen, was da in Max' Auto vor sich ging, was es mit diesem schönen, angestrengten, schwitzenden Mädchen auf sich hatte, das, augenrollend wie ein Hengst, neben ihm saß.

Mit Max' Fingern am Lenkrad und seinen ruhigen, unablässigen Instruktionen (eine Selbstbeherrschung, in langen Jahren erworben, in denen ihm sechs kleine Hände auf dem Grundstück hatten »helfen« wollen), parkte Elizabeth das Auto unter den Eßkastanien in der Nähe ihres Fahrrads, und sie beglückwünschten einander. Er legte die Hand an ihre feuchten Stirnfransen, die sie so trug wie alle Mädchen in jenem Jahr, nämlich bis in die Augen hängend, und strich sie zurück, immer noch erstaunt, daß die Berührung ihres klebrigen Haars ihn dermaßen zu entzücken vermochte. Sie reckte sich über den Schaltknüppel hinweg und küßte ihn auf den Mund, und er schaffte es gerade noch, nicht vor Dankbarkeit in Tränen auszubrechen, sich ins Gedächtnis zu rufen, daß sie seine Berührung nie gemocht hatte, und sie zu bitten, das Auto hinter die Bäume zu fahren.

Er versuchte, es schlau anzustellen, machte jedoch Fehler. Mittlerweile hatte er sie erkannt, sie waren unübersehbar wie Autobahnschilder, damals war jedoch jede noch so schlechte Idee magisch gewesen, bis er sie ausprobiert hatte, um dann sehen zu müssen, wie ihr weiches Gesicht sich angespannt verzog, ihr Kinn einen verbissenen Ausdruck annahm, während sie ihm zuhörte. Erstaunlich, diesen Widerwillen und dies Mitleid einer Frau mittleren Alters in diesem vom Leben noch unberührten Tortenstückchen von einem Gesicht zu sehen. Er hatte sich aber immer noch eine Chance ausgerechnet, bis sie sich dann in diesen Jungen verliebte, wer immer er war, der etwas so Richtiges tat, so recht hatte mit seinem festen Fleisch und seinem stahlharten Schwanz, indem er sie auf eine Weise fickte, die Max nicht zu Gebote stand, die er sich mit seinem verfallenden Patchworkkörper, diesem unfrischen Atem des älteren Mannes, seinem Zahnersatz nicht zugetraut hätte. Elizabeth war so glücklich gewesen, ihn loszusein, es hatte sich nicht verbergen lassen, daß jene letzte Mittagsstunde nur noch aus einem trüben Rest von Wohlwollen und aus Höflichkeit bestand und es lediglich den Manieren einer Tochter aus gutem Hause zu verdanken war, daß sie ihm überhaupt einen Abschiedskuß gab.

Einen Drei-Sekunden-Kuß, der wieder und wieder abgespielt wurde, den Max festhalten, sich ins Gedächtnis rufen mußte, um den Pfefferminzgeschmack und das Salz und diesen feinen, trockenen Druck auf seinen Lippen zu schmecken, die bewirkten, daß er hundertmal am Tag die Hand an den Mund preßte, monatelang, obwohl sich selbst seine Handfläche noch zu rauh dafür anfühlte. Nichts kam dem nahe außer Benjies Rücken, wenn er aus dem Wasser kam, und Max wollte nicht das eine berühren und an das andere denken. Er streckte den Arm nach ihr aus, mit halbgeschlossenen Augen, in der Hoffnung auf einen weiteren Kuß, einen, der ihn nicht nur in den beglückten Freund, sondern in einen Teil von ihr verwandeln würde, frisch gehäutet, rosig, gestrafft von Kopf bis Fuß.

Vorbei auf alle Zeiten.

Max sah zu, wie Elizabeth und Rachel um die Ecke bogen. Er verließ das Gebäude, ehe es zum letztenmal läutete. Aktenmappe auf den Rücksitz, Abfälle in den Container. Nach Hause fahren. Gut, das ist *Eine kleine Nachtmusik.* Milch, Cheerios, Orangensaft, Zigaretten.

I Sing Because I'm Happy, I Sing Because I'm Free

Manchmal macht Gott einen Fehler. Reine Nachlässigkeit. Er schaut nicht in den Terminkalender. Wenn er hineingeschaut hätte, wäre ihm vielleicht aufgefallen, daß Elizabeth in letzter Zeit allzu reichlich mit Verlusten bedacht worden war. Elizabeth glaubte zwar nicht an einen richtigen Gott, hatte aber so eine Gottesfigur im Kopf, halb Mr. Klein, halb Nikolaus. Auf der Grundschule hatte sich Mimi Tedeschi, als ihr kleiner Bruder gestorben war, zwei Reihen hinter ihr vorgebeugt, um ihr zuzuflüstern, Gott habe ihn zu sich geholt, um einen seiner Engel aus ihm zu machen. Elizabeth wäre beinah mitten im Rechtschreibunterricht aufgestanden und hätte –losgebrüllt. Wie konnte jemand einen derart häßlichen, grausamen Unsinn glauben? Daß Gott den Familien ihre Babys stahl, weil er *einsam* war, ihnen das Lebenslicht ausblies, weil er Gesellschaft brauchte? Und mal angenommen, es gab dort wirklich ein riesiges Pu-der-Bär-Kinderzimmer für alle toten Baby-Engel Gottes – was war dann aus Mrs. Hill geworden?

Elizabeth lag jeden Tag nach der Schule im Bett und vermißte Huddie so schrecklich, daß ihren Körper nach ein paar Stunden die Kräfte verließen. Rachel rief an, doch Elizabeth war zu erschöpft zum Reden. Ihre Mutter stand unschlüssig in der Tür und wünschte sich, Elizabeth verlöre die Besinnung, bis der Schmerz abgeklungen wäre.

»Möchtest du reden, worüber auch immer?«

»Nein.« Elizabeth wälzte sich auf die andere Seite.

»Ganz bestimmt nicht?«

Elizabeth zog die Decke hoch. Das einzig Gute an einem in jungen Jahren gebrochenen Herzen ist, daß man sich nicht bemüßigt fühlt, sich gut zu benehmen, Rücksicht auf andere zu nehmen. Margaret brachte einen Teller rechteckiger, schokoladenüberzogener Kekse und eine Tasse Tee herein, genau das, was sie in einem solchen Fall gern gebracht bekommen hätte, und Elizabeth weinte beim Anblick der huddiefarbenen Schokolade und aß sämtliche Kekse ohne alle Dankbarkeit, ohne jede Anerkennung, ja, ohne sich auch nur bewußt zu machen, daß ihre Mutter jeden Tag ihr Büro verließ, um nach Hause zu gehen, den emotionalen Puls ihrer Tochter zu fühlen und ein Tellerchen appetitlicher Kekse auf ihren Nachttisch zu stellen. Ihr ganzes späteres Leben lang schenkte Elizabeth Menschen, die ihr etwas bedeuteten, wenn sie Kummer hatten, eine Schachtel französische Kekse, die auf der einen Seite dick mit Schokolade bezogen waren.

Die Dame, die anrief, wußte nicht genau, wer Elizabeth war, und so war der Anfang des Telefonats ein Gewirr von Mißverständnissen und unangebrachten Erwartungen. Elizabeth kannte niemanden mit einer solchen seidigen, tiefen und eindeutig schwarzen Stimme, und Reverend Shales hatte der Sekretärin der A. M. E. Zion Church nicht gesagt, die es wiederum Mrs. Hazlipp nicht gesagt hatte, daß Elizabeth Taube ein weißes Mädchen war. Am Ende klärte

Mrs. Hazlipp sie auf, daß Mrs. Hill's Beerdigung am Freitag um eins stattfände, in Doolittle's Funeral Home an der Little Church Road, einer Nebenstraße von Middle Neck, und daß Dr. Vivian Hill ihnen zu verstehen gegeben habe, Elizabeth sei selbstverständlich »willkommen bei der Trauerfeier für Mrs. Hill«. So willkommen nun wieder nicht, daß Dr. Hill selbst angerufen hätte, doch Mrs. Hazlipp gab zu bedenken, daß es eine sehr schwierige Zeit für Vivian Hill sei, einerseits der Verlust ihrer Mutter und andererseits ihre überlaufene Praxis in Los Angeles. Elizabeth nickte ungesehen und stimmte ihr in allem zu, weil sie sich nicht sicher war, ob es ihr zustand zu sagen, wie sehr sie Mrs. Hill geliebt hatte.

Drei Gemeindehelferinnen gingen unverzüglich in Mrs. Hills Haus. Sie machten sich an die Arbeit – sie machten Ordnung, machten Bemerkungen, drängten den Geruch des Todes zur Tür hinaus, summten Melodie und Begleitakkorde ihrer Lieblingskirchenlieder. Niemand wußte, welche Mrs. Hills Lieblingskirchenlieder gewesen waren. Als Mr. Hill starb, war mit ihm auch ihr gesamter gesellschaftlicher Umgang dahingegangen. Keine Missionary Society, kein Gemeindevorstand, nicht einmal der Four Seasons Tea oder der Gemeindepotluck konnten sie wieder in die Kirche zurückbringen. Die Gemeindehelferinnen machten nicht sauber für Mrs. Hill, machten ganz gewiß nicht sauber für die hochnäsige Vivian Hill, die Jahrgangsbeste der North Shore High School, die dann in Kalifornien Medizin studiert und eine *kränkelnde* Mutter allein gelassen, sie kaum *je* besucht hatte und, wenn sie schon kam, nichts von der Kirche hatte wissen wollen. Sie machten sauber für die Gemeindehelferinnen, für ihr Schicklichkeitsgefühl, für ihre eigene Gewissensruhe. Keiner sollte ihnen nachsagen, daß sie nicht recht an Sister Hill gehandelt hätten, schon gar nicht Miss Vivian in ihrem weißen Mercedes.

Elizabeth kleidete sich für die Beerdigung so angemessen, wie sie konnte, und erwartete Wärme und Licht und einen riesigen, wogenden Chor schwarzer Stimmen, Mrs. Hills Gemeinde, ihr Volk, das den Arm um sie schlagen und sie zu sich nehmen und heimtragen, ihren Kopf an eine weiche, schwarze Brust betten würden.

Die Leichenhalle war nicht groß. Staubige olivgrüne Samtdrapierungen hingen hinter zwei wackligen Blumenständern hinab, über denen das geballte Rosa und Gelb von Gladiolen prangte. Die vorderen Reihen waren leer bis auf eine einzelne Frau mit Sonnenbrille, die einen schicken schwarzen Seidenanzug und schwarze Lacklederschuhe mit hohen Absätzen trug. Sie war die einzige Frau ohne Hut, mit kurzgeschnittenem, natürlichem Haar, und als sich eine stattliche Dame von der Kirche in grauem Kleid und dazu passender Jacke und schwarzgrau gefiedertem Turban neben sie setzte und ihr die behandschuhte Rechte auf die dunkle, unberingte Hand legte, erkannte Elizabeth, daß Dr. Hill ebenfalls eine Außenseiterin war. Außer Elizabeth gab es keine Weißen, und sie steuerte auf die letzte Reihe zu, weit weg vom Sarg, weit weg von dem Licht, das sich an Reverend Shales brach, als der ohne alle Förmlichkeit seinen Platz unterhalb der Orgel einnahm, während sie »God Will Take Care of You« herunterschnaufte.

Irgend jemand drückte Elizabeth ein Faltblatt in die Hand, und sie musterte eindringlich das winzige hektografierte Bild einer Mrs. Hill in mittleren Jahren, die ihren Blick stirnrunzelnd erwiderte und sogar den Kopf ein wenig schief hielt. Die Dame in dem grauen Kleid erhob sich, strich sich die weißen Handschuhe glatt und baute sich in ihrer ganzen Leibesfülle vor der Gemeinde auf Sie sang »Just a Closer Walk with Thee«, und Elizabeth schloß die Augen und versuchte, Huddie in diesem warmen, duftgeschwängerten Raum voller brauner Körper, die alle nicht er waren, zu fühlen und zu schmecken. Die Stimme war lieblich und voller Gefühl, doch galt dies Gefühl nicht Mrs. Hill. Es war die Liebe der Sängerin zu ihrem Herrn, ihr starker, tief in ihrem Innern verwurzelter Glaube an die persönliche Beziehung zu ihrem Heiland, und es war ihre Ergebenheit gegenüber Reverend Samuel C. Shales. Mrs. Hill war nur ein Anlaß zum Feiern, und die Feier dieser ganzen Welt, die nicht Elizabeths war und ihr nicht offenstand und die mit Händen zu greifende Wahrheit, daß dieser Ort nicht ihr Zuhause war, nicht mehr als das Haus ihrer Mutter, und daß ihr einziges Zuhause die Fußbank von Mrs. Hill und Huddies schmales Bett gewesen waren, bewirkte, daß Elizabeth haltlos weinte, bis ihr eine der Damen neben ihr, aus Nettigkeit ebenso wie aus Neugier, ein Spitzentaschentuch reichte, das Elizabeth zu benutzen versuchte, ohne es wirklich zu benetzen oder sich die Nase darin zu putzen.

Reverend Shales sagte, alles Leben sei kostbar, sagte mit leiser Stimme etwas Liebevolles über diejenigen, die im Schutze des Soundso des Herrn lebten, und dann legte er los.

»Der Tod gemahnt uns daran, daß uns das Leben von Gott *gegeben wird,* von Gott dem Allmächtigen allein, und daß das Leben von Gott *genommen* wird. Lebe gerecht und bereite dich auf das Jüngste Gericht vor. Wie es zu Sister Hill gekommen ist, so wird es zu einem jeden von uns kommen. Lebe gerecht und werde gerecht *gerichtet,* denn die für *gerecht* befunden werden, werden mit dem Herrn in seiner himmlischen Wohnung sitzen, ich sage, sie werden *sitzen* zur rechten Hand Gottes in seinem ruhmreichen, himmlischen Haus, und sie, die Gerechten unter uns, werden an der himmlischen Tafel speisen.« Die Frauen um sie herum begannen, mit den Stühlen zu wippen und zu nicken, und Elizabeth sah Mrs. Hill vor sich, wie sie vor sich hin nickte, während sie in der Tüte mit den Schweineschwartenkrüstchen herumrüsselte, bis sie die richtig knusprigen, geringelten fand.

Reverend Shales erhob sich auf die Zehenspitzen, sprach jetzt mit donnernder Stimme, und die Stühle wippten auf einer Woge von Amen und Ja, Herr vor und zurück. Elizabeth sah den aufrechten, mageren Rücken von Dr. Hill und hoffte, daß er vor empörter Liebe so starr geworden war und weil sie wußte, daß Mrs. Hill sich nicht an diesem Ort befand, nicht einmal vorübergehend in jenem malvenfarbenen, perlmuttbesetzten Sarg steckte.

»Diejenigen, die nicht gerecht leben, die Unzüchtigen, die Ehebrecher, Lügner, Diebe, Schwätzer, die *Un*reinen, die *Un*moralischen, die Gleichgültigen, diejenigen, die sich weigern, dem Herrn ihr Herz zu schenken, und diejenigen, die, schlimmer noch, dem Herrn ihr Herz erst *geschenkt haben,* um sich dann von ihm abzuwenden – Kleingläubige und Ungläubige –, sie werden auf alle Zeiten in einem Flammenmeer brennen. Denn, laßt euch nicht *täuschen,* Brüder und Schwestern, Gott läßt *keinen Spott* mit sich treiben. Was einer sät, das erntet er ... «

Die Orgel setzte aufs Stichwort ein, und alles stand auf, als die Dame in Grau erneut zu singen begann, das einzige Kirchenlied sang, das Mrs. Hill mit ihrer gebrochenen, trägen Stimme je gesungen hatte. Sie hatte es so oft gesungen, daß Elizabeth die Worte gelernt und leise mitgesummmt hatte, weil sie nicht stören oder etwas falsch machen wollte, bis Mrs. Hill sie eines Abends in ihr Schlafzimmer gerufen und gesagt hatte: »Sing!«, und dann hatten sie beide aufrecht in Mrs. Hills Bett gesessen, die Hände übereinander gelegt, während die Dämmerung rasch hereinbrach, und hatten das tröstliche Lied vom Sperling gesungen, auf dem das Auge des Herrn ruht: »... for his eye is on the sparrow und I know he's watching me-e-e-e...«, und Mrs. Hill hatte Elizabeths Gesicht mit pergamentenen Fingerspitzen berührt und gesagt: »Du bist der Sperling, Mädel«, und Elizabeth hatte gedacht, daß so die Familie sei, leere Aluformen von Tiefkühlgerichten und ungewürdigte Schätze, das leise, freundliche Summen des Fernsehers und zwei steife Finger, die ihre Wange tätschelten, eine herzliche Umarmung uneingeschränkt vertrauensvoller, uneingeschränkt hoffnungsvoller, alles ertragender Liebe im Angesicht von Betrug und Anmaßung und der unveränderlichen Vergangenheit und des unausweichlichen Endes.

Ins Haus der Verstorbenen zurückgekehrt, eilten die Damen von der Kirche geschäftig hin und her, legten Tücher über sämtliche ebenen Oberflächen und bauten einen rubinroten Schinken auf, Büfettplatten mit Brathuhn, Auflaufformen mit Makkaroni und Käse, Dreierlei-Bohnen-Salat, warme Gemüse mit fettglänzenden, rosagrauen Brocken von Rückenspeck, zwei Kokosnußkuchen, einen Schachbrettkuchen und einen hochgetürmten, leicht schwitzenden Zitronenbaiserkuchen. Sie ordneten an und ordneten um auf eine ernsthafte Weise, ernsthaft hinsichtlich des Essens und ernsthaft hinsichtlich des Kummers der Hinterbliebenen (der nicht allzu ausgeprägt war, und so konnte selbst Elizabeth erkennen, daß Frau Dr. Hill, die sich weigerte, Platz zu nehmen und in aller Ruhe an einer Tasse Tee zu nippen, nicht die Art Trauernde war, für die sich die Gemeindehelferinnen erwärmen konnten) und ernsthaft, was ihre eigene Rolle betraf.

Gus Lester deckte das Huhn auf und schnitt den Schinken auf eine Weise, die den eigentlichen Besitzer verriet, und als Elizabeth zu dem Tisch durchdrang, an dem er stand, begegneten ihrer beider Blicke einander.

Elizabeth sagte: »Hallo, Mr. Lester.« Als er keine Miene verzog, sagte sie: »Mir ist gerade eingefallen, daß ich Sie ja um Huddies Anschrift bitten könnte« und las aus seiner Miene den unverhohlenen Wunsch, ihr etwas anzutun.

Frau Dr. Hill kam mit einer säuberlich geknifften Papiertüte aus dem Schlafzimmer.

»Hier, Elizabeth, das ist für dich.« Sie drückte Elizabeth das Päckchen in die Hand, und Elizabeth wendete es ein paarmal hin und her, während sie den Wunsch verspürte, es zu schütteln, um seinen Inhalt erraten zu können, da sie annahm, das Protokoll einer Trauerfeier könne ja wohl nicht dasselbe sein wie das eines Geburtstags.

»Du kannst es gleich aufmachen, wenn du möchtest. Da sind diese Löffel von ihr drin.«

Wieviele wohl? fragte Elizabeth sich, holte die neun Löffel heraus und dachte, wenn eine Dr. Hill bei der Beerdigung ihrer Mutter nicht weinte, wer war sie, daß sie Tränen über die Löffel vergoß, die sie zu stehlen versucht hatte, und über die Hunderte von Tassen Tee, die sie miteinander getrunken hatten, und darüber, daß der auf alle Zeiten verbannte Huddie Elizabeths Herzen mittlerweile näher war, als Mrs. Hill es jemals hatte sein können.

»Vielen Dank.«

»Keine Ursache. Du warst sehr gut zu meiner Mutter, und ich weiß, daß ihr deine Gegenwart ...«

Die Gemeindehelferinnen umschwirrten Dr. Hill mit Platten voller Gerichte, die sie würde essen müssen, und den Namen von Leuten, denen sie wärmstens zu danken haben würde. Sie führten sie durchs Zimmer zu Reverend Shales hinüber, schoben ihren Stuhl neben seinen und stellten sich nah genug neben sie, um ein Entweichen unmöglich zu machen. Vivian Hill winkte Elizabeth zu.

Elizabeth unternahm einen letzten Gang durch Mrs. Hills Schlafzimmer. Die Hutschachteln waren weg.

Elizabeths Vater, der Kinder nicht verstand, der seine Frau nicht verstanden hatte, außer insofern er klar erkannte, daß er nicht der Mann war, den sie hätte heiraten sollen, der nicht zu begreifen imstande gewesen war, wieso seine Zuwendungen so oft fehlinterpretiert wurden, der überhaupt nicht das geringste von Liebe verstanden hatte, bis das rote Haar seiner dritten Frau, ihr dicker jüdischer Hintern und ihre breiten weißen Hände schlagartig seine besten Seiten hervorlockten, dieser Vater verstand, was Verlust bedeutete. Er war in auskömmlichen Verhältnissen in Brownsville aufgewachsen; sie hatten keine Untermieter gehabt, hatten über ein kleines Wohnzimmer und zwei Schlafzimmer verfügen können, und man hatte ihm erlaubt, die High School bis zur Abschlußprüfung zur normalen Unterrichtszeit zu besuchen, statt ihn auf die Abendschule zu schicken. Er hatte ein wesentlich einfacheres Leben gehabt als sein engster Freund Myron Flaverman, dessen Vater Zuschneider gewesen war.

Sein eigener Vater, der so verläßlich gewesen war wie ein Uhrwerk, hielt eines Morgens an der Ecke Saratoga und Sutter, um den *Forvard* zu kaufen, wie er es immer tat, als ein blauer Franklin aus New Jersey über den Bordstein und geradenwegs durch den Zeitungskiosk fuhr. Sol trug die Kleider seines Vaters, verkaufte Obst für Meyer Shimmelweiss und schlief vier Jahre lang auf der Couch, damit zwei slowenische Vettern bei ihnen Platz fanden, doch er ging aufs College. Abends saß er schweißtriefend in der Wollhose seines verstorbenen Vaters und billigen, engen Schuhen in der U-Bahn. Aber er hielt durch, machte drei Tage nach dem Tod seiner Mutter seinen Abschluß am City College, einen Tag vor ihrer bescheidenen Trauerfeier.

Tucson, 16. Juni 1970

Meine liebe Elizabeth,
Deine Mutter hat mir vom Tod Deiner Freundin Mrs. Hill berichtet. Ich wünschte, ich fände die richtigen Worte, nicht um Dich aufzumuntern, sondern um Dir zu sagen, daß dies – der TOD – Teil des Lebens ist. Ich erinnere mich, daß Du ihr sehr nahe standest. Ich weiß noch, daß Du immer bei ihr drüben warst, als Deine Mutter und ich in Scheidung lebten.

Ich hoffe, sie war Dir eine gute Freundin und ein Trost. Ich bin mir sicher, daß Du gut für sie gesorgt hast. Du wirst Dich ihrer erinnern und sie in Dir lebendig erhalten, und ich bin überzeugt, daß sie sich auch Deiner erinnert, ein Punkt, in dem Deine Mutter und ich uneins sind. Wie Du weißt, glaubt sie nicht an ein Leben nach dem Tod.

Deine Mutter hat mir mitgeteilt, daß Du nicht vorhättest, an Deiner Abschlußfeier teilzunehmen. Falls Du es Dir anders überlegst, werde ich kommen.

Wenn Du mich besuchen möchtest, schicke ich Dir ein Ticket. Bitte verwende den beiliegenden Scheck für Blumen für Mrs. Hill oder eine Spende an ihre bevorzugte Wohltätigkeitsorganisation.

Dein Dich liebender Vater

Elizabeth beschloß, den Scheck in ihr Schmuckkästchen zu legen, bis sie wüßte, was damit geschehen sollte.

Möge Gott mir vergeben.

Max sagte das jeden Morgen, wenn er im Bad ein Bier trank. Sehr bald würde sich sein Leben wesentlich verbessern oder aber verschlechtern, soviel stand fest. Wochenlang hatte er an einem strategischen Plan gearbeitet. Er hatte ihr einen Strauß rosa und gelber Callas mit einem Kondolenzbriefchen geschickt. Er hatte ihr eine lustige Postkarte geschickt, auf der eine Frau eine Katze mit den Worten schalt: »Und sowas nennt sich Hund«, und sie mit Max Stone unterzeichnet. Er hatte angerufen, als er davon ausgehen konnte, daß ihre Mutter nicht da war, und gesagt: »Ich hätte gern Gelegenheit, mich zu verabschieden, ehe Du weggehst.«

Sie hatte gesagt, sie könnten sich ja auf einen Kaffee treffen. Er hatte nicht umstandslos davon anfangen wollen, daß sie doch wieder so wie früher zusammensein könnten. Er hatte nicht von »Gemeinsamkeit« reden wollen. Es hätte zu sehr nach dem geklungen, was er eigentlich wollte – auf alle Zeiten mit ihr zusammenleben. Vielleicht würde er erwähnen, daß er, für den Fall, daß sie vorhätte, sich im Sommer in der Gegend aufzuhalten, eine kleine Wohnung zu mieten beabsichtigte, da Greta und die Jungen nicht da wären. Vielleicht hätte sie ja Lust, dort mit ihm Ferien zu machen. Vielleicht könnte er ja auch zwei Wohnungen bekommen, die nur durch einen Flur voneinander getrennt wären. Vielleicht würde er sie aber auch einfach bitten, den Sommer mit ihm zu verbringen, ihm zwei Monate zu gewähren, ehe sie wegging, aufs College, und ihrer nächsten Romanze begegnete, ihrem nächsten Reitkünstler, dem auserwählten Helden und künftigen Ehemann. Es sprach durchaus einiges für eine offene, ehrliche Kriecherei.

Als er Elizabeth zwanzig Meilen von Great Neck entfernt in einem Lokal gegenübersaß und seine Hände ihre Handgelenke umfaßt hielten, konnte Max sich nicht erinnern, was er zu sagen vorgehabt hatte. Ihr Gesicht war ein bißchen schmaler geworden. Neue Kontaktlinsen bewirkten, daß ihre Augen leuchtend rosa und rund wie kleine Glühbirnen aussahen. Sie wirkte gelangweilt.

»Ich fände es wunderbar, wenn du mich diesen Sommer besuchen würdest. Ich könnte doch eine kleine Wohnung in der City nehmen. Würde dir das Spaß machen, was meinst du? Oder vielleicht eine Hütte in den Berkshires?«

»Ich weiß nicht.« Sie schob zerrissene Zuckertütchen um ihre Kaffeetasse herum zu einem Nest zusammen.

»Laß es dir durch den Kopf gehen. Wir haben jetzt Ende Juni. Wenn du dich diese Woche entscheiden könntest, könnte ich schon mal anfangen, mich umzusehen. Wir könnten es auch gemeinsam tun, falls du Lust dazu hättest.«

Max und Elizabeth stand zwanzig Sekunden lang genau das gleiche Bild vor Augen: wie sie beide von Mietshaus zu Mietshaus trotteten und sich mit einem Dutzend Wohnungsmaklern trafen, deren freudige Überraschung angesichts dieses reizenden Vater-Tochter-Pärchens gerann, noch ehe sie die Wasserhähne ausprobiert hatten.

»Nein, ich weiß nicht. Vielleicht. Ich sag es dir nächste Woche.«

»Vielleicht ist mir recht, Milacku. Vielleicht ja? Gilt dies Ja einem Besuch oder einem – einem langen Besuch?«

Elizabeth war mürbe. Zwischen seinen dicken Wurstfingern, die ihr Handgelenk umspannten, und dem letzten Zuckertütchen mürbe geworden. Was immer jetzt noch aus ihrem Mund herauskäme, es würde eine Lüge sein, und sie lächelte, als sei er ihr der liebste Mensch auf der Welt.

»Vielleicht ja. Vielleicht höchstwahrscheinlich ja, ein langer Besuch. Ich könnte einen Monat oder sechs Wochen bleiben, wenn du möchtest, doch eine Woche lang möchte ich darüber nicht einmal reden müssen, okay? Es ist einfach zuviel los gewesen.«

»Okay, Baby.« Er küßte jeden einzelnen der zehn Finger, die er zusammengequetscht hatte. »Selbstverständlich ist das okay«

»Ruf mich eine Woche lang nicht an«, sagte sie.

»Ganz wie du willst.«

Sie küßten einander, und Elizabeth dachte: Das ist es gewesen, es ist das letztemal, daß ich das tue.

Max dachte: Ja, Herr, hilf mir, das wieder hinzukriegen, selbst jetzt noch, und ich werde dein getreuer Diener sein. Hilf mir. Die Jungen sind doch keine kleinen Kinder mehr, die können doch sehen, daß uns diese Geschichte noch umbringt. Es kann doch nicht gut für sie sein, uns leiden zu sehen. Greta wird ohne mich besser dastehen, sie wird unabhängiger sein, sie wird eine bessere Mutter sein, Gott, sie wird wahrscheinlich ihre Schwierigkeiten überwinden und zur Ratgeberin für andere Damen mit Agoraphobie werden, ein Buch darüber schreiben, einen Haufen Geld machen. Sie wird wieder heiraten, so einen netten jüdischen Kerl, nicht, damit daraus wieder ein Vater wird, sondern einfach so einen netten Kerl, kahl, einen Fußspezialisten. Und Lizzie und ich werden wie andere glückliche Paare sein, wer immer das sein mag, außer daß sie so herrlich jung ist, und wir werden über alle Maßen glücklich sein, und einer wird nur für den anderen da sein und für niemand sonst.

Alles, was Elizabeth an Rachel wahnsinnig machte, stellte sich als genau das heraus, was für ihren großen Ausbruch erforderlich war. Rachel überredete ihren Vater, ihnen den Geländewagen zu leihen, fuhr durch die ganze Stadt bis zur Columbia University, um Schlafsäcke von ihrem Bruder und seinem Zimmergenossen zu holen, zeigte ihren Eltern und einer zu Tode gelangweilten Margaret die Reiseroute auf der Karte des Automobilclubs, hob dabei sämtliche bildungsfördernden Abstecher hervor und versicherte ihnen, mehr als vertretbare 250 Meilen würden sie an einem Tag sowieso nicht fahren. Rachel, die eine prima Ärztin werden würde, hätte ebenso eine prima Präsidentin oder eine geniale Verbrecherin werden können. Elizabeths einzige Aufgabe bestand darin, während der verbleibenden acht Tage nett zu ihrer Mutter zu sein und an ihren Fotoapparat und einen dicken Pullover für die kalten Nächte in den Rockies zu denken. Rachel packte die meisten Dinge, die sie benötigten, doppelt ein, da sie davon ausging, daß Elizabeth fast alles vergessen würde, was sie dann auch tat, da sie ja wußte, daß Rachel für zwei packen würde.

Neun Wochen lang fuhren sie quer durch Amerika, aßen Apfelbutter-Vollkornsandwichs, küßten Jungen, die nur im Feuerschein diverser Campingplätze gutaussehend zu nennen waren, und wurden Expertinnen darin, sich Lidstrich aufzutragen, indem sie ihre Sierra-Club-Tassen als Spiegel benutzten.

Huddie liegt auf dem staubigen Fußboden. Er riecht die Schweißtropfen, die auf das glänzende Holz geflogen sind, sieht die ausgefranste Plastikspitze des Schnürsenkels am Schuh des Schiedsrichters; sein Gesicht ist nah genug beim linken Turnschuh des Mannes, daß er ihn mit der Zunge erreichen könnte. Wasser braust ihm durch beide Ohren. Er hört nur ein undurchdringliches Geräusch, wie unter einer Glasglocke. Huddie konzentriert sich auf diese Dinge, um nicht loszuschreien. Er muß weinen. Der Feuerring in seinem rechten Knie leckt dunkelrot seine ganze Flanke empor, und sein Fleisch muß mittlerweise in verbrannten Brocken abfallen. Freundliche Gesichter, die er erkennt, aber nicht unterbringen kann, schweben über ihm, und er versinkt in einen graugrünen Ozean und sieht Elizabeth, die sich über ihm aufbäumt, die weißen Beine fest um ihn geschlungen, beider schwarzes Haar ineinander fließend, grüne Bäume über ihnen, seine Fäuste in ihr langes Haar gewickelt, das Gesicht tief in die Weichheit zwischen ihren Brüsten vergraben. Die Hand seiner Mutter, breit, gardenienduftend, gleitet sein Gesicht hinauf, ins Nichts.

Max' Briefe fanden Elizabeth, und sie las sie, die einzigen dicken, nett geschriebenen Briefe ihres Lebens, selbstverständlich las sie sie und schickte sie alle zurück, bis auf den letzten.

6. März 1974

Liebstes Mädchen,
diesmal werde ich nicht wieder mit meinem Klagelied beginnen. Wenn mein Elend Dich rührte, hätte ich in den letzten drei Jahren von Dir gehört. Es erstaunt mich nicht länger, eine Eröffnung, die Dich gleichgültig lassen wird, daß Du so einfach davongelaufen bist. Es erstaunt mich nicht einmal, daß eine Beziehung, von der ich annahm, daß sie uns beide gleichermaßen glücklich machte, Dir offensichtlich eine Last war, eine Last, die es bei der ersten sich bietenden Gelegenheit abzuwerfen galt.

Ich habe Dir, in einem unserer so ungeheuer schönen Augenblicke, Du saßest auf meinem Schoß, gesagt, daß Du mir das Herz brechen würdest. Wie ich mich erinnere, hat Dich das nicht im mindesten beunruhigt oder irgendwelche Schuldgefühle in Dir ausgelöst, Du warst einfach nur ärgerlich, weil ich die Sprache darauf gebracht hatte. Und zu Recht. Da wir doch beide wußten, wie das Ganze ausgehen würde, warum noch darauf herumreiten?

Ich bereue, auch nur eine einzige Sekunde jener Zeiten mit Zorn und Scham und Selbstmitleid vergeudet zu haben. Ich setze mittlerweile alles dran, um in der Vergangenheit zu leben, wann immer das möglich ist, und werde das wohl auch weiterhin tun.

Du hingegen hast Dich selbstverständlich weiterbewegt, und deshalb werde ich jetzt nicht mehr schreiben.

Ich denke niemals ohne Liebe an Dich.

Dein Max

Die Nacht ist dunkel

»Jedes Paar hat ein Leben«, sagte Greta, »grab mich ein.« Max stand auf und starrte auf den Ozean, der, blaß geworden, das Licht der Spätnachmittagssonne brach.

»Ich weiß, du dachtest, wir würden ein glückliches Leben führen, und deshalb bist du enttäuscht. Bitte grab mich ein, es fehlt nur noch der eine Arm.«

Er setzte den Fuß vor, schob einen kleinen Sandhügel auf ihren braunen Arm zu und ging näher ans Wasser heran. Gretas Stimme wurde lauter. »Komm, nur noch ein kleines bißchen, Max. Nur meinen Arm. Ich verlange ja nun nicht die Welt, wie?, nur ein bißchen Sand.«

Er rührte sich nicht von der Stelle.

»Ich habe in der Tat geglaubt, daß wir ein glückliches Leben miteinander führen würden. Das glauben die Menschen nun mal. Das ist ja der Grund, weshalb sie heiraten und Kinder bekommen. In der Vorwegnahme künftiger Freuden, eines ständig wachsenden Glücks.«

»Mag sein, daß das der Grund ist, weshalb Amerikaner heiraten. Menschen wie ich heiraten und bekommen Kinder, weil wir offensichtlich nicht tot sind, weil wir dankbar sind, weil wir uns wünschen, wie die anderen zu werden. Um die normale Verzweiflung und Enttäuschung zu durchleben. Die Kulturform des Unglücks. So daß es mir auch nicht leid tut. Wir haben ein normales Leben miteinander geführt.«

Max war nicht überrascht, ja es reizte ihn nicht einmal zum Widerspruch, daß Greta Schlaflosigkeit und Agoraphobie, einen gleichermaßen trostlosen wie beängstigenden Sex und den Tod ihres ältesten Kindes als normales Leben bezeichnete, doch es tröstete ihn auch nicht.

»Weißt du, was mir aus der Zeit, als ich hierherkam, am lebhaftesten in Erinnerung geblieben ist? Betty Boop. Sie lief ununterbrochen, spätabends, frühmorgens, auf irgendeinem Kanal in New Jersey Sie liebten Betty Boop. Und Bimbo und Koko. Und Shirley Temple, Tag und Nacht. Polly Wolly. *The Littlest Rebel.* Hast du das gesehen?«

»Nein. Da habe ich entweder Schuhe verkauft oder immer noch Deutsche getötet. Egal, was es war, ich habe keine Zeichentrickfilme oder Musicals angeschaut, in denen die gute alte Zeit der Sklaverei heraufbeschworen wurde.« Er kehrte vom Wasser zurück und warf zwei Händevoll feuchten Sand auf Gretas Arm.

»Mach noch den Rest, Max, deck mich einfach völlig zu.«

Er tat es, und als sie zwei lange Finger auf und ab bewegte, bedeckte er sie erneut, und als sie abermals zum Vorschein kamen, um zu beweisen, daß das nicht reichte, häufte er eine ordentliche Schicht Sand auf ihre Hand und krönte das Ganze mit einem Zweig steifem, schwarzen Seetang.

Greta lächelte. »Du bist ein gutherziger Mann.«

»Das finde ich nicht.«

»Ich weiß, daß du das nicht findest. Das macht einen Teil deines Charmes aus, Milacku.«

Max lächelte ebenfalls; nur seine verrückte Frau konnte ihn charmant finden.

»Ich weiß, du gibst mir die Schuld an dem Unfall.«

»Das tue ich nicht. Wir brauchen nicht darüber zu reden.«

»Tust du doch. Wir tun es beide. Dr. Shein meint, es würde helfen.«

»Es hilft mir nicht.«

»Mir hilft es.«

»Dann in Gottes Namen, wenn es dir hilft«, sagte Max.

»Als ich zu Dr. Berg ging – du erinnerst dich an ihn?«

»Der erste. Zwei vor Shein.«

»Sehr gut. Ich habe ihm sämtliche Erinnerungen an das Lager erzählt. Es waren alles glückliche Erinnerungen. Kannst du dir das vorstellen? Wie ich mit Marya, einem anderen kleinen Mädchen, Kränze aus Gänseblümchen geflochten habe. Wo haben wir bloß die Gänseblümchen hergehabt? Ihr Name war Marya. Die Sonne schien unentwegt, und meiner Erinnerung nach waren die Abende recht stimmungsvoll. Wir gingen zu einer Koppel, eine Gruppe von uns und meine Mutter, und da hielten wir uns bei den Händen und sangen. Ich erinnere mich noch, daß eines der Mädchen eine Mundharmonika hatte. Wie soll denn das möglich gewesen sein? Wir hatten keine Schuhe, ich weiß, daß wir bis zum Winter keine Schuhe hatten, wie kann da jemand eine Mundharmonika besessen haben? Sie hatten uns alles weggenommen. Wie kann es da ein Singen auf einer Koppel gegeben haben?«

Max legte kleine Muscheln auf den Sand, der Gretas Körper bedeckte, zog Halbkreise, um ihre Brüste anzudeuten, und fächerte ein Büschel bräunlichen, trockenen Seetang auf, das als Schamhaar dienen sollte.

»Berg meinte, er verstünde das – daß es ein schöner Traum war. Daß ich das einfach brauchte, weißt du –«

»Das sehe ich ein, wirklich.«

»Ich bin sehr vorsichtig gewesen mit dem Auto. Ich hatte Benjie aufgefordert, sich anzuschnallen. Zweimal sogar. Das erstemal, als er ...«

»Es ist nicht deine Schuld, Greta.«

»Selbstverständlich ist es meine Schuld. Ich versuche, dir mitzuteilen, wie ich das empfinde. Und du glaubst, daß es meine Schuld ist. Was es auch ist.«

Und Greta versuchte, von den nassen Blättern zu sprechen und den rechteckigen, seltsamen Scheinwerfern am Transporter von Vin Malarinos Vater und der geradezu hörbaren akkustischen Verzögerung, als der Wagen von der Straße abkam und unter die alten Ahornbäume fuhr. Greta hatte ihre eigene Stimme *O boyze* sagen hören, und dann der harte Aufprall, wie ein Beckenschlag, als die linke Seite des Transporters direkt in ihren Wagen fuhr und dessen Motorhaube aufflog, als sei er eins von den kleinen Plastikautos der Jungen, und wie das Glas über sie niederregnete, während die breiten grünen Hände der Ahornblätter hereindrangen, direkt bis in ihre Gesichter, und Benjies Weiß unter den rotströmenden Linien, die seine Stirn überzogen, und wie er glitzernde, blutige Glasstückchen ausgespuckt hatte, bis er ohnmächtig wurde, und Greta gedacht hatte: Wenn er tot ist, laß mich jetzt gleich sterben. Und er war nicht tot gewesen, nur vorübergehend bewußtlos, und als er auf der Tragbahre lag und ihm der Sanitäter mit ungeheurer Behutsamkeit das Gesicht abwischte, hatte er seiner Mutter zugelächelt. »Ist schon gut, Mom. Ich bin okay.« Und eine Minute lang war sie so dankbar gewesen wie nie zuvor. Als sie die Lager überlebt hatte und sich in den goldenen Armen eines großen Amerikaners befand, der schrecklich weiß im Gesicht war und rote Akne um sein wunderschönes Lächeln hatte, war sie nicht so dankbar oder beruhigt gewesen, wie sie in jener Minute mit Benjie dankbar dafür gewesen war, daß sie leben durfte, daß sie leben sollte.

»Sie bringt dich um«, sagte Greta.

Max drückte die Füße in den Sand und musterte den vollständigen Abdruck seines rechten Fußes und den des verkürzten linken.

»Das Mädchen. Ich übe keine Kritik. Ich übe keine Kritik an dir oder auch nur an ihr, doch es ist sehr grausam von ihr, dich auf diese Weise zu verlassen.«

Er fragte nicht, wer, und er hoffte, Greta würde ihren Namen nicht aussprechen.

»Was glaubst du eigentlich? Daß ich das nicht sehe? Ich habe es gesehen. Sie hat dir nie auf deine Briefe geantwortet, sie ruft nie mehr an.«

Max stützte sich auf die Hände, beugte sich vor und lauschte auf den trockenen Pistolenknall seiner Wirbelsäule.

»Ich weiß, es hat dir das Herz gebrochen, daß sie weggegangen ist. Die Mutter wird demnächst wieder heiraten, habe ich gehört. Wie sagst du doch immer – Triumph der Hoffnung über die Erfahrung?«

»Das stimmt. Noch mehr Sand?«

»Nein, ich fühle mich prächtig. Sehr glücklich. Vielleicht kehrt sie ja zur Hochzeit zurück. Rufst du sie an?« Max beobachtete weiter das Wasser und hoffte auf ein paar Schiffe, doch der offene Ozean war auf Gretas Seite. Da gab es nichts, das sich betrachten ließ, außer dem unerbittlich sich brechenden Licht.

»Max, Maxie. Du kannst es mir ruhig erzählen. Wem sonst kannst du es denn erzählen? Du meinst wohl, ich werde dir jetzt wehtun, Dearie? Nein, Lieber, nicht jetzt, wo du solche Schmerzen leidest.«

Max kam sich vor wie ein Kriegsgefangener in einem miesen Film, der von seinem plötzlich freundlich gewordenen Kommandanten eine Zigarette angeboten bekommt. Wenn er spräche, bekäme er die Zigarette und verlöre die Selbstachtung. Wenn er nicht spräche, bekäme er die Zigarette nicht, wahrte die Selbstachtung und würde als abschreckendes Beispiel für die anderen gehängt.

»Ich leide nicht.«

Greta lachte, was nicht gerade häufig vorkam, und Max lächelte sie an. Wenn sie lachte, hörte sie sich an wie Edith Piaf, Max' Lieblingssängerin der letzten dreißig Jahre. Er hat Tagträume, wie er die Piaf für Elizabeth auflegt und sie Rotwein trinkt und sitzt, ohne mit den Füßen zu baumeln.

»Na schön. Doch du bist nicht glüüück-lich.« Greta sang das letzte Wort.

»Du hast doch gesagt, es sei ein Fehler, sich Glück zu wünschen.«

»Das ist es auch. Doch du, du kannst ja nicht anders. Und mir tut es leid für dich, Dearie. Weiter nichts.«

Greta hatte ihr Englisch hauptsächlich in Jersey City von einer Kriegsbraut aus Dover gelernt und die Leute seither mit tschechischer Weichheit »Dearie« und »Ducks« und »Love« genannt. Das war etwas, das Max von jeher und selbst da noch, als er um ihren sofortigen, schmerzlosen Tod gebetet hatte, selbst da noch, als er sich Elizabeth auf Gretas Seite des Bettes ausgemalt hatte, absolut liebenswert gefunden hatte.

»Ich finde, du solltest einen kleinen Schrein errichten.«

»Und ich finde, du bist verrückt.«

»Ach so? Deine geistige Gesundheit hat aber auch nicht wenig gelitten, wie? Einen kleinen Schrein. Ihr Bild aus dem Jahrbuch, dasjenige, das du in deiner Sockenschublade aufbewahrst. Vielleicht ein paar Votivkerzen. Ich habe doch diese alten Preßglaskerzenhalter, die wie Hände geformt sind. Das wär' hübsch, die könntest du haben. Und dazu vielleicht noch ein paar von den Briefen, die du zurückbekommen hast, die in der Garage. Das fände ich gut.«

Max setzte sich neben sie, bohrte ein Loch, das ihren Nabel kennzeichnete, und legte aus Muschelstückchen ein Sternenmuster drum herum.

»Und was dann?« Greta hob vorsichtig die Hand und balancierte den Sand auf dem Unterarm.

»Und dann, in deiner eigenen kleinen Wohnung, hörst du Mahler und trinkst Scotch, du trauerst. Du könntest beten.«

Daß Greta nicht nur an eine Höhere Macht glaubte, sondern an einen aufmerksamen, persönlichen Gott, war immer schon eine weitere Quelle der Verwunderung für Max gewesen. »Wie kannst ausgerechnet du so etwas sagen?«

»Es ist ist das mindeste, was ich tun kann«, hatte sie gesagt und war von Synagoge zu Synagoge gezogen, um dort in der letzten Reihe zu beten, bis man sie eines Abends aufgefordert hatte, einem Komitée beizutreten. »Werde ich mich demnächst in meiner eigenen kleinen Wohnung wiederfinden? Geht es darum? Du forderst mich auf auszuziehen?«

Greta schnalzte mit der Zunge, wie sie es tat, wenn die Jungen ganz besonders störrisch waren.

»Du kannst bleiben. Du kannst gehen. Wir könnten einander Gesellschaft leisten. Du, ich, der Kummer. Doch weshalb, Maxie? Die Jungen sind fast erwachsen. Danny könnte sogar bei dir wohnen. Ich verlasse dich nicht, ich finde einfach nur, es wäre besser.« Greta wandte das Gesicht dem leeren Stuhl des Rettungsschwimmers zu.

»Ich bin es allmählich leid, dich zu beobachten.«

»*Du* bist es leid, *mich* zu beobachten? Nach all diesen Jahren, die ich mitangesehen habe, wie du an jeder gottverdammten Kreuzung geweint hast, mitangesehen habe, wie du die Jungen in Angst und Schrecken versetzt hast, mitangesehen habe, wie dir beim bloßen Gedanken an die Schlange im Supermarkt der Schweiß ausgebrochen ist?« Max verstummte, er wußte nicht einmal, weshalb er das alles überhaupt noch gesagt hatte. Sie schenkte ihm die Freiheit. Das Zusammenleben mit ihr war ihm verhaßt; vor zwei Tagen erst hatte er in sein Tagebuch geschrieben, er verbüße eine lebenslange Haftstrafe, die sich durch gute Führung nur noch verlängere. Greta zuckte die Achseln, und Sandklumpen glitten hinab.

»Ich stehe auf«, sagte sie. Max reichte ihr die Hand und befreite sie vom Sand, indem er ihn von Waden und Schenkeln wischte und achtgab, daß er nicht vom Rücken in das Unterteil ihres Badeanzugs rieselte.

»Ich schenke dir die Kerzenhalter«, sagte Greta.

Ich gebe alles auf

Nicht lange nach Max' letztem Brief kam Elizabeth im späten Frühjahr zu einem letzten Wochenende nach Haus, kurz bevor sie sich selbst eine richtige Wohnung würde suchen müssen. Eingezwängt zwischen zwei Wildlederjacken, ein Nerzturban strich ihr mit weichem Kitzeln über die Lider, stand sie geduldig, ja bußfertig im Bagel Hut Schlange. Bei jedem Klingeln der Ladentür drehten sich alle um, um den nächsten Kunden in Augenschein zu nehmen: einen drängelnden Neuankömmling, der sich an den Anfang der Schlange mogelte, um an die wirklich frischen Bagels und den letzten Whitefishsalat zu kommen, oder jemand, dessen man sich liebevoll noch vage aus der einstigen Nachbarschaft erinnerte, aus der Zeit, als die Leute noch keine teure, jugendliche Kleidung trugen und verzogene halbwüchsige Kinder hatten. In Great Neck sagten das Gesicht einer Frau oder ihre Haarfarbe gar nichts; nur die Handrücken und der kleine Höcker am Halsansatz sprachen die Wahrheit.

Elizabeth wandte sich beim Läuten der Ladentür um wie alle anderen und erblickte Max. Sie drängte sich durch die Menge, die sofort die kleine Lücke schloß, die sie gelassen hatte, und faßte ihn beim Ärmel, zwang sich zum Reden.

»Hallo. Ich kann gar nicht glauben, daß du hier reinkommst. Margaret heiratet heute abend. Deshalb bin ich wieder da.«

»Deshalb bist du wieder da?«

Irgend etwas hatte sein Gesicht verändert. Was immer es war, es hatte seine Wangen so weich und breiig gemacht, daß die Haut an ihren Fingern haftengeblieben wäre, wenn sie den Mumm gehabt hätte, ihn zu berühren.

»Max, ist alles in Ordnung mit dir?«

Er näherte sich rückwärts der Ladentür, streifte dabei dicke Mäntel, während seine Hände nach der Klinke in seinem Rücken tasteten.

Elizabeth folgte ihm auf die Straße. Sie vergaß, daß sie angeboten hatte, den Weißfischsalat und die Bagels und die drei Sorten Frischkäse für den Kennenlern-Lunch mit dem Bräutigam ihrer Mutter und dessen Schwester zu besorgen. Sie stand ein paar Schritte hinter Max und dachte: Er entfernt sich nicht von mir, er liebt mich.

»Geh nach Hause, Elizabeth.«

»Ich *gehe* ja nach Hause, dies war der letzte Laden. Was ist denn mit dir los?«

Max ging weiter, vorgebeugt wie eine Königskrabbe mit ihrem dunklen Panzer, die ihrem Unterschlupf zuhastet, ihrer Unbehelligtkeit.

»Es tut mir leid, daß ich nicht geschrieben habe. Es war einfach nur... ich weiß nicht, ich konnte nicht. Es tut mir wirklich leid. Max, es tut mir wirklich leid.« Sie schrie durch die kalte, knoblauchgeschwängerte Luft und erschreckte zwei Frauen, die gerade das Bagel Hut betreten wollten, Freundinnen von Margaret, die winkten und sie beobachteten, während Max seinen Schritt beschleunigte. Max und Elizabeth standen einen halben Block voneinander entfernt, auf beiden Seiten des Bankparkplatzes, wo er ihr beigebracht hatte, wie man ein Auto mit Knüppelgangschaltung fährt, und er schrie etwas, das der Wind verwehte, und dann hörte er auf Es waren Tränen. Tränen hatten sein Gesicht so verändert, wie sie es auch jetzt taten, als sie sein Fleisch aufweichten, bis da nichts mehr war als eine wäßrige Masse und zwei rote Quellen des Elends.

»Niemand hat dir davon erzählt?«

»Max, ich rede doch mit keinem mehr. Und Rachel ist in Kenia. Ist es wegen der Jungen?«

»Benjamin.«

Sie setzten sich auf die Bank gegenüber vom Parkplatz, und Max erzählte Elizabeth von Benjamin: wie Greta ihn zu seinem Pfadfinder-Treffen gefahren habe, als überall nasses Laub lag, und wie der junge Bengel den Wagen zu schnell um eine enge Straßeneinmündung gefahren habe, eine, die man schon mit einem Gefährliche-Kurve-Schild gekennzeichnet hatte. Und wie das Auto in die Bäume gekracht sei und Greta gerade noch soviel Platz gehabt habe, daß sie sich nicht nur bewegen, sondern sogar die Tür aufmachen und den Krankenwagen rufen konnte. Und wie alles dafür gesprochen habe, daß Benjie völlig wiederhergestellt werden, nicht einmal Narben von dem vielen Glas zurückbehalten würde, und wie er sich dann eine Infektion geholt habe.

»Weißt du, daß er die Addinsonsche Krankheit hatte? Ich habe manchmal gedacht, in meiner Familie hätte keiner ein Immunsystem, was natürlich nicht stimmt. Aber Benjie hatte wirklich keins. Die Kratzer von dem Unfall haben ihn getötet. Ich bin wieder nach Hause zurückgekehrt; mußte ich ja, da Greta danach kaum mehr das Haus verließ. Sie geht jetzt wieder zum Psychiater, zu demselben Typen, bei dem ich auch mal war.

Die Jungen sind ebenfalls in Therapie. Ich weiß nicht, ich denke mal, Danny hilft es, aber er ist ja ohnehin der stärkere von beiden. Marc ist einfach... « Max wandte sich ab. »Die Welt ist ein schrecklicher Ort, Schatz.«

Sie berührte tröstend den Saum seiner Jacke, befühlte die Risse in dem alten Leder »Ich bin ja da. Wenn du mich brauchst, ich bin da.«

»Nein, bist du nicht. Du bist auf dem College, führst das Leben einer Studentin, und ich bin hier und führe meins. So, Schluß jetzt.« Er stand auf.

Elizabeth saß in sich zusammengesunken, die Arme um die Beine geschlungen. Sie schüttelte den Kopf, wollte ihm doch noch erzählen, daß es so aussah, als würde sie im Juni das Examen machen, daß sie sämtliche Kurse absolviert und sämtliche Prüfungsarbeiten eingereicht habe, trotz gelegentlicher, gewaltiger Konzentrationsmängel, zwei Wochen anhaltender Anfälle von selbstverordneter Bettruhe und etlicher Versuche mit psychotropen Medikamenten, von denen sie einen trockenen Mund und Schwindelgefühle bekommen habe und außerdem etwas Blaßgrünes, Klebriges aus ihrer rechten Brust gelaufen sei.

Sie hatte beobachtet, daß Rachel das College bewältigte, wie sie die Strecke quer durchs Land bewältigt hatte: aggressiv, dabei umsichtig, kaum je einmal einen Blick auf die Straßenkarte werfend, da ihr sämtliche Straßenschilder unmißverständlich erschienen waren und sie darüber hinaus keine Hilfe benötigt hatte. Auch Elizabeths Collegeleben hatte ihrer Fahrweise entsprochen: sie besuchte das College, weil sie glaubte, das tun zu müssen (nur ein einziges Bewerbungsschreiben, das sie mitten im Winter hingekritzelt hatte, während sie im Postamt stand), sie hatte nicht ein einziges Mal die richtige Richtung erahnt und war sich darüber im klaren, daß ihre Ankunft am Ende dieser vier Jahre eher der Übersicht und den Ausweichmanövern anderer Menschen zu verdanken war als ihren eigenen Anstrengungen.

»Ich bin für dich da, genauso wie du es für mich warst. Ich kann dir doch helfen«, sagte Elizabeth und weinte in den Ärmel ihres Pullovers, erleichtert, weil sie im Grunde völlig ratlos war, so daß wenigstens in dieser Hinsicht zwischen ihnen alles beim alten geblieben war.

»Weine nicht, Baby«, sagte er so freundlich, wie er konnte. Es hatte ihn vage erfreut zu hören, daß sie gerade ihr Examen ablegte, ihre Aussetzer hatten ihn mit einer vagen Besorgnis erfüllt, doch sie war am Leben und Ben nicht, und ihre Brüste bedeuteten ihm jetzt gar nichts, es sei denn, er hätte sie, Augenblick für Augenblick, gegen Bens Leben eintauschen können. Er umarmte sie, um sie loszuwerden, freute sich darauf, allein nach Haus zu gehen, weinte innerlich um Ben, bereitete sich auf einen weiteren Abend emotionaler Gewichtheberei und grauer, sinnloser Güte vor, auf Dannys Fahrstunden, auf Marcs Fernsehmarathon, auf die ausgewogene Mahlzeit, die er kochte (nicht, daß Greta gegessen hätte), auf den Versuch, einen Vater für seine verbliebenen, weniger geliebten Söhne zu schaffen, die jetzt verzweifelt den Weg in ein eigenständiges Leben suchten und ihn auch finden würden, wenn er ihnen nur den Weg hinaus wies.

Und Elizabeth drückte sich an ihn, roch seinen Zigarettenrauch und seinen Scotch und seine Barbasol Rasiercreme, Gerüche, die so sehr in ihr Lebensgefühl verwoben waren, daß der Anblick jener gestreiften Dosen in einem Supermarktregal ihr noch jahrelang die Tränen in die Augen treiben sollte, selbst dann noch, wenn sie dies Gespräch vergessen hätte.

»Wenn ich irgend etwas für dich tun kann, Max«, sagte sie, um ihn zu erreichen, ohne daß er wirklich zuhörte, so daß er sie an sich heranlassen würde, ohne zu merken, daß er das tat.

»Mir fehlt nichts«, sagte er. »Geh nach Haus, Milacku.«

Margaret hatte ihr die Tochter-der-Braut-Kleidung zurechtgelegt, Schicht für Schicht, vom pfirsichfarbenen Seidenrock bis zur weißen Spitzenbluse, einem elfenbeinfarbenen Nylonslip und einer blaßpfirsichfarbenen Strumpfhose, die ganz oben auf dem Stoß lag. Pfirsichfarbene Atlasschuhe standen vor dem Bett. Narrensicherer Aufzug. Elizabeth trank Champagner, während sie duschte, trank Stingers, während sie ihr Haar fönte, legte gesellschaftlich vertretbares Makeup auf, wenn auch nicht das pfirsichfarben getönte Zeug, das ihre Mutter suggestiv vor dem Badezimmerspiegel aufgebaut hatte. Sie simulierte Blickkontakt, indem sie auf die Stirn der Leute schaute, und kämpfte die Übelkeit nieder, als ihre Mutter gelobte, ihr Leben mit Aaron Price, dem Psychiater, teilen zu wollen, den sie in den schlechten alten Zeiten als Therapeuten für Elizabeth im Auge gehabt hatte. Elizabeth verbrachte den restlichen Nachmittag und einen Teil der Nacht in jenem Zustand, dem der Alkohol seinen guten Namen verdankt: einer Benebelung, die so leicht nichts durchdringt.

Immer noch betrunken, hinterließ sie ihrer Mutter im Morgengrauen das netteste Briefchen, zu dem sie imstande war, und fuhr zum College zurück. Statt an der Examensfeier teilzunehmen, zog sie den pfirsichfarbenen Rock und die weiße Spitzenbluse an und besorgte sich einen ruhigen Job.

Was sonst kann ich tun?

Elizabeth hatte vor einem Regal der Abteilung Kochbücher gekniet und die Rezepte für Syllabub und für Arme Ritter gelesen. Während der letzten drei Jahre war sie Assistentin des Geschäftsführers in Utne's Buchladen gewesen, und dies vor allem deshalb, weil sie nicht selbst Geschäftsführerin hatte werden wollen. Sie wurde nicht Geschäftsführerin, sie wurde nicht Lehrerin oder Anwältin. Niemand hatte ihr je Innenausstatterin oder Ärztin oder Regierungsbeamtin vorgeschlagen, und Elizabeth fragte sich, nach jeder ermutigenden Äußerung, wie die Leute wohl auf die Idee kamen, daß sie unterrichten oder Rechtsstreitigkeiten ausfechten sollte. Wahrscheinlich waren nicht ihre Fähigkeit, mit Menschen umzugehen, oder ihr scharfer analytischer Kopf daran schuld. Es war wahrscheinlich so etwas wie eine vorzeitig verwelkte, selbstgerechte Hartnäckigkeit, die die Leute mit ihrer ehemaligen Grundschullehrerin oder mit einem eher unangenehmen Bezirksrichter in Verbindung brachten.

Elizabeth wußte, daß die üblen Erfahrungen, die sie gemacht hatte, auch nicht schlimmer waren als die üblen Erfahrungen anderer Leute, ja, daß das geradezu Lappalien waren, wenn man sie mit Krebs im Endstadium, Hungertod, Inzest, der Lähmung aller vier Gliedmaßen verglich. Dennoch, welche Anstrengung auch immer erforderlich, welche Verantwortung gefordert war, damit sich Lebensfreude einstellte, Elizabeth kannte dies Gefühl nicht. Sie wirkte nicht wie ein Unglückswurm, sie war kein gesellschaftlicher Affront. Sie bezahlte ihre Rechnungen. Sie roch nicht schlecht und pinkelte auch nicht auf anderer Leute Rasen. Sie litt am Gegenteil von »Phantomschmerzen«; etwas Wesentliches schien vorhanden zu sein, war es aber nicht.

Sie dachte über Max nach, schrieb ihm jedoch nicht. Sie dachte über Huddie nach, wenn ihr der Schweiß den Nacken hinabrann, wenn sie das Klatschen von Turnschuhen auf Asphalt hörte, wenn sie aufwachte, und wenn sie nicht schlafen konnte. Sie hörte auf, mit ihrer Mutter zu reden, doch nicht so, daß ihre Mutter das bemerkt hätte. Sie suchte nicht nach Mitteln und Wegen, um mehr aus sich zu machen. Sie sorgte nicht dafür, daß man ihr die Post nachschickte, wenn sie umzog. Sie war sechs Monate in ihrer letzten Wohnung gewesen und hatte sie nicht saubergemacht. Sie konnte es wirklich nicht; sie besaß keinen Besen oder Mop mehr, ja nicht einmal eine Flasche Windex, und sie wußte, was Margaret dazu gesagt hätte. Das sei ein schlechtes Zeichen.

Jeden Freitag stellte Elizabeth zwei Tüten Saft und einen Beutel Bagels zum halben Preis für die zwei Verrückten hinaus, die jeden Nachmittag durch Utne's kleine Straße kamen, und Peter, ihr Chef, der sie liebte, sah es mit an und dachte: Füttere lieber mich. Die werden immer hungrig sein.

Cupido und Psyche waren Elizabeths Lieblinge. Ein ungleiches Paar, schlecht gekleidet, in einem Maße unangepaßt an Klima und Ort, wie es kennzeichnend für die wahrhaft Armen und die wahrhaft Verrückten ist, verbrachten die beiden Männer den größten Teil ihres Tages an dem Betonspringbrunnen, einer grauen, düsteren Hochzeitstorte aus früheren, besseren Zeiten der Kommune, einem Springbrunnen, der nun selbst im Juli und August kaum ein Rinnsal spendete, selbst im Frühjahr und im Herbst nicht feucht war. Der jüngere Mann, der blond und schlank war, sah aus der Ferne normal aus. Elizabeth war einmal näher herangegangen, indem sie so tat, als wollte sie in einen Bus steigen, und hatte erkannt, daß er eine Normalitätszone von ungefähr sieben Metern hatte. Wenn man näher heranging, sah man, daß seine Absätze an den schnürsenkellosen Wingtips mit dem bloßen Auge kaum mehr zu erkennen waren, man sah den rosa Plastikgürtel an den Designerjeans und den fehlenden Stoffetzen an der rechten Schulter seines hellblauen Buttondown-Hemds. Man sah sein Gesicht, dessen Züge verrutscht waren, weil sie durch keinerlei zusammenhängende Gedanken oder Gefühle geformt wurden. Der ältere Mann war ein offenkundiges soziales Problem, kaum daß er Zutritt zu Dunkin' Donuts hatte und auch das nur ganz kurz und nur dann, wenn der Geschäftsführer der Nachmittagsschicht gut aufgelegt war. Er kaufte hin und wieder zwölf Doughnuts, versuchte weder durch Betasten noch durch Schnüffeln herauszufinden, ob sie auch frisch waren, sondern kämpfte lediglich mit den Münzen und den zerknitterten Banknoten, die er in die Gesäßtasche seiner organisch schmutzigen, schwarzen Hose gestopft hatte, einer Hose so weit geschnitten und schwingend wie ein viktorianischer Rock, die kaum Halt fand unter dem riesigen Kugelbauch und unter der sichtlich nichts drunter war. Seine Haut war so weiß und sein Körperhaar so schwarz und drahtig, daß man mühelos jede einzelne Locke studieren konnte, die um seinen Nabel wuchs. Niemand schaute jedoch allzu lange hin; Blickkontakt führte womöglich zum Gespräch, und wenn er, in der Hoffnung, Freundschaften zu schließen, auch verwegen lächelte, so hatte er doch zu wenig Zähne und zu viele verworrene Dinge im Kopf, um das Gespräch führen zu können, das die Leute führen wollten, wenn sie ihrem Tageslauf folgend, kurz in den Doughnut-Laden schauten. Doch er liebte den jungen Mann.

Sie saßen auf dem untersten Absatz des Springbrunnens, und wenn die Sonne unterzugehen begann, machte der dicke Mann aus den Sachen in seinem Beutel ein Kopfkissen, und der junge Mann streckte sich aus. In der feuchten Hitze fächelte er dem jungen Mann manchmal stundenlang Luft zu. Dazu benutzte er eine zusammengefaltete Zeitung. Gelegentlich wechselte er die Hand, und ab und zu unterbrach er seinen Rhythmus, um eine Fliege totzuschlagen oder irgendwelche frühabendliche Mücken zu verjagen. Er fächelte ihm anmutig und stetig zu, ohne irgendwelche störenden Taktwechsel oder Seufzer der Erschöpfung, fächelte ihm zu, bis es dunkel war, bis Elizabeth Glühwürmchen sah und den schwarzen Umriß des dicken Mannes. Dann weckte er seinen Freund, sehr langsam und sanft, eine zarte, nachsichtige Berührung, und sie machten sich auf ihren Rückweg durch das Sträßchen.

Peter stieg ostentativ über ihr Knie hinweg. »Telefon.«

Er hatte fast ein Jahr gewartet, ehe er Elizabeth zum erstenmal eingeladen hatte. Nach einem weiteren Jahr hatte er dann noch einmal angefragt, und zwar wie nebenbei, auf eine so vorsichtige, unaufdringliche Weise, daß Elizabeth nur »Nein, danke« gesagt hatte, aus Angst, jede weitere Bemerkung würde verraten, daß ihr durchaus klar war, welche Überwindung ihn diese Frage gekostet hatte. Während der letzten Monate hatten sie zusammen Mittag gegessen, im Stehen, hinten im Lager hatten sie ihren Kaffee neben Büchern abgestellt, die sie lieber nicht verkaufen wollten, und alle persönlichen Bemerkungen vermieden (Peter hatte plötzlich, das heißt, ohne den üblichen Übergang eines zurückweichenden Haaransatzes oder einer allmählich größer werdenden kahlen Stelle den größten Teil seines Haars verloren; Elizabeths Kleidung, sauber, aber ungebügelt, war abwechselnd zu groß oder zu klein; sie schien nicht zu wissen, welche Größe sie hatte.). Sie machten niemals die Art liebevoll rügender Bemerkungen, die andere ihnen gegenüber ständig machten. Sie hatten einander nichts anzubieten als Respekt vor der lähmenden Glücklosigkeit des anderen. Aus Rücksichtnahme benahmen sie sich beide weiter so, als wäre der andere nicht schuld daran, daß ihre Freundschaft zerstört war.

»Ich bin's«, sagte Rachel.

»Geht's dir gut?« Elizabeth wäre zwar Rachels wegen die ganze Nacht durchgefahren, hätte ihr eine Niere gespendet, ihre Entführer erschossen und sie durch die Wehen geleitet, hatte sie aber dennoch nur zweimal angerufen, seit sie vor drei Jahren aus Kenia zurückgekehrt war. Rachel hatte keine Zeit für eine schlechte Freundin, und zu mehr taugte Elizabeth nicht.

»Ja, prima.« Rachel ging es immer prima. »Ich hab mir gedacht, daß du Bescheid wissen solltest. Max ist im Krankenhaus. Meinem Krankenhaus. Dreifacher Bypass. Bei seiner Verfassung ist das nicht so gut.«

»Ach du lieber Gott.«

»Was gibt's bei dir Neues?«

Rachels persönlicher Name für Elizabeth, der Name, den

sie nur im Kopf aussprach, war, Slug, Faultier. Und wenn wieder einmal die Stahlkappenstiefel ihres letzten schlangenhüftigen, gemeinen Freundes auf Rachels Herz herumtrampelten, dann dachte sie, vielleicht wäre es ja gar nicht so schlecht, Slug zu sein – berauschend war das zwar nicht, vierundzwanzig und schon ausgebrannt, aber so schlecht auch wieder nicht, in einem Leben der Bücher und der platonischen Neigungen beerdigt zu sein.

»Nun sag doch erstmal – geht's ihm denn einigermaßen? Ist Greta bei ihm? Woher weißt du das denn?«

»Sam Lieb hatte ihn auch in der neunten Klasse. Er hat seinen Namen auf der Patientenliste gesehen, Sweetie. Also hab ich mich erkundigt. Hör zu, ich muß weiter. Es geht ihm nicht gut, aber tot ist er auch nicht. Ich hab gehört, sie hätten sich getrennt.« Im Hintergrund waren Lautsprecherstimmen zu hören. »Ich *muß* einfach weiter. Mach's gut, Sweetie.«

Elizabeth verließ Utne's und fuhr die vier Stunden nach Great Neck. Sie trank eine extragroße, starke Tasse Kaffee, aß zwei Heath-Riegel und war im Besitz von vierzig Dollar, was ausreichte, um keine ernsthafte Beunruhigung aufkommen zu lassen. Sie parkte hinter dem einstigen Squire's Kino, hielt Ausschau nach Bee's Corseterie und stellte fest, daß daraus die North-Shore-Version von Empress Josephine's seidenbespannter Ankleide geworden war. Die neuen Besitzer, die die ursprüngliche Bee bestimmt nicht eingestellt hätten, reichten Tee in Porzellantassen und versteckten ihre Registrierkasse hinter einem großen dreiteiligen Paravent, der mit Szenen aus dem *Raub der Sabinerinnen* laminiert war. Elizabeth drückte sich an den Wänden des Ladens entlang und wich den vier löwenmähnigen Verkäuferinnen aus, die ihre Verkaufstresen in reinseidenen Blusen und langen, geschlitzten Wildlederröcken besetzt hielten und oben die winzigen, ausgefallenen BHs, unten die blumenbesetzten Strumpfhalter aggressiv zur Geltung brachten.

Trugen die Frauen dieses Zeug wirklich? Vielleicht hätte er es ja gemocht, dachte Elizabeth, während sie die weitgeschnittenen Seidenhosen aus Chiffon und Satin befühlte. Ich hätte ihm sieben Jahre der Leopardenfellcorsagen und Halbschalen-BHs und der schwarzen, von Atlasrosen gehaltenen Seidenstrümpfe schenken können. Ich hätte ihm Freude machen können, es war ja sonst gar nichts los. Und wenn ich das getan hätte, dann könnte ich ihn jetzt einfach sterben lassen, ich würde ihm nicht einmal Blumen schicken müssen.

Den Verkäuferinnen waren solche jungen Frauen nicht unvertraut, die mit düsterer Miene verzweifelt irgendwelche Teile in die Hand nahmen, sie wieder weglegten, sie erneut in die Hand nahmen, die rote Satinhöschen und handbestickte Nachthemden zögernd und ebenso hoffnungsvoll wie verlegen beäugten. Selbst die dümmsten Verkäuferinnen wußten, daß es auf Unterwäsche, selbst solche, die mit Zuchtperlen besetzt und von schmalen rosa Bändern eingefaßt war, die durch zentimeterbreiten Spitzenbesatz liefen, letztendlich nicht ankam. Dennoch beobachteten sie Elizabeth, und die jüngste, neueste Verkäuferin war entschlossen, ihr etwas zu verkaufen. Sie zeigte Elizabeth Sachen, die junge Frauen trugen, um jungen Männern zu gefallen, jungfräuliche Négligés aus durchsichtiger weißer Baumwolle, Stoffstreifchen aus pinkfarbenem Satin, die für kleine Brüste und lange, feste Schenkel geschnitten waren.

»Nein«, sagte sie. »So etwas suche ich nicht. Mein Freund ist nicht der Typ dafür.« Elizabeth lächelte, als sie daran dachte, was für ein Typ Max gewesen war, und die Verkäuferin gelangte zu dem Schluß, daß sie sich geirrt hatte, daß es sich wieder einmal um ein Mädchen handelte, das in den falschen Kerl verliebt war.

»Na gut, und was für ein Typ ist er?«

»Konservativ. Wie ein Vater.« Wie ein Vater, wenn man seine Lebensweisheiten aus der Talkshow bezog. Das Alter hatte er jedenfalls.

»Ihr Freund ist wie mein Vater?« Das Mädchen trat einen Schritt zurück und umklammerte die Kante eines gebleichten Fichtenholzwandschranks. Er war mit Unterhemden in sanften Pastelltönen gefüllt, die man offenbar reichen kleinen Mädchen vom Rücken gestreift hatte.

»Tut mir leid, aber ich kenne Ihren Vater doch gar nicht«, sagte Elizabeth, und es tat ihr weiß Gott leid, daß sie Max' letzte Stunden mit dieser blonden Debilen vertat. »Ich... ich kenne diesen Typ einfach. Etwas Unanständiges, ja? Suchen wir nach etwas absolut Unanständigem. Etwas, mit dem man Tote zum Leben erwecken könnte.« Die Verkäuferin war zwar nicht gerade erbaut, aber sie bekam Prozente. Sie half Elizabeth, alles zu finden, was sie haben wollte.

Elizabeth knöpfte auf dem Krankenhausparkplatz ihren alten Regenmantel zu und ging am Empfang vorbei. Sie passierte zwei Zuckerstangenmädchen, dunkel wie Kirschholz, mit Organzaschleifen, die sich leuchtend auf ihren schmalen Köpfchen emporbauschten wie ein Stammeskopfschmuck von Woolworth. Die Stationsschwester trat ihr in den Weg, doch Elizabeth erklärte, sie sei Max' Nichte, und setzte ihren Weg fort. Pat O'Donnell war die Tochter des Englischlehrers, den Elizabeth in der achten Klasse gehabt hatte; sie hatte den geschwürgefährdeten Magen ihres Vaters und zwanzig Jahre Krankenhausjob hinter sich, und sie wußte:

das war keine Nichte, nicht mit diesem tiefbetrübten Blick, doch es war ihr egal. Konnte vielleicht interessant werden, wenn die Ehefrau auftauchte.

Max lag im Bett, den Kopf auf zwei schlüpfrige Krankenhauskissen gestützt. Das Haar stand ihm als fettiges, graues Gestrüpp vom Kopf ab. Sie hatten ihm die Schläuche aus der Nase entfernt, aber zwei ringelten sich immer noch seine Brust hinab, und ein weiterer verband seinen linken Arm mit einem prallvollen, durchsichtigen Tropf. Er sah aus wie der Tin Woodsman, notdürftig geflickt und zusammengezurrt, der um eines Herzens willen die kalte Welt durchwandert. Elizabeths eigenes Herz pochte zwischen ihren Ohren, das Blut staute sich in ihren Adern.

»Du bist da«, flüsterte Max.

Tränen schwammen in den vorgestülpten, roten Unterlidern, und der Besuch, den Elizabeth sich ausgemalt hatte, rückte in weite Ferne. Sie würde keinen raschen, ulkigen Strip für ihn machen, ihren Trenchcoat von der Schulter gleiten lassen, um ihren schwarzen Spitzen-BH zu enthüllen. Der Anblick ihrer weißen Haut und der strammen, schwarzen Strumpfhalter würde ihn nicht aus dem Bett schießen lassen. Parfümiertes Talkum zwischen Brüsten und Schenkeln würden seinen Atem nicht beschleunigen. Er würde sterben, weil sie egoistisch und dumm und kindisch gewesen war. Er würde sterben, weil sie seine Briefe nicht beantwortet hatte. Ich muß jetzt sofort gehen, dachte sie.

Max' Hände lagen auf der Brust gefaltet. »Je ne regrette, je ne regrette rien, non, je ne regrette rien«, sang er mit rauher Stimme in Comic-Französisch.

»Peter, hier ist Elizabeth. Ich brauche Krankenurlaub oder Urlaub, was auch immer. Eine Beurlaubung.«

»Ist gut. Warum?«

»Mein Vater ist sehr krank. Ich glaube, er wird sterben.«

»Herrje. Dein Vater? Das tut mir leid. Willst du bei ihm bleiben, bis er… Ich meine, ein paar Wochen?«

»Ich weiß nicht. Ich muß mich um ihn kümmern. Ich muß ihn pflegen.«

»Selbstverständlich. Du weißt doch, meine Mutter ist vor fünf Jahren an Krebs gestorben. Tu, was du tun mußt. Ich kann dir den Job für mindestens drei Monate frei halten.«

»Gut. Ich ruf dich bald wieder an. Danke.« Ich hätte mit dir ausgehen sollen. Ich hätte Tierbecher kaufen sollen und einen Fleischerblock als Küchentisch, und ich hätte meinem Leben eine andere Richtung geben sollen. Ich bin nicht alt genug für Gummiunterlagen und wunde Stellen und diesen unverwechselbaren Geruch, der das Aufwachen begleitet.

Auf dem Rücksitz stapelten sich Jeans und Baumwollunterhosen, sämtliche Diätkochbücher für Herzkranke von Utne's und eine Einkaufstasche, die mit neuem Shampoo, neuer Seife, zwei Sorten Mundspülmitteln und einem Schwamm, der noch seine natürliche Luffaform hatte, vollgestopft war. Elizabeth hatte eingekauft, als wollte sie sich selbst ins Ferienlager schicken. Camp Max, die ganz besonderen Endlossommer für verwahrloste Mädchen. Sie würde bei ihm sein, in irgendeiner kleinen, luftlosen Wohnung, bis er starb oder wieder zu Kräften kam oder sie ihn umbrachte. Sie hatte einen vollgetankten Wagen, sie hatte ihren Kaffee, ihre Süßigkeiten und genügend Bargeld. Das Radio war an, und die Fenster waren einen Spalt geöffnet.

»Spielen Sie ›Wooly Bully‹«, sagte die erschöpfte Jersey-

Stimme. Eine Hausfrau-und-Mutter-Stimme, eine Fünfvorhalb-acht-Stimme, die nach drei Gläsern Dosensaft klang, drei Näpfen, in denen übriggebliebene Cheerios in dünner, süßer Milch schwammen. Einer Stimme, die die Kinder anschrie, daß sie ihre Bücher nicht vergessen, an ihre Noten denken und ja aufpassen sollten, daß die Katze nicht rauslief. Dann Küsse, um ihnen klarzumachen, daß sie bloß deshalb so schrie, weil sie sie liebte, wollte, daß sie gut abschnitten, daß aus ihnen was würde. Und dann war keiner zu Haus bis um drei. Eine Keinen-Einfluß-kein-Geld-Stimme.

»Okay«, sagt der feixende DJ. »Und *haben* Sie denn einen Wooly Bully, Ma'am?« Als stünde er im Supermarkt hinter ihr, lachte über ihren dicken Hintern und die Lockenwickler und die runtergetretenen Kappen ihrer Slipper.

»Aber ja, Honey. Und was für einen ... hab ich mich aber von scheiden lassen.«

Sie hatte sie beide an der Nase herumgeführt, und der DJ lachte mit Elizabeth, erfreut, unerwartet auf Charme und Willenskraft gestoßen zu sein, wo sie keinen gesehen hatten. Vielleicht stellte er sich, wie Elizabeth, die Anruferin ja als Mutter vor, den wäßrigen Orangensaft, der einfach zu der Art Bemutterung gehörte, die zu suchen – oder von der loszukommen – man niemals aufhörte.

»Lady, Sie können mich jederzeit anrufen.«

»Gleichfalls«, sagte die Frau. »Und jetzt legen Sie mir den Mann auf, den ich hören will, Sam the Sham«, sagte sie.

Elizabeth sang mit. Sie begann, mit der rechten Hand eine Liste zu schreiben.

In seinem Krankenhauszimmer, wo die Zeitungen sich neben dem Bett zu stapeln und die Rosen an gummiartigen Stielen zu welken begannen, machte Max sein Angebot.

»Wenn du ein bißchen bei mir bleibst, kannst du ja vielleicht miterleben, wie ich sterbe. Oder mich umbringen, ganz nach Belieben. Könntest du noch dableiben?«

Elizabeth fuhr ihn im Rollstuhl zum Auto und half ihm behutsam auf den Rücksitz. Zwei Krankenpfleger standen dabei, als wollten sie helfen, doch es gelang Elizabeth, Max' Kopf gegen die Tür zu hauen, ohne daß sie sich von der Stelle gerührt hätten.

»Ich will, daß du lebst, Max.« Sie schloß seinen Gurt.

»Ach, Sweetheart«, sagte er, »ich gebe dir doch immer, was du willst.«

»Nein. Du hast mir das gegeben, was du gut für mich fandest. Ich streite nicht mit dir. Ich will, daß du lebst.«

»Daraus wird wohl nichts werden, Baby«

Elizabeth schob ihr Gesicht ganz dicht an Max' Ohr und sprach sehr leise und deutlich.

»Sieh besser zu, daß du lebst, verdammt nochmal. Wenn du dich nicht entschließt zu leben, dann kampiere ich eben in deinem verdammten Zimmer und sorge dafür, daß du intravenös ernährt wirst und keine Schmerzmittel bekommst. Ist das klar? Sieh also besser zu, daß du lebst.«

Laß nicht die Welt verscheiden

Elizabeth, wenn du Max für ein paar Stunden aus der Wohnung schaffen könntest, könnte ich sie ein bißchen herrichten.«

»Mutter, es ist ihm zuwider, die Wohnung zu verlassen. Warum kannst du denn das, was du vorhast, nicht machen, während er da ist?«

»Tut mir leid, Kindchen. Ich kann es einfach nicht.«

Elizabeth verstand, daß es sich hier nicht um ein logistisches Problem handelte. Margarets Schönheitssinn versagte im Angesicht des Todes. Elizabeth kam selbst nur durch das Jahr, indem sie die Augen geschlossen hielt. Sie hatte seit Wochen nicht mehr in den Spiegel geschaut, ja, sie hatte nicht einmal Max mehr direkt ins Gesicht sehen können. Warum sollte Margaret sich dieser Pein aussetzen, wenn es sich umgehen ließ? »Na gut«, sagte Elizabeth, »dann fahren wir eben zu Mad Nan's Orchards, kaufen uns ein paar Äpfel und füttern die Enten. Länger als für zweieinhalb, drei Stunden kann ich ihn allerdings nicht rausbringen. Reicht das?«

»Fein, das reicht mir. Ruf mich an, kurz bevor du den Wagen holst.«

»Mutter, auf die Sekunde müssen wir das nun wirklich

nicht vorausplanen. Mein Gott, es handelt sich doch nicht um einen militärischen Einsatz.«

»Ich komme mit drei Helfern und einem Transporter. Ich werde alles, alles machen, was nötig ist, bis aufs Streichen, und ich verspreche, seine Bücher und Platten so zu lassen, wie sie sind. Ich kann mir nicht vorstellen, daß Max sich in meiner Schuld fühlen möchte, weil ich wer weiß was für ihn getan habe. Habe ich nicht recht? Es wird ihm aber wohl kaum etwas ausmachen, daß deine Mutter ein bißchen aufräumen kommt, um ihrer Tochter das Leben zu erleichtem. In Ordnung?«

»In Ordnung. Gott, Margaret, was für ein Aufstand. Trotzdem vielen Dank. Welcher Tag?«

»Macht eure Spritztour am Donnerstag. Dann habe ich noch vier Tage, um alles zu arrangieren und diese Kerle auf Trab zu bringen.«

»Dann tu das. Bring diese Kerle auf Trab. Danke.« Elizabeth legte auf. Hatte Gott das nötig, den ganzen Berg kreißen zu lassen, um eine so lachhaft winzige Maus zu gebären?

Früher hatte Elizabeth immer in der Küche im Haus ihrer Eltern gestanden, das war, ehe Margaret ihr Büro im Stadtzentrum bekam, und hatte ihre Mutter mit derselben wohlgemuten, munteren, kampflustigen Stimme ihre Geschäfte führen hören. Vor vier Monaten, als sie in der Küche stand und ihr half, gebratene Hühnerbrust und Truthahnburger auf Vorrat einzufrieren, hatte ihre Mutter es erneut versucht.

Sie hatte Elizabeth vorgeschlagen, mit dem Partner ihres Mannes zu reden.

Elizabeth hatte geantwortet: »Rachel (seit Rachel Ärztin war, zuckte Margaret nicht mehr bei der bloßen Erwähnung ihres Namens zusammen) meint, Zoltow sei sehr freundlich zu seinen Patientinnen, so freundlich, daß es fast für eine Anzeige reicht.« Sie ließ zwei gehäutete Hühnerbrüste aus der Pfanne auf einen Teller gleiten und wendete sie.

»Dann kann dir Aaron bestimmt einen anderen empfehlen. Eine Frau.«

»Warum sollte ich da hingehen?«

»Das ist doch kein Leben.« Margaret wedelte mir ihrer kleinen Hand. Sie sprach offensichtlich von den drei vollgestopften Zimmern mit der Couch, die von Decken und Elizabeths Unterwäsche belegt war, den siechen Pflanzen, dem Füllhorn der Rezepte, das sich über den Küchentisch ergoß. »Du bist vierundzwanzig. Warum tust du das? Das wüßte ich gern.«

»Er wird bald sterben, und er war für mich da, als ich ihn brauchte. Das ist schon richtig so. Sehr lange wird es ja nicht dauern.«

Margaret nickte. Wenn man bedachte, daß sie niemals über Elizabeths Beziehung zu Max gesprochen hatten und daß Margaret sich niemals schlecht von dessen dauerhafter, väterlicher Zuneigung zu ihrer Tochter zu denken gestattete – schließlich war sie ja froh gewesen, daß es auf diese Weise immerhin noch so etwas wie eine Vaterfigur in deren Leben gegeben hatte –, begriff sie erstaunlich schnell. »Dann erübrigt sich wohl jedes Angebot, wie? Europareise, etwas in der Art?«

Elizabeth schüttelte den Kopf und streckte die Hand aus, um Krümel von der Küchentheke zu wischen. Wenn sie gewußt hätte, daß ihre Mutter nie wieder Geld übrig haben würde, hätte sie vielleicht ja gesagt und Paris kennengelernt.

Margaret griff nach ihrem Handgelenk. Sie blinzelte tapfer und weinte nicht und sagte auch nicht: »Ist dein Leben denn so schrecklich, daß du sowas vorziehst?« Sie zog Elizabeths Hand so nah zu sich heran, daß sie den warmen Atem ihrer Mutter auf der Handfläche spüren konnte. Margaret sagte: »Du brauchst eine Maniküre« und holte eine neue Flasche *Cherries in the Snow* und ein Maniküreštäbchen hervor.

»Max, am Donnerstag kommt meine Mutter, um ein bißchen für uns sauberzumachen und ein paar Bilder aufzuhängen.«

Max öffnete die Augen. Das Haar stand ihm stachelig vom Kopf ab wie einem großen, grauhaarigen Baby.

»Bilder? Ich kann es kaum erwarten. Die gesamte Geschichte des Empire in erlesenen Farben, hier mitten in meinem Boudoir. Sag ihr meinen Dank.«

»Das habe ich schon.«

Er schloß die Augen wieder und zog sich die Bettdecke bis über die Schultern. Als kleiner Junge hatte er die irische Tenorstimme seines Stiefvaters geliebt und nachgeahmt, die einzigen Wohllaute in einem Haus voll Mississippi-Geheul und splitterndem Glas. »'Twas on the Isle of Capri that I met her, something something a thin golden golden ring on her finger, 'twas good-bye on the Isle of Capri.« Die Kante der Bettdecke stach ihm in sein triefendes rechtes Auge. Er zog sie unter das Kinn hinab, tat, als schliefe er und schlief ein.

Als er aufwachte, trug Elizabeth den blaßblauen Samtglockenhut seiner Mutter, die blaßblaue Kostümjacke aus Wolltuch mit dem Schößchen, die sie getragen hatte, um Nüchternheit zu demonstrieren, und einen abgetragenen, weißen Strumpfhaltergürtel, dessen rostige Metallclips vor Elizabeths weißen Baumwollhöschen hin und her schwangen. Sie trug ihre eigenen Basketballschuhe und weiße Socken.

»Hübsch, hm?«

»Sehr. Interessant. Wer bist du?«

»Deine Mutter? In den Rock bin ich nicht reingekommen. Sie muß ja winzig gewesen sein.«

»Sie war klein. Du bist ein ganzes Stück größer. Hast kräftigere Knochen, würde ich sagen.« Er mochte ja alt sein, er mochte im Sterben liegen, er mochte zu jeder Torheit imstande sein, wie seine Geschichte bewies, doch noch nie hatte er einer Frau gesagt, daß sie dicker sei als eine andere.

»Ich hab ja gar nicht gewußt, daß du diese ganzen Frauenkleider hast. Fetische?« Elizabeth hockte am Ende der Couch.

»Vermutlich. Ich habe mich nicht dazu entschließen können, sämtliche Sachen meiner Mutter rauszuschmeißen, also hab' ich sie nur in meinen Spind geworfen und ihn mitgenommen. Ich glaube, ich habe ihn seit zwanzig Jahren nicht aufgemacht.«

»Woran ist sie denn gestorben?«

»An Leberzirrhose. Angeblich eine sehr häßlich Art zu sterben. Ich war nicht dabei.«

Elizabeth legte den Handrücken an die Stirn, wankte um die Couch herum und brach vor Max zusammen.

»Ich glaube, ich hätte eine gute Kameliendame abgegeben.«

»Wahrscheinlich. Wenn man mal von einer unverwüstlichen Gesundheit absieht. Und von deinen Turnschuhen.«

»Nett, daß du mich darauf aufmerksam machst. War deine Mutter, was man vergnügungssüchtig nennt?«

»Sie war kein Kind von Traurigkeit. Sie trank ganz schön, sie hatte zwischen ihren Ehemännern eine Menge Liebhaber. Oder jedenfalls kam es mir so vor, als ich ein Junge war. Hast du da irgendwas drin gesucht?«

Elizabeth zog einen zerbröselnden Strohhut mit einem Büschel zerfaserter Samtkirschen an der Krempe heraus.

»Heh, ein Wie-wärs-mit-ner-Nummer-Hut. Dazu müßten eigentlich passende Schuhe da sein.«

Max schloß die Augen.

»Habe ich dich gekränkt? Das tut mir leid.«

»Du hattest die Absicht. Dazu gehört nicht gerade viel, Sweetheart. Ungefähr soviel, wie eine Maus in der Falle zu erschießen.«

»Aber wenn man die Maus wirklich umbringen will, ist das doch die ideale Voraussetzung.« Sie nahm die Glocke vom Kopf, zog die Jacke aus und setzte den Strohhut auf Sie zog Turnschuhe und Socken aus. Sie band sich einen Elastikgürtel um die Taille, dessen Schnalle durch ein Büschel Plastikkirschen kaschiert wurde, streifte die Unterhose ab und schob sie mit dem Fuß beiseite.

»Was willst du von mir?« sagte er.

»Ich weiß nicht. Ich habe kein Geld – was ist denn mit Gretas Haus und Gretas Psychiater und Dannys Dunkelkammer und Marcs Wasweißichalles? Warum schicken wir Marc Geld?«

»Weil er Gelegenheit hat, in Lyon eine kleine Designfirma zu übernehmen, und ein bißchen Startkapital braucht.«

Elizabeth legte sich neben der Couch auf den Boden, so daß ihre Brüste Max' Fingerspitzen streiften. Er nahm die Hand hoch und legte sie auf die Brust.

»Hm. Und weil du Schuldgefühle hast.«

»Und weil ich Schuldgefühle habe.«

»Mir gegenüber hast du keine Schuldgefühle?«

»Doch. Das weißt du ja.«

»Das ist eine ziemlich komische Entschuldigung, wie? Komm und pflege mich, solange ich krank bin, und es soll dein Schade nicht sein.«

»Es tut mir leid, Elizabeth. Es war sehr nett von dir, daß du hergekommen bist, um dich um mich zu kümmern. Ich weiß, daß ich dich zu sehr und zu früh geliebt habe.«

»Einen Scheiß hast du.« Elizabeth nahm seine Hand und preßte seine Handfläche an ihre Brust. Sie kniete sich über ihn.

»Faß mich an. Faß mich jetzt an.«

Max machte die Arme lang und ließ die Hände auf ihren kühlen Fersen ruhen.

»Jetzt willst du nicht?«

»Ich bin müde.«

»Du hast Angst.«

»Ich habe Angst, weil ich nicht weiß, was du willst. Mich kannst du doch nicht wollen.«

»Warum denn nicht? Und wenn ich dich nicht wirklich will – ich meine, du hast ja recht, ich will dich nicht –, vielleicht will ich ja etwas von dir.«

»Ich bin wirklich müde.«

»Wie hieß deine Mutter denn?«

»Louisa.«

»Nenn mich Louisa. Berühr mich hier und nenn mich Louisa.«

Max sagte nicht nein (er hatte nicht soviel Angst, wie Elizabeth das gern gehabt hätte, doch er fühlte sich unwohl und war wütend; *er lag im Sterben,* herrgottnochmal.). Er schloß die Augen. Weiches, dichtes Haar streifte seine Nase und seine Lippen. Er roch sie.

»Ist das nötig?«

»Schwer zu sagen. Hattest du es nötig?«

»Ach Baby, warum gehst du nicht einfach? Du brauchst dich nicht um mich zu kümmern. Nimm den Hut, nimm mein Sparbuch und geh einfach.«

»Ich will aber nicht. Ich will hierbleiben und Louisa sein, das süße kleine Ding. Glaubst du, dein alkoholabhängiges Flittchen von einer Mutter ist schuld daran, daß du kleinen Mädchen nachgestiegen bist?«

Er wollte sagen: Du warst aber nicht klein. Du warst eine junge Frau, und ich habe Unrecht getan, doch du warst kein kleines Mädchen. Er bekam einen Hustenanfall, so stark, daß Elizabeth auf seiner Brust auf und ab hüpfte.

Sie stand auf und reichte ihm ein Papiertaschentuch.

»Macht nichts«, sagte sie.

Sie behielt den kirschengarnierten Hut auf und zog sich ihre Sachen an.

»Entschuldige, Pops.«

»Vergiß es. Ich stehe in deiner Schuld.«

Elizabeth sah weg. »Hm. Naja. Kann ich den Hut behalten?«

Am Donnerstag ging es ihm besser. Sie suchte ihm ein hellrotes Flannellhemd heraus, und in seinem schwarzen Mantel und der schwarzen Baskenmütze wirkte er zerbrechlich und elegant, ein französischer Großvater, der eine Ausfahrt unternahm, um seine Weinberge zu besichtigen.

»Laß uns die Enten füttern gehen, und bei der Gelegenheit können wir gleich ein paar Beutel Äpfel holen. Ich will eine gedeckte Apfeltorte machen.«

»Worum es bei diesem ›Entenfüttern‹ geht, habe ich nie kapiert. Denk doch mal drüber nach. Wir kaufen altbackenes Brot, so daß wir das Vergnügen haben können, die Enten zu füttern, die ja nicht hungrig sein können, da sie ständig gefüttert werden. Und der Laden pflegt die Enten, damit er uns altbackenes Brot verkaufen kann. Gibt es denn keine hungernden Kinder mehr? Müssen wir uns das alles einfallen lassen, damit wir Marie Antoinette am Ententeich spielen können?«

Er schloß die Augen, und Elizabeth fuhr weiter. Sie war froh, daß er redete. Es war immer ein gutes Zeichen, wenn er die Energie aufbrachte zu reden, egal, was er sagte. Selbst wenn es über die albernen Enten war.

Max dachte: Warum rede ich bloß darüber?

Er saß auf einer Bank, während Elizabeth die Enten fütterte, und als sie Brotkrumen bis unmittelbar vor seine Füße streute, kamen zwei dicke schwarze Enten unter leisen, fordernden Quaklauten zu ihnen herauf. Sie waren schmutziger, als sie gedacht hatte, irgend etwas Dunkles verklebte die winzigen Löcher auf dem Rücken ihrer Schnäbel, ihre orangefarbenen Füße schleiften Algen und Schlick hinter sich her.

Max ignorierte sie eine Weile, zog sich die Baskenmütze tiefer über die Augen und genoß insgeheim die Sonne auf Schultern und Beinen. Die Enten pickten um die Bank herum, und wenn er ab und zu mit den Füßen scharrte, dann zogen sie sich zurück, und wenn sie wiederkehrten, dann quakten sie ein bißchen lauter und pickten aggressiver.

»Das müssen Weibchen sein«, sagte er lächelnd. Sie antwortete ihm nicht, sondern biß nur in einen Apfel und kaute geräuschvoll. Max konnte keine Äpfel mehr kauen.

Sie fuhren schweigend nach Haus, und als Max ihren Schenkel berührte, blickte Elizabeth auf die bebende, lose Haut hinab und tätschelte ihm die Hand. Es hat keinen Sinn, wütend zu werden, dachte sie. Die Zeit reicht nicht. Ich könnte ihn anschreien, und dann würde er vornüber kippen, und das Letzte, das ich gesagt hätte, wäre: Sei kein Arschloch, Max.

Daran erkennt man, daß man sterben wird, dachte Max. Ich könnte ihre Kleider verbrennen, in die Küche scheißen, den verfluchten Enten mit meinem Schwanz drohen, und sie würde nur lächeln und mir die Hand tätscheln.

Max' Wohnung war zwar ordentlicher, die wirren Haufen waren zurechtgerückt und verhüllt, die Luft flirrte von den winzigen Stäubchen der Zitronenölmöbelpolitur, zehn rosa Rosen hatten sich zu Schalen geöffnet, aber wie verwandelt war sie nicht. Elizabeth war froh, daß sie nichts von Margarets grandiosen Ambitionen gesagt hatte. Ihre Mutter hatte versagt; es roch immer noch nach schleichendem Tod.

»Schöne Rosen hat deine Mutter mitgebracht. Schön staubgesaugt. Bedank dich in meinem Namen bei ihr.«

»Vielleicht könntest du das ja selbst tun. Wenn ich sie anrufe. Fernsehen?« Elizabeth stützte Max mit der Hüfte, zog ihm den Mantel aus und hielt ihn mit einer Hand aufrecht, während sie die andere ausstreckte, um den Ruhesessel freizumachen und ihn hineingleiten zu lassen. Sie sah, daß der Ruhesessel leer war, sich in einem fremd anmutenden, keuschen, möbelausstellungsartigen Zustand befand.

Max tätschelte die Kissen. »Na schön. Wo sie wohl mein ganzes Zeug hingetan hat?« Er schloß die Augen. »Wie wär's mit diesen Affen?« Gestern hatte es in *Familienfehde* Affen kontra Nonnen gegeben, und er hatte gelacht, bis ihm die Tränen übers Gesicht liefen.

»Ja, gut, schau dir das an. Ich muß jetzt weg.«

»Wohin gehst du denn?«

»Wir brauchen ein paar Sachen, Max. In einer Stunde bin ich wieder da.«

»Tu nichts, das ich nicht auch tun würde.«

Can’t Turn You Loose

Sie sah ihn aus dem Fenster des Lokals, als er vom Parkplatz her um die Ecke kam. Das Jackett flatterte über seinem hochangesetzten Landhintern. Anzug, weißes Hemd, rote Krawatte. Blankgeputzte schwarze Slipper an seinen großen Landfüßen. Mehr Taillenumfang inzwischen, gerade nur ein kleines bißchen Bauch, das gegen seinen Gürtel drückte. Groß, angenehm im Umgang, langer Samtsofamann. Immer noch diese langen Beine und Arme, die sich jetzt an der rotierenden Drehscheibe mit den Desserts vorbeibewegten.

»Ja, Miss Taube. Grüß dich, freut mich, dich wiederzusehen«, sagte Huddie und streckte die Hand aus.

Elizabeth starrte sie an, als hätte sie sich, sowie er den Mund aufmachte, in eine Schlange verwandelt. »Grüß dich?«

Huddie ließ sich in die Nische gleiten und beugte sich vor.

»Elizabeth? Liz? Nennen sie dich immer noch Liz? Ich arbeite in dieser Stadt, ich bin hier jetzt als Geschäftsmann tätig. Ich habe Kunden hier, Nikos und ich haben dieselbe Liefertour. Du hast ja keine Ahnung. Hattest du ja nie. Ich bin das Muster eines kleinen Geschäftsmannes. Ich bin ein Mann mit Familie, ich spende der Kirche was, verdammt, ich spende der Synagoge was. Soll ich dir vielleicht zur Begrüßung die Zunge in den Hals stecken? Ist schon schlimm genug, daß du wie der Geist der vergangenen Weihnacht im Laden aufgekreuzt bist.«

»Weshalb bist du denn so unausstehlich? Sieben Jahre sind vergangen, und du bist doch derjenige, der verheiratet ist, nicht ich. Du hast Kinder gekriegt, nicht ich. Entschuldigung, ich hätte dir ja geschrieben, als du in Buttfuck, Alabama warst, aber du hast ja nicht geschrieben. Und ich wußte auch nicht, daß du wieder da bist.«

Elizabeth senkte den Blick. »Schmeißt den Laden deines Vaters. Herrje.«

Der Kellner trat an den Tisch und grinste Huddie zu.

»Heh, George, wie läuft's denn so?«

»Gut, Hud. Läuft jetzt gut.« Er leckte die Spitze seine Bleistifts an, gewillt, zur Not auch zwanzig Minuten zu warten, falls Huddie so lange brauchte. George arbeitete an zwei Abenden in der Woche bei Nassau Produce, in Huddies Laden, und Huddie bezahlte ihm zweiundzwanzig Stunden Englischunterricht, wozu sein Vetter Nikos nie und nimmer bereit gewesen wäre. Wenn Huddie Lester also in aller Ruhe seinen Kaffee bestellen und dann dies wütende, irgendwie ganz hübsche Mädchen ins Motel nebenan mitnehmen wollte, dann hatte George Pascopolous ganz bestimmt nichts dagegen. Huddie Lester konnte auf ihn zählen.

»Gib uns fünf Minuten, Kumpel.«

»Klar, Hud, und wenn du mich brauchst, du machst so.« George hob unauffällig den Finger.

Sie hätte Huddie unter dem Tisch getreten, wenn er ihr nicht das Gefühl gegeben hätte, daß das ganze Lokal sie fasziniert beobachtete. Nach so langer Trennung wieder vereint, und nun war es selbstverständlich nicht mehr wie früher, und diese Unterhaltung würde ihnen auch nichts einbringen.

Der Ärmel seines Jacketts schob sich empor und ließ einen Halbkreis brauner Haut oberhalb der weißen Manschetten sehen.

»Führen wir gerade ein Gespräch?« Elizabeth ließ die Handfläche über das Resopal gleiten und rollte Zuckerkörner mit den Fingerspitzen über den Tisch.

»Nein«, sagte er. »Machen wir, daß wir hier rauskommen. Wir müssen nicht gerade rennen, aber machen wir auf jeden Fall, daß wir rauskommen.«

Elizabeth fuhr blindlings zum Wadsworth Park, und er folgte ihr und suchte die entgegenkommenden Wagen nach bekannten Gesichtern ab, während er eine geschäftsmäßige Alltagsmiene zur Schau trug. Sie sah ihn nicht einmal an, als sie ausstieg, knallte nur einfach die Wagentür zu und strebte auf die Bäume zu wie eine Indianerwitwe. Huddie schaute sich auf dem leeren Parkplatz um und rief ihr nach.

»Wie wär's mit 'ner Decke?«

»So weit habe ich nicht gedacht.«

»Zum Draufsetzen. Ich habe einen Anzug an. Wir können doch auch im Auto reden.«

»Du machst mich krank, Huddie. Laß uns einfach spazierengehen.«

Sie gingen an den Splitwehen vorbei, die sich an den Rändern des Parkplatzes angesammelt hatten, an den Sodabüchsen, Bonbonpapieren, den Plastikschalen von Hot Dogs und zusammengeknüllter Aluminiumfolie, durchquerten Stückchen von altem, bröseligen Wald, der in dem wabernden, insektengesprenkelten Licht hing. Huddie nahm mit der Spitze seines blanken Slippers ein vergilbendes Kondom mit und schleuderte es in Richtung Bach.

»Das kleine Problem habe ich nicht mehr.«

»Ach, wirklich?«

Er lockerte seine Krawatte mit einer Hand, und sie seufzte. »Wir reden nicht«, sagte er und verschränkte die Finger mit ihren. Beide blickten zu Boden, gepackt von dem, was sie schon immer gepackt hatte, was sie gepackt hatte, als Huddie die Hand auf die Bank der Sporthalle legte und sie so nah an ihrem Bein aufstützte, daß sie beide das leise Prickeln der winzigen Härchen an ihrem Oberschenkel spürten. Die vollkommene ästhetische Harmonie ihrer beider Haut war aufgeblitzt und wieder erloschen, überstrahlt von der unendlichen Lichtexplosion dessen, was danach kam, einer Schönheit, die nur in ihnen beiden lebte, getrennt von ihren attraktiven Alltagsgesichtern, von Körperteilen, die sie mochten oder auch nicht, von dem Leben, das sie einmal führen würden. Nur ihre Mütter hatten bei ihrem ersten Anblick ihre Seelen so unverhüllt in ihren Gesichtern lesen können.

»Du hast gesehen – der Laden ist größer geworden«, sagte er. »Du solltest ihn dir mal genauer ansehen. Die Veranda vorn ist für Kaffee und Kuchen, und dann haben wir noch diese große Kühltheke mit Milchprodukten.«

»Ich komme wieder vorbei, wenn dein Vater nicht da ist. Es sei denn, er hätte sich verändert.«

»Du hast dich stärker verändert als er, und du hast dich schon nicht groß verändert.«

»Doch, habe ich.«

»Hast du nicht.« Er zog ihre Hand an die Lippen und küßte sie. »Hast du nicht, hast du nicht, hast du nicht. Damit du's weißt. Wonach suchst du denn?«

»Nach einem Baum, an den man sich verführerisch anlehnen kann.«

»Spar dir die Mühe. Spar dir die Mühe, danach zu suchen. Das erübrigt sich.«

Sie sah nur noch die winzigen, schwarzen Vertiefungen, wo er sich rasierte, die Schnitzelchen von Blättern in seinem schwarzen Haar, seine ein wenig aufgesprungenen Lippen, den trockenen, weißlichen Fleck mitten auf der Unterlippe. Huddies Zunge fuhr über den trockenen Fleck, und er küßte sie. Er lehnte seine nasse Stirn an ihr Schlüsselbein, drückte die Nase so tief in ihren Hals, daß er nur atmen konnte, indem er den Mund öffnete und sich ein wenig von ihr löste. Sie hörten das feuchte Saugen seines Kusses, und er spürte Elizabeths tonloses Lachen und löste sich völlig von ihr. Alles andere, als daß sie mit ihrer lieblichen, liebestrunkenen Stimme seinen Namen sagte, hätte ihn wieder zur Besinnung gebracht, dorthin, wohin er nicht wollte.

»Huddie. Hudd-eee«, flüsterte Elizabeth.

»Und ob ich dir geschrieben habe. Ich habe fast jeden Tag geschrieben, wochenlang. Ich habe nie eine Antwort erhalten. Meine Tante und mein Onkel haben gesagt – naja, du kannst dir wohl denken, was die so gesagt haben. Einmal habe ich an Mrs. Hill geschrieben. Einmal habe ich deine Mutter angerufen, doch die Nachricht hast du wohl nicht bekommen.«

»Natürlich nicht. Und die Briefe auch nicht, Hud. Mrs. Hill ist gleich, nachdem sie dich weggeschickt hatten, gestorben. Oh je. Als ob ein gebrochenes Herz noch nicht genügt hätte. Ich habe nie etwas von dir oder über dich gehört, nichts. Ein paarmal habe ich mich im Laden herumgedrückt, weil ich dachte, vielleicht wäre dein Vater ja inzwischen milder gestimmt, vielleicht würde er mir ja deine Adresse geben oder wenigstens eine Andeutung machen.«

»Na, das wird er wohl kaum getan haben.«

»Nein, nicht mal annäherungsweise. Er hat allerdings gesagt, du würdest aufs Howard gehen. Doch dann habe ich im Frühjahr ans Howard geschrieben, und die hatten noch nie was von dir gehört.«

»Aufs Howard? Scheiße, ich bin aufs Michigan gegangen. Offensichtlich hast du keinen Collegebasketball angeschaut.«

»Nicht oft. Ein paarmal. Ich mußte doch nur weinen, und ich habe dich nicht gesehen. Lächerlich«, sagte Elizabeth und hakte die Daumen in seinen Gürtel, so daß sie ihn groß und breit an ihrem Körper spürte, genau wie sie ihn sich vorgestellt hatte. »Näher.«

Huddie spürte ihre Brüste durch ihr T-Shirt hindurch, wie sie sich durch seinen Anzug und sein Hemd ergossen, kompakte, flüssige Herzen, die an seinen mittleren Rippen ruhten. Er sagte jetzt kein Wort, atmete nicht einmal aus, blickte nur starr auf seine Armbanduhr wie es jemand tut, der nicht dort ist, wo er eigentlich sein sollte. Er hätte sich gern bekreuzigt, wie die Jungen von Fordham, die alle, selbst die Juden unter ihnen, begriffen, daß die Bekreuzigung dazu diente, das Schicksal zu besänftigen, Demut und Hilflosigkeit zu demonstrieren, wenn alles Talent und alle Erfahrung nicht ausreichten, um das Blatt zu den eigenen Gunsten zu wenden. Er löste ihre Daumen von seinem Gürtel, drehte ihre Handflächen nach unten, als sie sie an seinen Mund legte, glatte, gerundete Handflächen, geschwungen wie ihre Schenkel, weit geöffnete Handflächen, die auf die Küsse warten, die er, wieder bei klarem Verstand, nicht gab. Er suchte nach seinen Autoschlüsseln und ließ die Hände in den Hosentaschen.

»Vielleicht wollten wir ja gar nicht wirklich. Vielleicht wollten wir es ja so lassen, wie es war.« Er seufzte. »Wer weiß, das mit Mrs. Hill tut mir leid. Geh'n wir, Lady. Ich muß in den Laden zurück. Heute war Lieferantentag. Der ganze Aufschnitt und die Auberginenterrinen werden sich auf dem Boden stapeln.«

»Was ist denn aus den Schweinsfüßen geworden?«

»Die kriegen wir immer noch. Für die Soul-Abteilung. Und außerdem Krabbenpaste und Reisnudeln und Biscotti und Tapenade. Wir werden jetzt feiner.«

Und sie dachte: Wenn er nicht befürchten müßte, daß man sich über ihn lustig machte, würde er seine Freude darüber, daß die staubigen Coca-Cola-Kästen und die verklebten Ajaxdosen nicht mehr da waren, bestimmt nicht verhehlen. Vielleicht denkt er gerade noch mit einer Spur von Wehmut an den alten Laden zurück.

Sie kehrten zum Parkplatz zurück und konnten nicht verhindern, daß sie einander immer wieder anstießen, und dann schlossen sie die Augen, so sehr genossen sie es, wenn ihre Hüften einander berührten, obwohl sie noch vier Schichten Stoff zwischen sich hatten und er in nicht einmal fünf Sekunden sein Auto erreicht hätte. »Kann ich jetzt bei dir einkaufen kommen?«

»Ist der gute Max etwa ein Feinschmecker?«

»Ich bin einer.« Sie wollte jetzt nicht über Max reden.

»Du kannst jederzeit kommen. Sonntags bin ich nicht im Geschäft.«

»Sonntags gehst du morgens zur Kirche, und dann gibt's das Sonntagsessen für die ganze Familie, dein Vater eingeschlossen, der wahrscheinlich ganz vernarrt in deine Frau ist, und dann wirfst du mit deinen Jungen ein paar Körbe.«

»Mach dich nicht über mein Leben lustig.«

»Das war reiner Neid und kein Spott. Oder reiner Neid, der sich hinter Spott verbirgt.«

»Mein Sohn ist erst vier, und meine Knie sind zu sehr im Arsch, als daß ich noch spielen könnte. Mein Vater ist zu June auch nicht netter als zu irgend jemand sonst. Ansonsten hast du's genau getroffen. Und diese Sonntagvormittage wirst du jetzt vermasseln.«

»Wieso?«

»Weil ich in der Kirche, wenn sie diese hohen Töne singen, nicht nur an uns in dem kleinen gelben Bett und in diesem Wald zurückdenken werde, ich werde daran denken, daß du da bist, ganz in der Nähe, und ich werde nicht wie ein Kirchgänger denken.«

»Gut. Ich auch nicht.«

»Du auch nicht. Immer noch so witzig.«

»Ja. War das Bett denn gelb? Ich dachte, die Wände wären gelb gewesen. Gelbe Blümchen.«

»Das glaube ich nicht. Ich glaube, das Bett war gelb, die Wände hatten keine Farbe.« Er sah das wacklige Bett immer noch vor sich, sah die Wand vor sich, wie sie auf ihn wirkte, bevor und nachdem er mit dem Kopf dagegen geschlagen war und ölige Flecken hinterlassen hatte, die er später berühren sollte, wenn er sich selbst berührte, daran dachte, wie sie unter ihm gewesen war, sein staunenerregendes Vaterland.

»Na schön. Ich werde ebenfalls an dich denken, Huddie. Horace. Ich nehme an, das bedeutet, daß wir nicht mehr zusammenkommen werden.«

»Wozu?«

»Zum Kaffeetrinken, zum Mittagessen, zum Spazierengehen.«

»Du weißt genau, wenn ich dich heimlich sehe, schlafe ich demnächst mit dir, und wenn ich dich in der Öffentlichkeit sehe, dann wird das nicht lange unser kleines Geheimnis bleiben. Ein Blinder würde sehen können, wie sehr ich dich liebe. Ich muß los, Sweet.« Seine Stimme klingt rauh bei diesem letzten Wort, und in Elizabeths Innern entrollen sich rote Banner zu anhaltendem Jubel. In Huddies Innern hingegen ertönt ein leises Klingeln, das Warngeräusch eines falschen Alarms.

»Na gut. Bis demnächst. Steigen wir in unsere Wagen und fahren. Ich liebe dich auch. Wie heißt denn dein Sohn?«

Er schüttelte schmerzlich den Kopf, während er sich entfernte. »Larry. Ich weiß.«

Gleichzeitig ließen sie ihre Wagen an. Elizabeth fuhr als erste los, indem sie an seinem schöneren, neueren Wagen vorbeipreschte und ihm Split an die Windschutzscheibe spritzte.

Für Huddie stellen sich jetzt überall geheime Verbindungen her. Sehen, Riechen, Schmecken und Berühren vermengen sich miteinander. Naß ist wie süß ist wie Hitze ist der schmerzende Puls, ist verkrustendes Salz. Ihr Geruch ist der Geruch der ausgewickelten, bereits überreifen Feigen, und eine vergeudete halbe Stunde lang drapiert er zerknittertes, dünnes lila Seidenpapier um ihre kleinen, violetten Ärsche und stellt ihre Stielansätze schräg, so daß ein jedes rissiges Hinterteil auf seine verführerischste Seide gedreht ist. Das Mohrrübengrün ist ihr Haar; der feuchtglänzende, blaßgrüne Spalt einer aufgeplatzten Honigmelone gehört ihr und schmeckt erst kühl, dann warm. Er legt die Lippen flach an Tomaten, Pflaumen, Pfirsiche und Nektarinen, bevor er sie auftürmt, und sie reifen zu schnell, bekommen verkaufshindernde, dunkle Stellen, wo sich sein Speichel gesammelt hat und in sie eingesickert ist. Marshmallows, an denen er seit den Anfängen seiner Pfadfinderzeit jedes Interesse verloren hatte, kullern aus ihren Beuteln, ziehen seine Finger in ihr süßes, staubiges, weißes Inneres, wickeln sich ihm um die Fingerspitzen. Ein halber Beutel. Dreiundzwanzig Marshmallows. Seine Finger sind steif, weißbepudert, und seine Kehle ist verklebt, doch der Zucker, der seine Lippen dick überzieht, und das immer trockener werdende Ziehen vom Gaumen zur Zungenwurzel ähneln so sehr einem einstigen gemeinsamen Augenblick, daß er sich hinter die gestapelten Waren setzen, den Kopf auf die riesigen Saftcontainer legen muß, und, die klebrigen Hände fest vor den klebrigen Mund gepreßt, lautlos zu weinen beginnt.

Drei Wochen später, nach zwei peinlichen und schlecht choreographierten Besuchen bei Nassau Produce, bei denen sie halb verborgen beobachtet hatte, wie Huddie erfreuten Frauen Olivenölsorten verkaufte, die sie nie im Leben zu kaufen beabsichtigt hatten, und Milch, die zwanzig Cents teurer war als im Supermarkt, war Elizabeth endlich nackt und saß aufrecht im Bett, um Huddies Art, sich auszuziehen, zu bewundern. Erst legte er die rote Krawatte auf den Sitz des Sessels, dann knöpfte er sein weißes Hemd auf, hängte es über die Rückenlehne, damit es sich nicht drückte, und dann zerrte er mächtig an seinem Gürtel und zog den Bauch erst ein und ließ ihn dann wieder hervortreten, auf diese Art, die Männern nichts ausmacht und die Frauen schrecklich finden, und dann streifte er mit einer einzigen Bewegung Hose, Slip und Socken ab.

»Seit wann bist du denn so vornehm?«

Er wandte den Kopf, und ihr fiel wieder ein, daß seine Ohrläppchen, wenn er rot wurde, brannten, als schiene die untergehende Sonne hindurch, und dann verliebte sie sich aufs Neue. Um seiner rotbraunen Ohrläppchen willen.

»Ich kann das nicht ausstehen, in kurzen Hosen und Socken herumzustehen. Wie ein Idiot.«

»Nein. Du siehst schön aus.«

»Naja. Und jetzt mach mir mal ein bißchen Platz, Elizabeth.«

Huddie spritzte sich Wasser ins Gesicht, trank ein wenig aus der hohlen Hand, und als er in den kleinen Spiegel blickte, sah er wieder sein schmales, liebeskrankes junges Ich. Er fragte sich, wann Gott ihm wohl eher vergäbe – wenn er June sagte, sie könne voranmachen mit dem zweiten Kind, so daß er sie verlassen konnte, sowie das jüngste, noch nicht einmal gezeugte, endlich aufs College ginge, oder wenn er den Wartestand ein wenig abkürzte, indem er June jetzt mitteilte, Larry reiche aus, denn dann könnte er bereits in vierzehn Jahren von ihr weg, ohne sich unehrenhaft zu benehmen. Er bespritzte Elizabeths Brust mit kaltem Wasser und schaute zu, wie die bläulich-weiße Haut ihrer Brüste sich um die Brustwarzen zu festen rosafarbenen Ringen zusammenzog.

Vierzehn Jahre.

»Oh, ist das kalt, du Scheißkerl. Scheißkerl von einem Horace. Wenn wir nicht hier wären und Motelwasser trinken würden, was würdest du dann haben wollen?«

Huddie nahm seine Armbanduhr in die Hand, sah nach, wie spät es war, und legte sie wieder hin. »Zu trinken? V-8 Saft, Grapefruit vielleicht.«

»Und zu essen?«

»Ist das hier ein Illustriertenquiz für Verliebte?« June liebte solche Tests und riß sie immer heraus, damit sie sie vor dem Einschlafen beantworten konnten. Tests zum Thema Liebe, über den richtigen Umgang mit dem Haushaltsgeld, Tests darüber, wie man die Kontrolle über seine

Nerven behielt, über den richtigen Umgang mit Schwiegertöchtern und -söhnen. Er beantwortete sämtliche Fragen sämtlicher Tests stets aufrichtig und war die ganze Zeit darauf gefaßt, daß June die schreckliche Wahrheit aufgehen würde, während sie gegen drei Spitzenkissen gestützt im Bett saß und die Punkte addierte, darauf wartete, von ihm berührt zu werden.

»Ich glaube nicht, daß ich je für dich kochen werde. Also sag schon.«

»Jetzt gleich? Einen richtigen Cäsar-Salat, viel Ei, selbstgemachte Croûtons, schön viel Knoblauch. Richtig grünes Olivenöl. Ich würde dich mit Blättern bedecken und ihn direkt von dir runteressen. Du Salatschüssel, du.« Er vertrieb June aus seinem Kopf; wenn er darauf warten wollte, daß June sich von selbst zurückzöge, konnte er das bißchen Zeit mit Elizabeth abschreiben.

Er legte sich wieder hin, drehte das Zifferblatt der Uhr so, daß er es sehen konnte, und holte June wieder zurück, die in der Küche wartete. Er vergrub das Gesicht tief in Elizabeths Körper und wünschte sich June mit aller Macht ganz weit weg, irgendwohin, wo sie auf alle Zeiten in Frieden und Freude leben würde.

Elizabeth biß in das weiche Fleisch über seinen Hüften. Vielleicht konnte sie ihn ja markieren, ohne daß es überhaupt einer von ihnen beiden merkte, ohne daß June oder Larry daraus irgendein Nachteil erwüchse.

»Huddie, du wirst demnächst ein fetter Alter werden, weißt du das? Du Freßsack. Wenn man schon dies Leuchten in den Augen sieht – selbstgemachte Croûtons. Wir werden noch als dicke Mastschweine enden. ›Komm näher, Schatz, näher.‹ ›Ich versuch's ja, Liebling, ich versuch's ja.‹«

Huddie lächelte und war doch bekümmert. Er wollte

ihr nicht sagen, daß er sich in der Tat Sorgen machte wegen seines Gewichts und sich jedes Mal, wenn er sah, wie der Wanst seines Vaters fast das Hemd sprengte, so daß die schwarze Haut zwischen den Knöpfen hervorschaute, gelobte, nicht mehr sämtliche Sahnefrischkäse durchzuprobieren, June nicht mehr ihren Platz in der Küche streitig zu machen, nicht länger zuzulassen, daß der Vertreter mit der belgischen Schokolade ihm alle sechs Wochen eine Kilo-Geschenkpackung Pralinen daließ. Und als er gerade das Thema wechseln wollte, flammten Bienenstiche reiner Wonne seinen Nacken und seine Schultern empor. Sie sah sie beide vor sich, gemeinsam in einem Egal-was-es-war, dick und glücklich, in fortgeschrittenem Alter. Horace und Elizabeth, wie sie, auf der Veranda eines Hauses in der Nähe von niemandem, den sie kannten, rundum zufrieden in ihren Schaukelstühlen vor sich hin knarzten.

Sie legte die weiße Hand mitten auf seine Brust, narbenfreies, dunkles Mahagoni, nichts daran erinnerte an Max, wie überhaupt nichts in dem Zimmer so war wie irgendwo, wo sie in letzter Zeit gewesen war. In einem Motelzimmer konnte einem nicht ernsthaft etwas passieren, so schien es. In der Minute, wo man sich auf die Straße begab, einen Telefonhörer hochnahm, feststellen mußte, daß es herausgekommen war, konnte wer weiß was losbrechen, doch im Augenblick selbst, zwischen den fadenscheinigen Leintüchern und steifen grünen Wolldecken, war man geborgen in der lautlosen Kapsel eines Ungeborenen.

»Ich fange an, Motels zu mögen«, sagte Elizabeth und ließ seine Armbanduhr unter ihr Kopfkissen gleiten.

Huddie legte die Hand über ihre und die Armbanduhr auf den Nachttisch zurück. »Ich finde das alles scheußlich. Bis auf das eine.« Er seufzte und legte den Kopf auf ihren

Rücken, der glatter war als das Laken. »Wenn ich doch bloß noch ein Leben hätte, ein anderes, ein vollständiges zweites Leben, für uns.« Seine Lippen streiften über ihren Hintern.

»Du würdest mich bald satt haben.«

»Ich hätte nichts dagegen, das selbst rauszufinden.«

»Während wir so die Romanze am Leben erhalten könnten. Jahre länger als andere.«

Er hob den Kopf und zog das Laken bis zu den Schultern empor. Er war unerträglich müde, er hatte den Kopf voller Gedanken, die um June und Larry kreisten, um alles, was er verlieren würde, alles, was er gerade in dieser Stunde verloren hatte, und sie ließ die Finger seinen Hals hinabgleiten, schnippte ihm die Schweißperlen von der Brust. Wer hatte bloß solche großen, milchigen Pfützen auf dem Bett hinterlassen? »Na schön«, sagte Huddie und tätschelte die Hand auf seiner Schulter. Er hielt das Gesicht abgewandt, um ihre Tränen nicht sehen zu müssen, sie seine nicht sehen zu lassen.

Als er, nach drei Fehlstarts, aufstand, um zu gehen, war kein Nachmittagslicht mehr übrig, nur das kühle Blaugrau der Winterdämmerung und die weißen Badezimmerlampen im Hollywoodstil, die es summend durchdrangen.

»Du verläßt mich also«, sagte sie.

»Wie – für immer?« Er hatte ein Haar von ihr auf der Zunge, das er nicht zu fassen bekam, ihre Ohrringe hatten auf beiden Wangen einen intimen Abdruck hinterlassen, und solche lästigen Kleinigkeiten erfreuten ihn ebenso sehr wie sämtliche offiziellen großartigen Momente seines Lebens zusammengenommen.

»Nein. Das sieht bloß so aus. Ich bin doch hier.« Er legte die Hand zwischen ihre Brüste und spürte, wie seine Hand Stückchen um Stückchen weiter einsank und tief unter der Oberfläche ihrer Haut zur Ruhe kam. »Hier.«

Unter Schwingen der Liebe verweile

Huddie hatte gewußt, daß es in einer Katastrophe enden würde.

»Max wird bei der Physiotherapie sein. Ich kenne doch seine Termine. Ich bringe ihn schließlich hin und hole ihn wieder ab. Mach dir keine Sorgen, komm einfach in der Mittagspause her.«

Sie hatten das Motel beide satt. Anfangs, als er die Hand nicht einmal fünf Minuten auf Elizabeths nackten Bauch hatte legen können, war eine Stunde in einem Bett, irgendeinem Bett an einem ungestörten Ort, für ihn der Gipfel der Wünsche gewesen. Er wußte, binnen kurzem würden nicht einmal zwei Stunden im Bett mehr ausreichen; das bewirkte, daß seine Brust schmerzte, es machte das Motel ungeheuer steril, ein abstoßendes schwarzes Loch, das jede Unterhaltung und jedes Empfinden und jede Erinnerung verschluckte und aus dem Sex eine Angelegenheit zwischen zwei Menschen machte, die es eilig hatten und so zu tun versuchten, als wäre ein Nachmittag ein ganzes Leben. Er hatte gern einen gewissen Komfort, ein Glas Saft, einen Bademantel, richtige Kopfkissen. Er hatte es gern anständig. Huddie wollte die Rede jedoch nicht auf die Unzulänglichkeiten des Motels bringen. Er konnte sich keine Wohnung leisten, und wenn er davon sprach, daß er June verlassen würde, brachen er und Elizabeth gleichzeitig in Tränen aus.

»Na schön. Bist du dir sicher?«

»Huddie, selbstverständlich bin ich mir sicher. Ich bin doch diejenige, die ihn fährt. Ich werde ihn etwa um eins dort absetzen, ein paar Besorgungen machen, und dann treffen wir uns um zwei. Um halb vier werde ich ihn dann wieder abholen. In Ordnung?«

Huddie lauschte angestrengt an der Tür und hörte nichts von drinnen. Elizabeth war also noch nicht zurück. Die Wohnung war so, wie er sie sich vorgestellt hatte, so wie die seines Dad, mehr oder minder. Geruch nach altem Mann, Bad scheußlich, ein bißchen Zigarettenrauch in der Luft und Old Grand-Dad, was ihn besonders stark an das Haus seines Vaters erinnerte. Huddie stand neben einem überladenen Garderobenständer, der einen muffigen Geruch verströmte, und einer von Max' Hüten fiel ihm entgegen, als er ein verschleimtes, bellendes Husten hörte, das nicht Elizabeths war.

»Sweetheart? Kannst du bitte mal kommen?«

Zwischen dem Drang, laut über die Farce zu lachen, in die sein Leben sich zu verwandeln drohte, und dem Bemühen, sein Jackett irgendwie auf den Garderobenständer zu hängen, erstarrte Huddie mitten in der Diele.

»Liz? Ich bin nicht –«

Max beugte sich aus der Schlafzimmertür und ließ seine offene Hose los. Huddie erinnerte sich von der Junior High School her an ein kräftigeres, bärtiges Gesicht und wandte den Blick von Mr. Stones prallweißem Kugelbauch ab.

»Mr. Stone? Max? Ich bin ein Freund von Elizabeth. Sie hat mich auf einen Kaffee eingeladen ... «

»Und Ihnen den Schlüssel gegeben?«

»Sie meinte, vielleicht würde sie sich ein bißchen verspäten, weil sie Sie doch irgendwohin fahren wollte, zur – äh.« Huddie konnte sich um alles in der Welt nicht daran erinnern, wohin Elizabeth Max hatte fahren wollen.

Max sank auf die Knie nieder.

»Könnten Sie mir wohl die blaue Tablettenschachtel von meinem Nachttisch holen? Und das Wasser?«

Huddie brachte Max seine Nitroglyzerinkapseln und drückte ihm das Glas in die Hand.

»So, das haben wir gleich. Geht es jetzt wieder?«

»Ich weiß nicht recht. Ich hatte vorhin diesen Schmerz – hier.« Max legte die Faust in die Mitte der Brust, eine Geste, die ihm die unverzügliche Untersuchung in der Notaufnahme sichern würde. »Und dann habe ich eine Nitro genommen, und es wurde besser. Und nun ist der Schmerz wieder da. Und vor ein paar Minuten haben mir der Kiefer und der Ellenbogen wehgetan. Doch die tun jetzt nicht mehr weh, das ist schon mal gut.«

»Gut. Haben Sie irgendwann was Scharfgewürztes gegessen? Sie wissen schon – Sodbrennen?«

»Was Chinesisches.« Es war Max peinlich, mit diesem Bauch, der auf seinen Schenkeln ruhte, angesichts eines so gutgebauten Jungen vom Essen zu reden.

»Im Golden Chopsticks?« Es war das Lokal, das Max' Wohnung am nächsten lag, und zugleich das, in das Huddie gehen würde, um Empress Chicken zu essen, wenn er die Wahl hätte.

»Ja. Ahh. Es ist nicht besser.«

»Lassen Sie mich Ihren Arzt anrufen.«

»Wenn es ein Infarkt ist, wird er wollen, daß ich zur Notaufnahme fahre.«

»Ich bringe Sie hin.«

»Sie?«

»Horace Lester. Fahren wir.«

Huddie hinterließ Elizabeth eine Nachricht und legte Max, der es sich nicht nehmen ließ, mit unendlicher Langsamkeit sein Hemd zuzuknöpfen und den Reißverschluß seiner Hose hochzuziehen und der sich fast unter Tränen nach seiner blauen Trainingshose und seinem tröstlich weichen Sweatshirt sehnte, einen Mantel über. Alles, was in der Notaufnahme geschah, ging rasch und effizient vonstatten. Huddie entschied sich dafür zu behaupten, er sei Stones Schwiegersohn, was glaubwürdig war, und so erlaubten sie ihm, sich um ihn zu kümmern und bei ihm zu sitzen, bis sie alles Notwendige erledigt hätten. Insgeheim entschuldigte er sich bei June und ihrem Vater.

Er mußte keine fünf Minuten bei ihm sitzen, und der Aufnahmeschwester war es völlig schnuppe, wer er war. Max klatschte eine Versicherungskarte auf den Empfangstresen, legte die Hand abermals an die Brust, und in den zehn Minuten, die Huddie im Wartezimmer verbrachte und sich allmählich beruhigte, bekam Max einen intravenösen Katheter, und sie klemmten ihm zwei Monitore an die Brust. Zwei weiße Ärzte prallten hinter einem blaßgrünen Vorhang zusammen, und nach dem EKG steckte der eine den Kopf heraus und nickte Huddie zu.

Schließlich sagte der dickere Arzt: »Nun mal ganz ruhig. Es ist kein Notfall, Ihnen fehlt nichts.« Er hob die Stimme, damit die Schwester am Tresen ihn hörte. »Sagen wir einfach, kleines Untersuchungsprogramm zum Ausschluß eines Herzinfarkts.«

Die Schwester nickte, während sie langsam auf rosa Papier tippte.

Eine Träne rann von Max' Auge in sein Ohr hinab.

»Und was heißt das konkret?« fragte Huddie, wie jeder gute Schwiegersohn es getan hätte.

»Das heißt nur, daß wir ihn bis morgen zur Beobachtung hierbehalten werden. Ich habe seinen Arzt verständigt. Sowie wir alles stabilisiert haben, bringen wir ihn in sein Zimmer.«

Ein weißes Mädchen mit schlaffen Gliedern wurde hereingetragen, dem das Blut die Unterarme hinabrann. Max und Huddie schauten zu und schämten sich ein wenig ihrer Neugier, in die sich Erleichterung mischte, wie bei Leuten, die einen Platten haben und mitansehen, wie ein Zwanzigtonner vor ihnen im Graben landet.

Sie blätterten in Illustrierten, bis die Schwester, deren weißer Kittel jetzt hellrot gesprenkelt war, mit zwei Pflegern herüberkam.

Huddie stand auf, als sie Max auf die Trage legten.

»Kardiologische Wachstation. Zimmer 146«, sagte die Schwester. Möglicherweise ist der Schwarze ja der Chef, und der weiße alte Knabe hat jahrelang für ihn gearbeitet. Allerdings sieht der Alte nicht aus, als wäre er je imstande gewesen, jahrelang zu arbeiten. Wie Freunde oder wie Pokerbrüder sehen sie auch nicht aus. Daß die beiden Männer ein Paar oder Verwandte sein könnten, kommt den beiden Pflegern nicht in den Sinn. Diese beiden Möglichkeiten würden keinem von beiden gefallen.

Max sah die grauen Wände des Aufzugs, die verzerrten Reflektionen an seiner zerbeulten Edelstahldecke, das grüne Laken, Horace' Hand mit den glatten, honigfarbenen Ovalen der Fingernägel, die länger waren als die von Max, und er fragte sich, ob sich wohl alle Schwarzen die Nägel so lang wachsen ließen; er hatte noch nie die Nägel von irgendeinem Menschen betrachtet. Er legte die Hand um Huddies

Handgelenk und drückte es. Auch dies entging den Pflegern nicht, die einander erst aus dem Augenwinkel ansahen und dann geradeaus blickten.

Die Schwester hängte Max ein langes, graues Rechteck an einem billigen Stoffband um den Hals und befestigte zwei neue Drähte an seiner Brust. Sie lächelte dem Arzt zu, als er hereinkam, und das kleine Lächeln unter seinem Schnauzbart besagte, daß es sich hier um eine ernste Geschichte handele – da sollten sie sich gar nichts vormachen –, daß sie sich jedoch in guten, ja in den allerbesten Händen befänden. Er war sichtbar intelligent, arrogant, dabei nicht unfreundlich, überdurchschnittlich groß. Max und Huddie dachten nur eins: Schwarz. Max dachte: Gut. Dann fühlt Horace Lester sich wohler, und außerdem ist das kein junger Mann mehr, wahrscheinlich mußte er in der damaligen Zeit schlauer sein als alle anderen, um überhaupt Medizin studieren und Kardiologe werden zu können.

Huddie wußte, daß es albern war, sich darüber zu freuen, aber es freute ihn nun mal, und für einen Augenblick ist er sechs, und das gesamte Kochgeschirr, das Tante Les aus Alabama mitgebracht hat, fliegt an ihm vorbei, während sie bei jedem Topf, jedem Deckel und jeder Kasserole, die gegen die Hintertür krachen, schreit: »Du sollst deinem Volk Ehre machen, Kind! Du sollst ihm *Ehre* machen!« Sie blieb bloß drei Jahre bei ihnen, Großtante Lessie, und dann kehrte sie wieder nach Haus zurück und erklärte, Gus käme bestens zurecht, Huddie käme bestens zurecht, und die Kälte dort unten hätte sie bald umgebracht. Sie betete zu ihrem Herrn, wie andere redeten, und das unablässig: Sie erklärte, sie beschwatzte, sie informierte, und sie flirtete. Sie betete darum, daß Huddie lernen möge, sich die Füße abzutreten, betete um Gerechtigkeit für ihr Volk, sie betete darum, daß man Gus sein Darlehen gewähren, daß Gus eine Frau finden möge, die dem Jungen eine Mutter sein würde, sie betete darum, daß Gott ein Einsehen haben und Gus Manieren beibringen möge, so daß diese Frau nicht die Hölle auf Erden haben würde. Sie rauchte abends eine Maiskolbenpfeife und ließ Huddie sonntags ihren großen Spiegel mit dem silbernen Rücken halten, so daß sie sich die beiden grauen Haare vom Kinn zupfen, sich das lange Haar herrichten und mit ihm in die Kirche gehen konnte. Eines Sonntags hatte er zufällig hinter einer alten Frau gesessen, die nach Holzfeuer und Dixie Peach roch, und das Gefühl gehabt, die Zeit fiele in sich zusammen wie ein Papiertunnel.

Der Arzt beendete seine Untersuchung und machte sich Notizen. Er nickte Huddie zu, tätschelte Max die Schulter. Mit einem kleinen steifen Winken ging er hinaus wie die Königin von England.

Die Schwester blieb noch da, um Ordnung zu machen.

»Falls Sie irgendwelche Schmerzen, irgendwelche Beschwerden haben – läuten Sie. Ansonsten träumen Sie süß Mr. Stone. Und ...«

»Jack Robinson. Schwiegersohn.«

Max lächelte. »Wir erwarten meine Tochter, die jeden Augenblick da sein muß. Das geht doch in Ordnung, daß ich zwei Besucher habe?«

»Bis acht Uhr sind zwei kein Problem. Machen Sie sich keine Gedanken.«

»Die Lichter im Spiegel«, sagte Max, »das sieht aus wie eins von Liberaces Capes.«

»Den habe ich noch nie gesehen.«

»Kommt dauernd im Fernsehen. Tuntiges Zeug. Sie haben ihn noch nie gesehen? Die Rheinkiesel? Den Kandelaber?«

Warum redete er bloß davon? »Wie Little Richard ohne Falsett. Und als Pole.«

»Und was wollen Sie jetzt damit, verdammt nochmal?«

»Schon gut. Sie brauchen nicht hierzubleiben. Ist Elizabeth da?«

»Max, wenn sie da wäre, würden Sie sie sehen. Sie wird bald da sein.«

»Ist gut.«

Huddie nahm Max' Hand, und Max überließ sie ihm bereitwillig. Falls er stirbt, wird er sterbend eine Hand halten, die liebt.

Als Elizabeth kam, schlief Max. Er hielt immer noch Huddies Hand.

»Mein Gott, Huddie. Es tut mir ja so leid. Du mußtest ihn herbringen? Verdammter Mist, das muß ja was gewesen sein. Geh wieder in den Laden, geh nach Haus.« Sie drängte ihn praktisch aus der Tür, denn sie wußte, was ihn das kosten konnte. Wenn er zu spät in den Laden kommt, wird seine Hilfe, ein wohlmeinendes Mädchen, das Huddie vergöttert, anfangen, die Pferde scheu zu machen und sonstwo anrufen. Irgendwann wird dann jemand June anrufen, und Huddie wird irgend etwas Glaubhaftes erzählen müssen, das in allem mit dem übereinstimmt, was jemand anders eventuell schon vorher gesagt hat. Er küßte sie. »Paß auf ihn auf, Baby.«

»Keine Sorge. Und jetzt beeil dich.«

Huddie winkte ihr zu und verschwand. Es gefiel Elizabeth nicht, daß Huddie Besorgnis und Zuneigung für Max zeigte. Wenn es nach ihr ging, existierten sie nicht einmal im selben Universum. Sie sah Max an, der langsam und blubbernd durch seine diversen Schläuche atmete. Er sah nicht wesentlich schlechter aus als gewöhnlich. Meinetwegen, Gott, mach, was du willst. Es ist mir im Grunde scheißegal, ob Max am Leben bleibt oder nicht. Wenn du ihn zu dir nehmen willst, dann nimm ihn. Ich versuche nicht, ihn hierzubehalten. Es reicht jetzt. Es geht ihm ja doch nicht besser, er ist eine egozentrische Nervensäge. Dieser Geruch, alte Socken und Wunden. Er nimmt seine Medikamente, wie es ihm paßt, er lügt mich deswegen an. Was immer das jetzt ist, es reicht. Er war ein guter Vater, Gott, er hat mir beigebracht, wie man mit Knüppelschaltung fährt, ihm habe ich es zu verdanken, daß ich seitenweise Auden auswendig kann, er hat mich mit jeder Art von Musik bekanntgemacht. Wenn du uns noch ein bißchen Zeit lassen würdest, könnten wir mit allem ins reine kommen. Was hat das für dich schon zu bedeuten? Du hast ihn damals nicht zu dir genommen, als das vielleicht ganz einleuchtend gewesen wäre, sozusagen aus Rücksicht auf mich, dann brauchst du ihn doch jetzt auch nicht zu dir zu nehmen. Tu einfach, als gäbe es uns gar nicht.

Max hustete im Schlaf, und Elizabeth beugte sich über ihn, die Plastiktasse mit dem gebogenen Strohhalm in der Hand.

»Da bist du ja«, sagte Max.

»Keine Sorge. Ich bin da.«

»Ich hab den Burschen kennengelernt, mit dem du vögelst. Wirklich ein netter Kerl.«

»Hm.«

»Nur schade, daß er verheiratet ist.«

»Hm.«

»Na ja, ob du nun eine Ehe mehr oder weniger auf dem Gewissen hast.«

»Ruh dich erst mal ein bißchen aus, Max.« Sie glättete das Laken um seine Schultern herum.

»Na gut, Elizabeth.« Ulkig, wie er das sagt. Sie nennen einander mittlerweile nur noch selten beim Namen. Sweetheart, Honey, Darling, Baby, Milacku nennt er sie. Sie nennt ihn Pops oder Grumpy oder Buster.

Sie saß an seinem Bett und blätterte in einer Illustrierten, die der letzte Benutzer des Zimmers zurückgelassen hatte.

»Baby, geh nach Haus.«

»Ich bleibe. Ist doch klar.«

»Geh nach Hause. Ich wäre lieber allein. Geh, geh.«

»Wenn ich jetzt gehe, komme ich morgen früh wieder. Wir können zusammen frühstücken.«

»Schön.«

»Ich bringe dir die *Times* mit. Ich liebe dich, Mr. Stone.«

»Das weiß ich. Ich liebe dich, Miss Taube.«

Es war schrecklich, von Max nach Haus geschickt zu werden, wenn Elizabeth auch keine Lust hatte, noch mehr Zeit im Krankenhaus zu verbringen. Max sah zwar krank aus, aber nicht erschreckend krank. Doch er wollte lieber allein sein als mit ihr zusammen, und wenn sie auch nicht gern darüber nachdachte, so war sie doch lieber bei Max als allein, und das war ja auch der Hauptgrund, weshalb sie überhaupt nach Great Neck zurückgekehrt war.

Die Nachtschwester rief um vier Uhr morgens an, und Elizabeth kehrte ins Krankenhaus zurück. Eine junge Schwester hielt sie im Flur an, ehe sie zu Max zurückkehren konnte. Sie sollte ein Dutzend Formulare unterschreiben, darunter auch die Erlaubnis, eine Autopsie vorzunehmen und seine Organe zu verwenden. Sie begann zu unterschreiben, und eine andere Schwester, diejenige, die in der Wohnung angerufen hatte – ihr Queens-Akzent ließ daran keinen Zweifel – sagte: »Sie sind die Tochter, richtig?«

»Rechtlich gesehen, nicht.«

»Gibt es denn eine richtige Tochter? Eine legale? Irgend jemand Legales?«

»Er hat eine Frau, ich meine, ich weiß nicht, ob sie geschieden sind. Und er hat drei – zwei Söhne. Sie sind schon erwachsen. Einer lebt hier. Der andere ist in Frankreich.«

»Ja dann, Miss Taube« – die Schwester hatte die Unterlagen überflogen, während Elizabeth mühsam erklärte, wer sie alles nicht war – »wirklich, da müssen wir die Ehefrau anrufen. Falls sie geschieden sind, können wir den Sohn anrufen oder wen sonst. Das geht nicht gegen Sie, es ist einfach Sache der nächsten Angehörigen.«

Und so geschah es. Greta kam mit Danny, und am frühen Morgen, in dem winzigen grünen Wartezimmer, wohin sie geschickt worden waren wie Kinder, die sich erstmal vertragen sollten, umarmte Greta sie stumm. Danny, um dessen wöchentlichen Vater-Sohn-Abendessens willen Elizabeth jeden Mittwochabend die Wohnung geräumt hatte, sagte: »Sag Dan zu mir« und starrte auf den Boden. Elizabeth nahm an, daß er dachte: Für dich hat er sein Leben kaputtgemacht? Sie strich sich die Stirnfransen glatt.

»Ich bin froh, daß er nicht allein gestorben ist. Ach ja, Dearie, wir danken Ihnen beide«, sagte Greta. Dan grunzte.

»Was soll ich denn Ihrer Meinung nach jetzt tun?« fragte Elizabeth. Sie war nicht erpicht darauf, morgens um fünf mit Sack und Pack in ein Motel umzuziehen, doch wäre ihr eine derartige Forderung nicht einmal unbillig erschienen.

»Vielleicht könnten Sie ja Max' Sachen in der Wohnung in Ordnung bringen. Marc kommt morgen mit dem Flugzeug. Er kommt in Lyon jetzt prima zurecht. Max muß Ihnen davon erzählt haben. Na gut, Danny oder ich werden Sie dann anrufen, wegen der ... wegen der ...« Greta wedelte mit den Händen.

»Ja, gut. Es tut mir wirklich leid. Wenn mir klar gewesen wäre, daß Sie noch verheiratet sind, hätte ich denen gesagt, daß sie zuerst Sie anrufen sollen.«

»Nun seien Sie aber nicht albern, Dearie.«

Die Schwester kam, um Greta zu holen, und sie machte nur eine winzige Handbewegung, bewegte die offene Handfläche eine Spur, als hätten sie einander nie umarmt, als hätten sie mal eben Namen und Krankenhaustatsachen vor der Kaffeemaschine ausgetauscht und sich nicht groß darum geschert, wie der andere sprach oder aufgemacht war. Elizabeth legte die Hand vor den Mund und überquerte langsam den Parkplatz. Die Liste der Leute in ihrem Kopf, die sie nicht anrufen kann, wird immer länger. Sie kann ihre Mutter nicht anrufen, die deswegen eh nicht traurig sein wird, sie kann Huddie nicht anrufen, sie kann Rachel in London zwar anrufen, doch es scheint wiederum die Sache nicht wert zu sein, sie im Labyrinth des Londoner Kinderkrankenhauses aufzuspüren, über die kahlen Köpfe kleiner Krebspatienten hinweg den Arm nach ihr auszustrecken, um ihr mitzuteilen, daß jemand gestorben war, der in ihren Augen nur den Planeten verunziert hat. Die leichter zu erstellende Liste betraf Kleidung, Bücher, Schallplatten, Küchengeräte, Möbel, Pflanzen, Stereoanlage. Sie war zu einer spektakulären Putzaktion entschlossen.

Elizabeth parkte vor Nassau Produce und wartete auf Huddie. Er sah sie auf dem Beifahrersitz schlafen und war froh, sie zu sehen, denn jenes eigenartige Gesicht, jenes Wesen, mit den langen Beinen eines Jungen und dem Leberfleck auf dem rechten Schulterblatt war sein Lebensnerv. Das ist zwar speziell in diesem Augenblick keine Quelle des Vergnügens, aber es ist nun mal so. Er hat die Nase voll von ihren dauernden Fehleinschätzungen, erst das Treffen in der Wohnung, das ihm seit gestern nachmittag einen Haufen Probleme beschert hat, und jetzt, wie sie da vor seinem Laden liegt und sich den Teufel darum schert, ob June vielleicht Larry absetzen oder er vielleicht Larry kurz mit reinbringen würde, um ihm ein Croissant zu geben, oder ob seine Morgenkunden, Spaziergänger, die auf einen Kaffee hereinkamen, und die Witwen, die morgens als allererstes Obst zum Frühstück kauften und vor Ladenschluß wegen eines ausgefallenen Tiefkühlgerichts hereinschauten, sie hingegossen auf ihren Vordersitz sehen könnten, wie sie sich offensichtlich überhaupt den Teufel darum schert, daß irgend jemand aus seinem Leben, an das sie anscheinend keinen Gedanken verschwendet, sie sehen und sich wundern könnte.

Er schlug mit der Hand auf ihre Motorhaube und machte mehr Lärm, als er beabsichtigt hatte.

Elizabeth fuhr empor, das Haar zerzaust, die Brille, wenn auch ziemlich verrutscht, noch auf der Nase. Einerseits wollte Huddie sie beruhigen, andererseits hätte er sie am liebsten geohrfeigt, um sie zur Vernunft zu bringen.

»Max ist gestorben«, sagte sie und hielt sich am Lenkrad fest.

»Das tut mir leid, Sweetheart. Warum steigst du denn nicht aus? Komm rein und mach dich ein bißchen frisch, und ich mache uns Kaffee.« Das war zugleich nett, was in einem solchen Falle angebracht war, und noch am wenigsten bedrohlich für sein Leben, das ihm höchst gefährdet und unschuldig und unmittelbarer Fürsorge bedürftig erschien. Elizabeth gehörte nicht zu denen, die weinten; wahrscheinlich wäre es unverfänglich, sie einfach an den Tisch an der Rückwand zu setzen, selbst wenn andere Leute hereinkamen.

Huddie füllte zwei Becher mit frischem Kaffee und legte einen Stapel Rosinenkekse auf einen Teller, obwohl seine erste Regung gewesen war, ihr eine Wegwerftasse und ein Muffin in einer Tüte in die Hand zu drücken. Er zeigt ihr die Toilette und umarmte sie, ehe sie die Tür schloß. Er sagte, das mit Max täte ihm leid, und der alte Mann selbst tat ihm leid, es schien doch ein trauriges Ende nach einem traurigem Leben gewesen zu sein, aber worum es eigentlich ging, war, daß Elizabeth jetzt wieder abfahren konnte und es womöglich einen Grund brauchen würde, damit sie bliebe.

Am Sonntagabend, auf dem Nachhauseweg vom Kino, hatte Huddies Arm unter Larrys schlafschwerem Kopf zu zittern begonnen. June hatte Larrys Kopf mit einer Hand angehoben und ihren Pullover zusammengefaltet, um ihm ein Kopfkissen zu machen. Elizabeth weiß nicht, wie man so etwas macht. Huddie kann sich nicht vorstellen wie sie Larrys Kopf so behutsam anhebt, daß er aus ihren Fingern herauszuwachsen scheint, kann sich nicht vorstellen, daß sie mit einem tröstlichen Pullover, zusätzlichen Papiertaschentüchern, einer Rolle Drops und einem Der-Frosch-und-die-Kröte-Buch unterwegs ist, alles in eine große Vinyltasche gestopft.

June hat vier geräumige, unzerstörbare Einkaufstaschen, in Schwarz, Braun, Dunkelblau und Beige. Sie geniert sich wegen dieser Taschen und ist zugleich stolz auf sie, verteidigt sie trotzig, die seien genau wie die Handtaschen ihrer Mama, und wenn sie einen Schaufensterbummel machen, dann betrachtet sie aus dem Augenwinkel winzige Abendtaschen mit dünnen, nutzlosen Riemchen, Straßsträußchen, verspieltem Zeug, und schüttelt den Kopf »Nicht für die Mutter von Larry.« Davon, was die Frau von Horace tragen sollte, sagt sie nichts. Er wird es ihr nicht sagen, und sie pfeift gewissermaßen im dunklen Grenzland der Liebe, indem sie sich einredet, daß er sie mag, sie als Larrys Mutter lieben muß und sich ihr irgendwann zuwenden und sie als June lieben wird.

Sie hat sich in ihn verliebt, als er durch Michigan wirbelte, hundertmal besser aussehend als alle anderen gutaussehenden Jungen, netter als die anderen Sportstars. Selbst die Mädchen, mit denen er nur ein einziges Mal schlief, sagten ihm nichts Schlechtes nach. Ein warmes Hallo für jede. Er legte den Arm um jedes Mädchen, die unansehnlichen und die langweiligen inbegriffen, als sei das ein Privileg und ein Vergnügen, und gab ihnen ständig zu verstehen, daß es nicht von irgendwelchen Unzulänglichkeiten ihrerseits herrührte, wenn er sich noch nicht gebunden hatte, sondern ausschließlich daher, daß er noch nicht so weit war. Und jede Frau wußte, wenn er so weit gewesen wäre, dann wäre sie die Erwählte gewesen. Nach dem letzten Collegejahr nahm er in vier Staaten an achtzehn Hochzeiten teil.

Junes kleiner Kreis berührte den seinen kaum; ihre Freundinnen waren christlich eingestellt, zukünftige Krankenschwestern und Sozialhelferinnen und Mütter, und sie hielten sich fern von den radikalen Mädchen mit den ausladenden Afrofrisuren und den neuen Namen und den Ohrringen bis zur Schulter und fern auch von den Black-Power-Jungen in den engen Jeans und den Baskenmützen, die sexy und furchteinflößend waren und die falschen Ansichten hatten, und sie mieden die weißen Mädchen, die überall waren, die jüdischen Mädchen mit den kastanienbraunen Afrofrisuren und den kleinen blauen Brillen auf ihren langen Nasen, die protestantischen Mädchen mit den blonden Breck- Shampoo-Haaren, die ihnen ungelockt wie

Seide bis zu den mageren Hinterteilen hinabhingen, und die es fertigbrachten, sich für dies Haar zu entschuldigen und es doch wie Sternschnuppen im Zimmer herumwirbeln zu lassen. Wenn June nicht nach Boston gezogen wäre, zufällig und weil die beste Freundin ihrer Mutter ein Ausbildungsprogramm für Krankenschwestern leitete, hätte sie Huddie wohl aus den Augen verloren. Doch sie sah ihn zwei Spiele für die Celtics bestreiten (die beste Freundin ihrer Mutter gehörte zu den Fans, sie hatte die glatten Hände von JoJo White berührt und während des letzten Spiels von John Havlicek geweint), und dann sprang er über die Köpfe der größeren Männer hinaus bis an den Ring des Korbes, und sie sah ihn wie einen nassen Sack auf den Hartholzboden fallen. Sie hatte es gehört, das unverwechselbare Geräusch, wenn etwas zerreißt, noch ehe sie ihn sich zusammenkrümmen sah, grau vor Schmerz. Es brach ihr zwar schier das Herz, doch sie war zu Recht davon überzeugt, daß er nie wieder spielen würde.

Von einer Freundin ließ sie ihm eine mitfühlende Karte, auf der sie ihm Mut machte, in sein Krankenhauszimmer bringen. Sie schrieb Huddie, ein alter Freund von ihr hätte sich das Knie gebrochen und danach noch drei Jahre gespielt (allerdings schlecht und außerdem bloß auf der High School, doch das schrieb sie ihm nicht), und schickte ihm einen Beutel Haferkekse mit Rosinen. Nach zwei Wochen schickte sie ihm erneut einen Beutel Kekse, diesmal in seine Wohnung, und schrieb ihm dazu auf ihrem persönlichen Briefpapier freundliche, zurückhaltende Zeilen, worin sie ihm einen tüchtigen Physiotherapeuten nannte. Irgendwann mußte er sich ja bedanken, und sie schaffte es mit ihrer netten Art, das Telefonat so lange hinzuziehen, daß ein Besuch sich am Ende fast von selbst ergab. Sie war Hausmädchen,

Sekretärin, Stimmungsmacherin und Rehabilitationshilfe in einem. Sie ging nicht so weit, sich seine Freundin zu nennen, und wenn die Modeltypen im Haus waren, zog sie sich zurück, und als dann sein Vertrag nicht verlängert wurde und die Phoenix Suns ihr Angebot zurückzogen und die Italiener ihm lediglich eine Kiste Barbaresco schickten und ihr Bedauern ausdrückten und die Modeltypen nicht mehr kamen, da machte sie Spaghetti mit Salami und lauschte, während Huddie vom Rotwein sprach und von der Art Restaurant, das er gern führen würde. Sie schloß die Schwesternschule ab, und sie waren immer noch zusammen. Er hatte im Immobilienhandel und im Versicherungswesen ebensowenig Fuß fassen können wie im Franchising und schlief schlecht und zu wenig. Er machte niemals jemandem Vorwürfe. June war glücklich darüber, daß sie schwanger war, glücklich darüber, Kinderkrankenschwester zu sein, glücklich, die schreckliche Kälte und die schrecklichen Weißen von Boston verlassen zu können, glücklich, die hübsche, nette Frau von Huddie Lester zu sein. Sie zwang ihn, glücklich mit ihr zu sein.

In einem anderen Universum hätten Huddie und Elizabeth jeden Tag miteinander geschlafen, ohne Angst und Eile, und wenn es unumgänglich gewesen wäre, hätte er June auf Teufel komm raus belogen, bereitwillig und schamlos belogen, belogen und sich obendrein beglückwünscht, daß er Veranlassung dazu hatte. Doch in dieser fragwürdigen Welt wird er June nicht verlassen, wird er kein Mann werden, der seinen Sohn nur jeden zweiten Samstag sieht und im übrigen einen Scheck schickt. Das wird er nicht. Er wird nicht noch so ein Schwarzer sein, der seine prachtvolle, bronzehäutige Frau wegen einer weißen Frau verläßt. Wegen einer verrückten Weißen, die keinen gesunden Menschenverstand besitzt, keine Perspektive, noch weniger Halt in der Welt hat als zuvor er selbst. Wegen einer Frau, die die tausend Dinge, die er zu ignorieren gelernt hat, gar nicht erst sieht, die tausend Dinge, die eine June weiß und an denen es für sie nichts zu deuteln gibt. Elizabeth hat sich ihm rückhaltlos geöffnet, ohne zu ahnen, wer da alles Einzug in sie halten würde, sie weiß nichts von den Hunderten, die er mitbringt, bis unmittelbar ins Bett. Wieviel er anderen Menschen schuldet, kann sie sich nicht einmal vorstellen. Dies gebildete weiße Mädchen zu heiraten, deren Familie Geld hat und trotzdem auf dem absteigenden Ast ist. Unvorstellbar.

Die frühen Kunden kamen und gingen. In zehn Minuten würden Michelle und John vor der Tür halten, ihre Schürzen umbinden und sich an die Arbeit machen. Und Michelle würde sie beide anschauen, wie eine Schwarze das tut, und John würde sie anschauen, wie ein Schwarzer das tut, und soviel sie ihm für die vielen Gefälligkeiten, die er ihnen während der letzten zwei Jahre erwiesen hatte, auch schuldig waren, das Arbeitsklima würde sich verändern, und auch June würde das zu Ohren kommen. Huddie legte eine Nachricht auf die Kasse – »Bin um 8 Uhr 15 zurück. John, die Ware von Basket Hill steht hinten. Michelle, pack doch das Brot von gestern für St. Vincent de Paul in einen Beutel. Horace« – und fuhr Elizabeth zum Wadsworth Park.

»Wir müssen das alles wieder in Ordnung bringen, Sweetheart. Nicht kneifen, sondern es wieder in Ordnung bringen. Das glaube ich.«

Elizabeth nahm eine Handvoll nasse Blätter und ließ sie wieder fallen.

»Wir könnten doch einfach so weitermachen.«

»Das kann ich nicht. Ich kann nicht aus diesem in mein

wirkliches Leben hinüberwechseln. Ich kann es nicht ertragen, daß das mit dir nicht mein wirkliches Leben sein soll.«

»Du liebst mich so sehr, daß wir Schluß machen müssen.«

»Scheiße. Ja.«

Elizabeth schüttelte den Kopf »Und June zu verlassen, weil du mich so sehr liebst – was hältst du davon?«

Huddie schüttelte den Kopf.

»Na, ich muß wohl die vernageltste Frau von ganz Nordamerika sein. Das habe ich nicht kommen sehen.«

»Sweet. Elizabeth. Du siehst doch nie etwas kommen. Hast du noch nie getan.«

»Werde ich aber. Eines Tages werde ich alles kommen sehen und aus dem Weg springen. Und falls ich dich sehe, werde ich in die entgegengesetzte Richtung rennen. Und falls du mich zuerst siehst, solltest du dasselbe tun, du feiger Schweinehund. Fahr mich zu Max' Wohnung.«

Schweigend fuhren sie, mit nassen Gesichtern, zwei schlaffe, in sich zusammengesunkene Figuren, jeder auf seinem Sitz, Huddie, der das Lenkrad mit zwei Fingern umfaßt, Elizabeth, die den Kopf auf die Brust gesenkt hielt. Sie hatte die Wagentür behutsam geschlossen. Bestimmt würde doch einem von ihnen am Straßenrand, an der Ecke, an dem verschwommenen Ampellicht, an dem bröckeligen Stuckbogen über Max' Hauseingang, bei irgendeinem Halt würde einem von ihnen doch bestimmt aufgehen, daß es auch anders gehen konnte, einfach anders gehen mußte, doch Elizabeth findet ihren Schlüssel, und Huddie prescht durch das Ampelgelb davon.

Er arbeitete länger und schützte Schlaflosigkeit vor. Er brachte das Haus seines Vaters in Schuß und baute Larry eine Sandkiste. Er aß den ganzen Tag, hortete Macadamianüsse im Handschuhfach, getrocknete Feigen in der Tasche, eine Schachtel Mürbeteigkekse hinter seinem Schreibtisch. Elizabeth kehrte zu schlechten Gewohnheiten zurück, ihren eigenen und denen von Max, um durch eine Zeit zu kommen, die so schlimm war, daß sie sich geradezu nach ihrer Grundschulzeit zurücksehnte.

Sie erreichte eine gewisse Abstumpfung, indem sie sich in einem ihrem Arbeitsalltag angepaßten Tempo durch Max' Vorrat an harten Getränken kämpfte. Max hatte ein langes, langsames, beschwerliches Sterben vorausgesehen und nicht damit gerechnet, mit dem Trinken aufhören zu müssen, bis seine letzte Stunde geschlagen hätte. Es gab im Schlafzimmer einen ganzen Schrank mit Scotch und billigem Weißwein und drei Flaschen Bourbon, den Elizabeth trinken konnte, wenn sie ihn mit Kaffee mischte. Sie klaute in Läden Büchsen mit Krebsfleisch und Hummerscheren und zahlte für Brot und Bananen und Pappteller. Jeden Tag stahl sie etwas Nützliches, eine Schachtel Büroklammern, ein Kehrblech, einen Sechserpack Schwämme, so daß sie Max' Sachen ordnen konnte. Margaret rief an, um ihr den Nachruf vorzulesen, worin Greta und die Jungen und seine lange Zeit als Lehrer erwähnt wurden. Nicht erwähnt wurden Elizabeth oder auch Benjamin, und sie wurde auch nicht zur Trauerfeier eingeladen. Niemand rief sie deswegen an, was sie kleinlich von ihnen fand. Allerdings hatte sie ohnehin nicht den Wunsch, daran teilzunehmen.

Sie packte und säuberte und hängte sich aus den Fenstern, um sie zu putzen. Abends blätterte sie mit weniger Interesse, als sie erwartet hätte, Max' Tagebücher durch und trank, bis ihr die Augen zufielen. Als sie ihr Gesicht berührte, fühlte es sich an wie Öl über einer Staubschicht.

Als Dan schließlich anrief, mußte Elizabeth nichts mehr

tun als duschen und die sauberen Sachen anziehen, die sie während der letzten acht Tage zusammengelegt auf Max' Kommode bereitgehalten hatte. Das Bettzeug war gewaschen und weggepackt, die Schubladen waren leer, sie war niemals hier gewesen. Sie nahm Louisas Straßohrringe und den Kirschenhut und ließ die Aktienzertifikate und Sparbücher sternförmig angeordnet auf Max' Schreibtisch liegen.

»Was hat mein Vater dir denn über mich erzählt? Hat er dir erzählt, was für ein merkwürdiger Junge ich war? Was für ein merkwürdiger Junge ich bin?«

»Nein. Er hat dich sehr geliebt, er war sehr stolz auf dich.«

»Er hat einen Scheiß über mich gewußt.«

»Ich habe nicht gesagt, er hätte dich oder deine Fotografien verstanden. Ich habe gesagt, er hat dich geliebt und war stolz auf dich. Er hat dich die ganzen Jahre hindurch unterstützt, und er hat dir alles gegeben, was er dir geben konnte. Er hat dir das College bezahlt, er hat dir Geld gegeben, damit du nach Mexiko konntest. Hätte er dich auch noch *verstehen* müssen? Ich habe dich immer bis Mitternacht aufbleiben lassen, weißt du noch? Ich war der einzige Mensch, der bei dir am Bett gesessen hat, wenn du Alpträume hattest, als du noch klein warst, weißt du noch? Ich finde nicht, daß du mich verfluchen mußt.«

»Du hast bei Benjie am Bett gesessen. Marc und mich hast du früh schlafen geschickt. Marc fand, du wärst ein Miststück. Er hat einen ganzen Comic über dich gezeichnet, ›Betty Bitch‹. Ich habe dich damals sehr geliebt. Ich hab dich noch nicht mal wiedergesehen, Scheiße. Du hast mich verlassen, du hast ihn verlassen, und das war's. Wenn du dich neben mich ins Bett gelegt hast – meine Alpträume waren übrigens nicht so schlimm, ich wollte dich bloß neben mir haben –, habe ich immer an deinem Hemd hinabgeschaut. Wie ich sehe, hast du endlich angefangen, einen BH zu tragen. So klein war ich gar nicht mehr. Ich kam nur einfach nicht in die Pubertät, bis ich fünfzehn war. Da warst du schon weg. Hast du nur deshalb bei uns babygesittet, damit ihr zusammensein konntet, du und mein Vater?«

»Das ist eigentlich eine sehr komische Frage. Nein. Max dachte, ich wäre verrückt. Ich wollte einfach nur der Babysitter sein, ein normales Mädchen. Also ließ ich mich auch nicht von ihm anfassen, ließ mir keinen Gutenachtkuß von ihm geben, nichts. Nicht einmal mein Knie durfte er drücken. Bei meinen anderen Babysitterjobs ist mehr passiert.«

»Aber all die anderen Male durfte er dich vögeln, dich die ganze Nacht lecken, während meine Mutter in Europa war, um die Überreste ihrer Familie zu besuchen.«

Sie setzte sich in Max' Ruhesessel. »Ja. Du willst doch ›ja‹ hören? Also ja.«

Er knöpfte sein Hemd auf. Seine Haut war noch genauso wie früher, weißgolden über dicken blauen Venen, die sich seine glatten Schultern und seine Brust hinabschlängelten. Die Haut gemarterter Heiliger im Knabenalter, leuchtend und lauter. Seine Hände waren genau, wie die von Max gewesen waren, lang und rechteckig, mit dicken Fingern. Kein starres graues Klebeband über Händen, die wie altes Obst waren, kein Blutgerinnsel, dort wo die Spitze des Katheters in die Vene drang. Elizabeth hatte ihn ein Dutzend Male beobachtet, als er schlief, flach auf dem Rücken liegend in seinem Nachthemd und seiner kleinen weißen Unterhose, die ihm bis unter seinen glatten Bauch hinabggeglitten war. Sein kleiner Penis und seine spitzen, kleinen Hüftknochen bildeten ein Dreieck in seiner Unterhose, und sie beobachtete ihn ein paar Minuten, während das kleine Zelt erst größer wurde und dann zusammenfiel, bis sie genausogut ein Mädchen hätte betrachten können.

»Sie zu lecken, das ist, als ob man Honig vom Rücken eines winzigen Mokkalöffels mit einer Emailrose leckt. Nein, Löffel ist falsch, kein Löffel hat jene Weichheit, jene dichte, weiche Beschaffenheit, die zum Hineinbeißen verlockt.«

Elizabeth stand auf »Du hast seine Tagebücher gelesen.«

»Na klar, wann immer sich eine Gelegenheit bot. Ich wollte Bescheid wissen, genau wie du. Ich wollte wissen, was er über mich dachte, was zwischen euch beiden los war, was mit meiner Mutter los war. Ihr beiden hattet eine sehr sonderbare Beziehung.«

Sie stand so dicht bei ihm, daß sie seinen Atem auf ihrer Stirn spüren konnte. Er trat zurück. »Hm, das stimmt«, sagte Elizabeth. »Wir hatten sehr lange Zeit eine sehr sonderbare Beziehung. In gewisser Weise hat er mein Leben ruiniert. Ich habe ihn sehr geliebt, und nun ist er tot, und, ehrlich gesagt, das ist auch in Ordnung so. Er hat nichts mehr auszustehen, dafür aber ich, so sieht es doch aus. Ich glaube, ich habe ziemlich gut für ihn gesorgt, und noch ein weiteres Jahr oder zehn Jahre oder auch nur einen Monat länger hätte ich das nicht tun können. Und wir hatten insofern noch Glück, als es am Ende doch wesentlich besser zwischen uns geklappt hat als je zuvor in unserer Beziehung, und mehr wollte ich dir nicht sagen. Das war's.«

»Es tut mir leid. Du mußt heute abend noch nicht raus, wenn du nicht willst.« Er legte die Hand an ihr nasses Gesicht. Elizabeth wandte sich ab.

»Doch, das will ich, wirklich. Aber ein paar Minuten bleibe ich noch, Snurfel.«

»Du erinnerst dich noch an das Spiel?«

»Du hattest auch ganz schön sonderbare Beziehungen. Erinnerst du dich noch an die Zeit, als du sämtliche Farben deiner Mutter versteckt hast?«

Er hatte Gretas Farben versteckt, damit sie endlich aufhörte, surreale Ölbilder von gespenstischen Naziuniformen und geschlachteten Tieren zu malen: abgehackte Köpfe, die auf Weizenfeldern herumlagen, zerrissene graue Uniformen, die auf Bäume mit wurmstichigen Äpfeln hinaufgeschleudert worden waren. Greta hatte ihn gefragt, ob er ihre Farben gesehen habe, und als er den Kopf geschüttelt hatte, weil er sich nicht laut zu lügen getraute, war sie mit ihm drei Meilen bis in die Innenstadt gegangen und hatte sich fünfzehn dicke neue Tuben gekauft und für ihn einen Kirschholzkasten mit Ledergriff und zwölf Ölfarben, drei weichen Pinseln, einer glatten Palette und einem hübschen, kleinen Metallbecher für das Terpentin. Es war jedoch nicht das gewesen, was er sich wünschte oder brauchte, und er hatte den Kasten im Garten unter einer krapproten Hortensie liegenlassen, wo er den ganzen Herbst und Winter hindurch immer wieder naß wurde und das Holz sich verzog.

Elizabeth machte Tee und fand Weihnachtskekse in einer noch ungeöffneten Büchse. Sie erinnerten sich an das Schwindel-Spiel: Congo Banana und Little Chimp und Farfel, Furfel und Snurfel, eine Familie, in der der Vater die Mutter anbrüllte, die Mutter die Babys biß und die Babys die Hütte niederbrannten. Elizabeth durfte nur die Rolle der anonymen Macht übernehmen, die die Puppen bewegte (einen Gumby, drei kleine Bären und einen G. I. namens Joe, der als Congo Banana, als Vater, herhielt) und stellte im übrigen während der Szenenwechsel die Möbel um.

Sie packten Max' Platten mit den Gregorianischen Gesängen und dem Jemenitischen Rock and Roll aus und schlossen das Stereogerät wieder an. Sie gossen sich ein wenig Rum in die Tassen und dann noch mehr in die Teekanne.

»Zieh dein Hemd aus«, sagte er.

Elizabeth seufzte und knöpfte ihr Hemd auf, während sie dachte: Das kann er doch nicht im Ernst wollen, meine Haare kleben, dieser BH hängt nur noch an einem Faden, ich stinke nach Lysol.

»›Wie liebe ich es, ihre Brüste zu küssen. Sie haben denselben schwachen, goldenen Flaum, der an diesen prachtvollen Pfirsichen aus Seattle ist. Hoffentlich werde ich mit diesem Gefühl von Samt auf den Lippen sterben.‹«

Elizabeth lag auf dem Boden, und Dan legte sich neben sie. Beide schlossen die Augen.

»Manchmal habe ich mir gewünscht, daß er sterben würde. Er hat meiner Mutter solchen Kummer bereitet.«

Dan lachte. »Aber das beruhte vermutlich auf Gegenseitigkeit. Das stört dich doch nicht?« fragte er, während seine Hand über die Stellen huschte, von denen Max geschrieben hatte.

»Nein«, sagte Elizabeth, »es stört mich nicht.«

Wie erschöpfte Säuglinge, wie Ballons, aus denen die Luft entweicht, lagen sie quer übereinander, achteten nicht auf die Gürtelschnallen, die sich in weiche Körperteile gruben, achteten nicht auf die sexuellen Regungen, die der Tod selbst in Menschen auslöst, die noch schlechter zusammenpassen als Dan und Elizabeth.

»Gute Nacht, du Banane«, sagte Elizabeth und umwickelte die Teppichecke mit seinem Hemd, um ihm ein Kissen zu machen.

»Gute Nacht, Lizzie. Dobrounuts. Danke.« Er schlang die Arme um Hemd und Teppich und schloß die Augen.

Elizabeth küßte ihn auf die Stirn und trug ihre Reisetasche zum Auto hinaus. Sie kehrte zurück, um ihre Jacke zu holen, legte die Wohnungsschlüssel auf den Tisch und küßte ihn abermals, als wäre er der Max, den sie niemals kennengelernt hatte.

TEIL III

Doch am größten unter ihnen ist die Liebe

Ich weiß, er ist unterwegs. Ich fühle ihn kommen. Ich weiß nicht, wann oder weshalb, oder was er sich von meinem Haus erwartet. Ich finde es schon komisch genug, daß es mein Haus ist. Daß ich ein Haus besitze. Sicher aufgehoben in der Mitte der mittleren Häuserzeile, und das einzige, das hervorsticht, ist die wilde Schar von Magnolien im Garten vor dem Haus. Ich habe keinen Gedanken daran verschwendet, wie man Haus und Garten interessant gestalten könnte. Das Haus ist bequem, es ist normal; es gehört zwar zu den bescheideneren Häusern des Viertels, doch auf eine unanstößige Weise, die eher Nachsicht hervorruft. Ich bin nicht wie die Gilroys, die nicht gießen, und ich bin nicht wie die Boenches, die sich eine Dreifachgarage gebaut haben und in der anderen Richtung Anstoß erregen.

Wenn er hier ankommt, wird er zu erraten versuchen, welches Haus meins ist (die Buchstaben sind vom Briefkasten abgefallen), und während er langsam vorbeifährt, wird er Max auf dem Rasen radschlagen sehen.

Huddie sitzt in seinem Wagen und überlegt, wo er parken soll, und da sieht er einen kleinen weißen Jungen auf dem Rasen radschlagen, und er weiß – das Haar, irgend etwas an seinem Gesicht –, das ist Elizabeths Junge. Und schwul. Das sieht er schon aus dreißig Metern Entfernung. Ach herrje, denkt er, dem fehlt ja nur noch das Ballettröckchen. Huddie langt nach dem Blumenstrauß, während er ihn eingehend mustert. Sowie er bei Elizabeth ist und von ihr hereingebeten wird, wird er so tun müssen, als sähe er nicht, wie er die schmale Brust unter den mageren, zartknochigen Schultern herauszudrücken versucht. Die anderen Jungen werden ihm das Leben zur Hölle machen, und er braucht einen Mann, der sich vor ihn stellt. Eine Mutter wird da nicht ausreichen. Man würde einen Schwulen aus ihm machen müssen, mit dem man sich besser nicht anlegte, nicht mal an einem heißen, langweiligen Abend.

Huddie steigt langsam aus dem Wagen, die Blumen voran, und wünscht sich, er wäre um fünfundzwanzig Kilo leichter, denn er kommt sich, mit den Augen dieses sehr weißen, sehr schmächtigen Kindes betrachtet, vor wie ein gestrandeter schwarzer Wal. Der Junge wendet den Blick von Huddie ab und richtet ihn, offensichtlich beifällig, auf die Blumen. Huddie würde sie wegwerfen, wenn der Junge sie nicht bereits gesehen hätte; wie hatte er bloß etwas derartig Auffälliges, derart Sinnloses kaufen können? Er kennt sich mit Weinen gut genug aus, um zu wissen, welcher etwas hermacht. Er hätte einen Roten oder einen Weißen auswählen können, dazu vielleicht noch zwei Ballongläser. Er hätte ihr interessante Käsesorten von den Farmen der Region mitbringen können, sieben verschiedene Sorten Cräcker, die sich auf Damast in einen der großen Weidenkörbe schmiegten, für die er mittlerweile fünfzig Dollar nimmt. Die alberne purpurrote Pracht dieser Blumen hingegen beginnt bereits zu verblassen ihre Stiele durchweichen das hübsche Seidenpapier, das sich in seiner Hand aufzulösen beginnt.

Das riesige Bukett der lila und purpurroten Iris ist von meinem Wohnzimmerfenster aus nicht zu übersehen. In einer derartigen Menge rosa Seidenpapier müssen mindestens vier Dutzend Blumen stecken. Es ist der Kilimandscharo der Blumensträuße. Er mustert mein Kind. Max klopft ans Fenster, um auf sich aufmerksam zu machen, und als unsere Blicke einander begegnen, reckt er die mageren Arme empor und drückt die Brust heraus. Selbst als er sich langsam rückwärtsbewegt, um Anlauf zu nehmen, hat er diesen hinreißenden, besessenen Ausdruck einer Katze, die zum Sprung ansetzt, und ihre hellen, schrägstehenden Augen. Seine Beine öffnen sich weiß und biegsam wie ein Gabelbein unter den beuteligen grauen Shorts, die seine glatten Schenkel emporgleiten, so daß man seine Unterwäsche sehen kann. Er trägt die unauffällige Kleidung eines Jungen – ein schmutziges T-Shirt, abgetragene Tennisschuhe an den nackten, schmutzigen Beinen –, doch sie taugen nur so lange zur Tarnung, bis er die Achseln zuckt oder das glatte blonde Haar zurückwirft wie ein Starlet. Er ist das einzig Gelungene in meinem Leben, und ich gäbe etwas darum, ihm den Schutz verschaffen zu können, den er braucht. Wie ich nicht schmuckbehängt durch ein verrufenes Stadtviertel gehen möchte, so möchte ich dies Kind nicht ohne männlichen Schutz in die Welt hinausschicken. Ich allein reiche nicht nur nicht aus, ich glaube, ich verschlimmere das Ganze noch.

Ich sehe, wie Max Huddie beobachtet, als er aus dem Wagen steigt. Seine Bewegungen sind zwar immer noch geschmeidig, aber er braucht mehr Platz. Viel mehr Platz. Er ist in den letzten fünfzehn Jahren doch sehr viel kräftiger geworden, fast so breit wie sein Vater und größer, als ich ihn in Erinnerung hatte. Huddie schiebt vorsichtig die Beine aus dem Wagen und blickt dabei prüfend die Straße auf und ab. Wenn ich im Lauf der Jahre bestimmt ein dutzendmal drauf und dran war, mich in einen Schwarzen zu verlieben, so ausschließlich wegen dieser Art, aus dem Auto zu steigen, genau wie er es jetzt tut, als er sich langsam zu seiner vollen Größe entfaltet, mit diesen gemessenen Bewegungen, die besagen, daß man von ihm nichts zu befürchten hat, wenn man ihm nicht dumm kommt, er jedoch, falls man es nicht anders haben will, bereit ist, einem jederzeit eine aufs Maul zu geben, so leid ihm das täte. Bewegungen, die besagen: Leg Dich Nicht Mit Mir An, die tägliche Pflichtübung des schwarzen Mannes unter dem Druck einer weißen Umgebung, und wenn ihm das auch zum Hals heraushängen muß, mich berührt es, und wenn ich auch der Meinung bin, daß die häßliche Notwendigkeit, die dahinter steht, jegliche Erregung unmöglich machen müßte, es erregt mich dennoch.

Er muß Max riesenhaft vorkommen. Ich glaube nicht, daß er jemals jemanden gesehen hat, der in jeder Hinsicht so gewaltig wirkt wie Huddie, als er jetzt breit und hoch und stämmig wie eine Schwarzeiche vor seine nachdenklichen, blaßgrünen Augen tritt.

Ich glaube, Max weiß genau, welches Haus Huddie sucht, weiß, was er hier will, weiß, daß dies der Mann ist, der seiner Mutter wegen gekommen ist. Ich bin mit meinem Latein am Ende. Ich habe Max das Phänomen der alleinstehenden Mutter und die Empfängnis und die Ehe und die Homosexualität und die außereheliche Beziehung erklärt, kaum daß er aus den Windeln war, und ich bin es leid, die Dinge klar und deutlich beim Namen zu nennen, in der Hoffnung, ihm jegliche traumatischen Einbrüche zu ersparen. Überdrehtes Gekicher ist Max' Reaktion auf meine vernünftigen, einfühlsamen Erklärungen, und dahinter verbirgt sich mit Wut gepaarte Ungläubigkeit. Wenn er am allerwütendsten und ungläubigsten ist, steckt er die Zunge heraus, zieht die unteren Lider herab und schneidet derart häßliche, nicht mehr komisch zu nennende Gesichter, daß es keinen Zweifel über seine Absicht geben kann: Er will mich daran hindern, weiter solche lächerlichen und zugleich beängstigenden Lügen zu erzählen. Die meisten erwachsenen Männer, insbesondere die Väter der kleinen Mädchen, mit denen er spielt, empfindet er als furchteinflößende Untiere, und er glaubt auch nicht eine Minute lang, daß es Frauen gibt, die bereitwillig mit ihnen zusammenleben, oder daß männliche Paare in der Welt von Provincetown und San Francisco ein glückliches, gesundes Leben miteinander führen können (ich benutze immer dieselben drei Worte, um alles Negative wie Krankheit, Kummer und Einsamkeit von vornherein auszuschließen), und schon gar nicht glaubt er, daß ich tatsächlich die Beine geöffnet und einen Mann seinen Penis in meine Vagina habe stecken lassen. Er glaubt lieber, daß ich an seine Idole, Mr. Rogers und Peter Pan, geschmiegt, möglicherweise zwischen beide eingezwängt gelegen habe, und in der Tat wäre deren vereinigter Samen eine einleuchtende Erklärung dafür, weshalb ich ein Kind wie Max habe.

»Hi«, sagt Huddie. Ich spähe durch die Vorhänge hinaus. Mütter haben göttlichen Dispens für jegliches Belauschen, Bettuchschnüffeln, Traumdeuten, Ausforschen. Ich sage nicht, daß wir das alles tun sollen, ich sage lediglich, daß wir es tun. Ich tue es. Wie sollen wir denn sonst erfahren, wen wir retten, wohin wir uns wenden sollen, wenn sie nicht nach Hause kommen? Das verwerfliche Verhalten meiner Kindheit, meine kleinen Ladendiebstähle und großen Lügereien, sie sind nichts im Vergleich zu dem, was ich tagtäglich für diesen Jungen tue und zu tun bereit bin.

Mein Sohn weint – bist du daran schuld? Ich werde dich über den ganzen Spielplatz verfolgen und dir ohne Zögern dein elendes Herz aus deiner heimtückischen kleinen Brust reißen, und nachdem ich deiner Mutter mein Beileid ausgesprochen habe, werde ich bei der Schule vorbeifahren und Mrs. Miller klarmachen, daß ja nun ein Platz in der Bluejay-Lesegruppe freigeworden und Max weiß Gott weit genug fortgeschritten sei, um daran teilzunehmen. Ich habe unser Leben so eingerichtet, daß es uns an nichts fehlt, und wenn ich mir manchmal auch vorkomme wie diese intelligenten Schurken, die mit Hilfe des Wäschetransports aus dem Gefängnis ausbrechen und dann zwanzig Jahre lang als tüchtige, umsichtige Kleinstadtärzte praktizieren, bis endlich die Kripo vor ihrer Tür steht – es ist ein Leben, das mir sinnvoll erscheint. Ich bin für diese Aufgabe besser geeignet als für jede andere. Ich bin jeden Morgen glücklich und erst spätabends traurig.

Max steht auf den Händen, und seine Arme beginnen zu zittern.

»Wie lange kannst du das?« fragt Huddie. Als wir noch zusammen waren, und Larry war vier oder fünf, stoppte und maß und meldete er jeden athletischen Fortschritt im Leben des Jungen. Sechsundfünfzig Sekunden unter Wasser. Neun Stockwerke in zwei Minuten. Zwei Tore im letzten Spielviertel.

»Weiß ich nicht. Sie können doch mal stoppen.« Max reibt sich die Arme und schnellt wieder in die Luft einpor, drückt die Hände fest auf den Rasen, als er noch ein paar prächtige Räder schlägt, bei denen er mit den Füßen winkt und die er jedesmal graziös abrundet wie die kleinen Leistungssportlerinnen mit dem Pferdeschwanz, wenn sie ihre Übung auf dem Schwebebalken beendet haben. Seine Füße schlagen auf den Boden auf, und er hebt die Arme zu einem weiteren Handstand. Ich hoffe, er hört ein ganzes Stadion toll vor Liebe und Bewunderung seinen Namen schreien.

Ich gehe hinaus und stehe lange genug still, daß die Nachmittagssonne meine nackten Füße wärmen kann, lange genug, um zu erkennen, daß ich mich nicht umgezogen habe. Womöglich wird er denken, daß das ironisch gemeint ist, daß ich mich »wie« jemand angezogen habe, so etwa wie eine Hausfrau, wenn er auch nicht annehmen kann, daß ich das Haus allein in der Absicht gekauft habe, dies Kind darin großzuziehen und im übrigen den ganzen Tag Staub zu wischen. Huddie will Max nicht enttäuschen, indem er den Blick vom Sekundenzeiger löst, so daß wir anstelle eines feierlichen Händedrucks oder einer herzlichen Umarmung oder gar einer liebevoll tastenden Hand auf der Schulter, anstelle überhaupt jeglicher Form von Begrüßung, die wir nach fünfzehn Jahren erwarten dürfen, nur ein, zwei Minuten geheimer Anspannung und elterlichen Pflichtgefühls ernten. Huddie lächelt, während er den Blick auf die Armbanduhr gerichtet hält. Ich lächle über Max' gestreckte, zitternde Zehenspitzen, über Huddies ansehnliche, breite Brust und seine Hände, die anmutig, ja sogar schön und dabei ausladend wie Catchertatzen sind, und ein vertrautes, stechendes Naß quillt unter meinen Lidern empor.

Ich weiß, mein Gesicht ist länger und seins ist breiter, bulldoggenbreit um die Schläfen herum, und hat dunkler gesäumte Falten, die über seinen Brauen beginnen. Wir haben beide Grau im Haar, doch meins kann er nicht sehen, weil ich es mir gestern gefärbt habe, und trotz seines lebhaften, lügnerischen Kastanientons habe ich eine Stunde damit verbracht, zu weinen und mir dunkle, hartnäckige Flecken von der Stirn und den Ohrläppchen zu wischen. Wenn ich auch nicht mehr so alt und vom Zahn der Zeit gezeichnet aussah, so sah ich doch nicht gerade aus wie ich selbst. Getarnt, wie ich eh schon war, juckte es mich, mir endgültig den Garaus zu machen, und ich tat es, mit Wimperntusche und silbernen Ohrreifen und sauberen, heilen Unterhosen. Mit neuen, um genau zu sein.

»Okay, Max. Maximus. Mach Schluß.«

»Achtzehn Sekunden. Das ist gut.« Huddies Hand legt sich um Max' und reicht bis zur Hälfte seines feuchten Ärmchens hinauf »Ich bin Horace Lester, 'n alter Freund deiner Mutter.«

»Ich bin Max. Ich bin acht. Ich bin klein für mein Alter, aber ich bin acht.«

»Schön, dich kennenzulernen.«

Ich höre Huddie denken: Klein, hm. Bloß klein, das ginge ja noch. Na, solange er nicht die Umkleidekabine mit meinem Sohn teilt... Diese grausamen Gedanken, die mein Beschützerinstinkt mir eingibt, nehmen mich so sehr gefangen, daß ich Huddie nicht einmal Gelegenheit gebe, die Fragen zu stellen, wie sie in derlei Situationen unter Erwachsenen üblich sind. Max befreit seine Hand, gar nicht brüsk, und setzt zu einer Reihe Überschläge an. Huddie gibt mir die Blumen ohne alle Förmlichkeit, und ich suche im Haus nach einer Vase, die zu ihnen paßt, obwohl ich doch weiß, daß ich keine habe. Für Wohnkultur hatte ich während der letzten Jahre nicht den geringsten Sinn. Meine Mutter hatte Vasen für alle Arten von Sträußen und Gebinden, und sie wußte ganz genau, was wozu paßte: lasierter Ton zu Feldblumen, hohe Kristallvasen zu Tulpen und Löwenmäulchen, niedrige Kristallvasen zu Zinniensträußen. Ich habe ein großes Erdnußbutterglas für den Großteil von Huddies Strauß und ein Spaghettisoßenglas für den

Rest. Ich sehne mich, wie ich es während der steten Abwärtsbewegung all jener Jahre niemals getan habe, nach der schlanken Säule einer Kristallvase, nach einem hübschen, geräumigen Ingwertopf. Ich habe Geborgenheit und Ruhe und Bücher gewollt, und die habe ich, doch jetzt vermitteln sie mir weniger das Gefühl der Schlichtheit oder gar des erfolgreichen Jonglierens mit äußerst knapp bemessenen Mitteln, sondern erinnern mich eher an den Großen Treck in *Früchte des Zorns.* Ich schäme mich so, daß mir die Zähne wehtun. Ich will diese Vasen haben. Ich will einen großen Tisch aus Walnußholz und portugiesische Keramik. Ich will auf der Stelle schöne Dinge, und ich will, daß er hereinkommt und mein anheimelndes, einladendes Zuhause sieht und Lust bekommt, sich darin aufzuhalten. Ich will ein Haus, das bis in den hintersten Winkel Charme ausstrahlt, vom schimmernden Holzfußboden bis zu den aparten, wie beiläufig verteilten Aquarellen, keine Couch, deren Oberfläche eine Mischung aus Kunstrasen und nackter Erdkruste ist. Ich will ein Haus mit Dingen, die in Form und Funktion bestechend sind, und worin nicht jede Oberfläche sagt: Laß es gut sein und achte nicht weiter drauf. Ich wische den Resopaltisch ab (zehn Dollar für den Tisch und drei Stühle bei einer Sperrmüllparty in der Nachbarschaft) und stelle die Gläser mit den Blumen auf die Küchentheke. Ich kann nicht glauben, daß ich keine Platzdeckchen besitze.

Wieder nach draußen zurückgekehrt, wo ich Max beobachte und so dicht bei Huddie stehe, daß ich seine Geruchsmischung aus Weizen und Bärlauch rieche und die schwache Hitze seines Rückens und seiner Brust spüre, sehe ich meine Mutter vor mir, die, in ihrem kleinen, kargen Apartment (nachdem sie infolge ihres einzigen, wirklich gravierenden Irrtums den größten Teil ihres Geldes an einen flinkfüßigen Leichtfinger verloren hat, der nach dem Tod von Aaron Price ihr Freund war), aufrecht in ihrem Einzelbett sitzt und in diesem flötenden Ton, den sie nur anschlug, wenn sie besonders wütend war, sagt: »Selbstverständlich macht man aus der Not eine Tugend, Kindchen. Was sonst? So bleibt einem immerhin das Vergnügen, die anderen an der Nase herumzuführen.« Und sie verwandelte sich ein weiteres Mal, diesmal in eine Anhängerin des einfachen Lebens, eine Zen-Schülerin, wie sie sich zuvor in eine an gepflegter Häuslichkeit interessierte Vorortbewohnerin, dann in eine erfolgreiche Berufstätige und schließlich in eine begehrenswerte Müßiggängerin in einem gewissen Alter verwandelt hatte, ohne daß dies auch nur ein einziges Mal ihren wahren Wünschen entsprochen hätte; so läuterte sie sich denn und starb zwischen groben Leintüchern, den kahlen Kopf auf einem Kissen so hart wie ein Säckchen Reis. Ich presse die Augen zusammen und beschwöre das liebenswürdigste, tugendhafteste Porträt meiner selbst herauf; das einer gescheiten, belesenen Frau in eingeschränkten Verhältnissen, einer hingebungsvollen Mutter, die das Zusammensein mit ihrem Kind dem beruflichen Fortkommen und eine heile Umgebung dem Service für acht Personen vorgezogen hat. Das wollen wir doch bitte nicht vergessen.

Mittlerweile herrscht die unwandelbare, blaue Abenddämmerung eines Sommerabends. Die Magnolien verdunkeln und füllen sich, bis auf einmal nicht mehr das geringste Licht durch ihre Äste dringt. Wir müssen hineingehen, und das widerstrebt uns beiden ebenso sehr wie Max, als gäbe es keine Mücken, als wäre morgen nicht auch wieder ein Tag, als wäre dieser, dieser eine Handstandüberschlag, den er in der samtenen Dunkelheit nicht machen kann, der einzige, der unbedingt heute abend noch gemacht werden muß.

Das Licht von der Veranda legt Max' Schatten über Huddies helle Hose und Huddies über meine Verandastufen, auf meine Füße, und ich denke: Ich will mich nicht beklagen, wenn ich heute abend sterbe. Nachdem ich ihn berührt habe.

Ich reiche Huddie ein Glas mit billigem Wein und dirigiere ihn in eine ruhige Ecke. Während der vorübergehenden Belagerung der Küche habe ich das Oberkommando. Ich halte die letzten zwei Fingerbreit von Max' T-Shirt fest und säubere seine Ohren und seinen Hals, indem ich die drei zerlaufenden Perlenschnüre aus rechtschaffenem Knabendreck abwische, die seinen Lilienhals umschließen. Mit der Schulter drücke ich den Telefonhörer ans Ohr, so daß ich Schokoladennußplätzchen für den nächsten Great-Gator-Kuchenspenden-Basar versprechen kann. Great Gator ist das Maskottchen von Max' Grundschule, und seine grollende, gefräßige, grüne Präsenz macht sich nahezu jede Woche bemerkbar, da ich in der Tat hierher, in dieses Nichts-Besonderes-Haus, das ich mir fast nicht leisten kann, gezogen bin, weil die Schule ihr Maskottchen und ihre Leistungskurse und ihr Freizeitprogramm so ernst nimmt. Ja, zwei Bleche Schokoladennußplätzchen, und bring mich nicht dadurch auf die Palme, daß du mir erklärst, die Kinder hätten lieber selbstgebackene. Ich rüttele Zucchini, Paprikaschoten und Knoblauch in meiner ältesten, meiner Lieblingspfanne, die so alt ist, daß sich Tigerstreifen in ihr ursprüngliches Fünfziger-Jahre-Gelb eingebrannt haben. Ich weiß, wie ich wirke, während ich mich im Eiltempo in der Küche bewege. Für Männer, die geheiratet werden wollen, ist das beeindruckend und einschüchternd zugleich. Für junge unverheiratete Frauen ebenfalls. Verheiratete Männer hingegen, die Kinder haben (und die in Abständen mit Weinflaschen aufkreuzen, nachdem unsere sämtlichen Kinder schlafen gegangen sind), scheren sich nicht groß darum, da sie es bei sich zu Haus ständig mitansehen. Es muß so reizvoll sein wie abrasiertes Beinhaar im Handwaschbecken. Und andere Mütter, die wenigen, die bei mir waren (eine sechs Wochen währende Freundschaft zwischen Max und dem Jungen von gegenüber; der von der Nachbarschaftshilfe organisierte Fahrdienst; die neue Nachbarin), schauen gar nicht hin, denken nicht darüber nach, ja, sie stellen nicht einmal ihr Weinglas ab, während sie mir das Tischdecken abnehmen. Ihnen reicht ihre eigene unumgängliche, befriedigende Hektik völlig aus, mit der sie durch ihre Küchen wirbeln wie die Derwische, Bestecke verteilen und mit Anordnungen um sich werfen, mit der Linken herausholen, was aufgetaut und mit der Rechten hineintun, was eingefroren werden soll und sich in jedem Augenblick ihrer absoluten Unentbehrlichkeit beim allem und für jeden bewußt sind.

Huddie trinkt seinen Wein aus, einen dünnen, zuckrigen Weißwein, und bereut erneut, keinen anständigen Wein mitgebracht zu haben statt dieser Iris, die jetzt über den Rand der Weckgläser herabhängen, in die sie sie gepfercht hat. Er steckt sich ein Stückchen rohe Zucchini in den Mund und denkt an all die großartigen Mahlzeiten, die er zubereitet hat, all die scharfen, öligen Sachen, das üppig bemessene, schmelzende Fett und den Zucker, die er gebraucht hat, um die Leere zu füllen, die diese aufbrausende, beschwerliche Frau in ihm hinterlassen hat. Als sie sich nach einem heruntergefallenen Fläschchen Oregano bückt, sieht Elizabeth für einen Augenblick wie Junes weiße Zwillingsschwester aus. Muskulöse Frauen beide, gerade mal ein Anflug von Weichheit über einem breiten Rücken und stramme Beine, die nimmermüde ausschreiten bis zum letzten Marsch. Zäh wie Schlingpflanzen, wachsam wie Luchse. Klavierrückende Frauen. Steh ihnen im Weg, und sie verrücken *dich,* du Tropf. Elizabeth richtet sich auf. Die Erinnerung hat ihn getrogen. Sie ist bald zwanzig Zentimeter größer als June und hat nichts von deren in die Breite strebenden Konturen. Doch nimmt auch ihre gertenschlanke Gestalt jetzt eine beschützende, unerschütterliche Haltung an, genau wie Junes; was immer sie an Liebe ausstrahlen, es zeigt sich nur in den Gesichtern ihrer Kinder. Außer daß da noch ein anderer Ausdruck über Elizabeths Gesicht huscht, so etwas wie das Sichöffnen und -schließen dieser Blumen, die nur des Nachts blühen.

Als sie jung war, war ihr Gesicht wie zwei geschwungene Klingen gewesen, die auf ihr rechteckiges Kind zuliefen. Jetzt ziehen sich samtweiche Falten an ihrem Kiefer entlang, eine Reihe schwacher, reizender Wellen, die er gern berührt hätte, als sie den Kopf senkt, um das Gemüse prüfend zu betrachten. Und als sie sich unbeholfen bückt, um eine Bratpfanne für die kleinen rosafarbenen Kartoffeln herauszuholen, nicht mit dieser geübten Kniebeuge von Stewardessen und Büroangestellten, die alle wissen, daß Männer dann immer hinsehen. Elizabeth beugt das Knie gerade nur ein wenig, und ihr Hintern ragt hervor, die Hüften sind flach und breit, ihre Taille ruft nach seinen Händen, als ihr Hintern ihm in diesen alten Jeans mit den weißen, gespannten Nähten entgegendrängt, und da denkt er, daß es dies und nichts anderes war, wofür er so lange gelebt hat. Führ' mich hin zum Licht, Herr, führ' mich heim.

»Waldfarbig«, sagt Max nach dem Abendessen, während er in den Garten hinausblickt und die Beine genau wie Huddie von der Couch zum Couchtisch wegstreckt.

Huddie sagt nichts. Mach dich nicht über mein Kind lustig. Sag nicht: »Waldfarbig«, als wäre das wer weiß was für ein affiges, weibisches Wort. Sag nicht: »Du meinst wohl grün?«, als wenn einem richtigen Jungen gar kein anderes Wort in den Sinn käme. Sag ruhig: »Du bist 'ne Schwuchtel, Max.«, dann werde ich dich umbringen müssen, und mein trauernder, zarter Junge wird von Pflegeheim zu Pflegeheim geschubst werden, von halslosen Ungeheuern schikaniert, man wird ihn zwingen, Polyesterkleidung zu tragen, die ihn so rasend machen wird, daß er mit vierzehn davonläuft – ich sehe ihn vor mir, den blonden Flaum auf den Wangen, kleine Daunenflusen –, um dann Go-Go tanzend in einem Amüsierviertel zu enden und sich zu den Klängen von »Somewhere Over the Rainbow« für die schmierigen Dollarscheine aus der Hand lasterhafter Männer in fortgeschrittenem Alter auszuziehen bis auf einen vorspringenden, glimmerbesetzten Stoffetzen.

»Hm, stimmt«, sagt Horace.

»Das mag ich so gern«, sagt Max.

»Hm.«

Huddie und Max sitzen auf Max' Bett. Dies ist das schöne Zimmer in meinem Haus. In diesem Zimmer hielt ich seine butterzarten Füße in meinen Händen. Und unter diesen Füßen waren meine Hände, die ich immer um ihrer Glätte willen bewundert hatte, so verwittert und rauh wie Zedernborke. Elfenbeinfarbene Engelsfüße mit Opalnägeln und Atlassohlen. Und meine Hände wurden zu seinen Stufen, mein Körper zu seinem Spielplatz, und meine Vergangenheit löste sich auf in seinem unmittelbaren, unentrinnbaren *Jetzt.*

Max' Wände sind von dem eleganten Pariser Gelb, das meine Mutter gewählt hätte, und das Efeumuster vom Boden bis zur Decke wäre ebenfalls nach ihrem Geschmack gewesen. Es war meine letzte unnötige Anstrengung. Wir wurden in diesem Haus mit seinen drei kaum möblierten Zimmern heimisch, indem wir darin wie in einem Kokon neun teure Monate einfach verstreichen ließen. Wir lebten in der Säuglingszeit, das heißt, wenn man den verschütteten Babypuder aufgewischt und den Weg zum und vom Lebensmittelgeschäft geschafft hat, ist ein *Tag* geschafft. Ich hatte kein anderes Leben als Maxies, und ich konnte mich weder an ein anderes erinnern, noch mir ein anderes vorstellen. Eine ausgedehnte Dusche brachte mich in Hochstimmung. Beim Anblick winziger roter Turnschuhe mit dazu passenden Socken, die mit roten und weißen Teddybären bedruckt waren, geriet ich aus dem Häuschen. Verbrannter Toast und matschiger Zwieback verteilten sich über die ganze Küche, und ich kehrte alles in den Müll, wann immer ich die Energie dazu aufbrachte. Ich sah die Menschen nur mit den Augen, mit denen sie Max sahen, und war folglich eher geneigt, sie zu lieben. Mein Vater schickte mehrere gutgemeinte, aber nicht gerade dicke Schecks und einen ausgestopften rosa Pandabären von einer so grellen Üppigkeit, daß ihn nur seine neue Frau ausgesucht haben konnte. Er schickte mir kein Ticket nach Oregon, und ich dachte: Er ist siebzig, er hat jetzt eine fünfzigjährige Frau mit zwei Kindern im College-Alter, ihre betagte, vergeßliche Mutter lebt bei ihnen, da kann man das nicht erwarten. Manche Menschen sind deine Familie, ganz gleich, wann du sie findest, und manche sind es nicht, selbst wenn man dich ihnen noch naß und schrumpelig in die Arme legt. Sol hatte endlich die richtige Familie gefunden, einschließlich einer Stieftochter, die ihn aus dem Hintergrund gutmütig anschrie: »Menschenskind, Sol, verdammte Scheiße, ich erwarte einen Anruf. Sag ihr, Max wär einfach toll, schick ihr einen Wahnsinnsscheck und laß mich mit Kenny sprechen, ehe das Konzert ausverkauft ist.« Ich dachte, vielleicht könnte ich sie ja, wenn sie das College schießen gelassen und Kenny satt hätte, dazu überreden, den Babysitter für Max zu machen. Und für mich.

Die Apostellöffel kamen auf das Regalbrett über der Wickelkommode, und Max nahm jedes Bad in Gesellschaft prominenter Evangelisten. Greta spürte mich auf und schickte ein Ölbild von Krähen und Schlangen, das ich wieder in seine Kiste zurücklegte und, unter Reisetaschen mit kaputtem Reißverschluß und Winterkleidung, auf dem Dachboden versteckte. Meine Mutter war zwar tot, tauchte in meinen Träumen jedoch so wohlgemut und realistisch auf, daß ich glauben mußte, ihre Seele wäre in mein Unbewußtes gewandert, von dem aus sie jetzt Nachtvorstellungen inszenierte. In meinen Träumen erörterten wir Probleme wie »Stillen oder Fläschchen« und wann man am besten zu fester Nahrung überging, sprachen über Weizenkleberallergien und verständigten uns darüber, inwiefern Max den kleinen Kraftpaketen, die in der Babyschwimmschule neben uns herumgeblubbert hatten, eindeutig überlegen war. Wir waren uns in allem einig, und wenn ich in meinen Überzeugungen schwankte, dann ließ meine Mutter in ihrem blassen, blassen lila Abendkleid aus Charmeuse, das sie getragen hatte, als ich neun war, sämtliche Gewährsleute von Anna Freud bis Oscar Wilde aufmarschieren, um mir meine Unsicherheit zu nehmen.

Huddie streckt die Hand nach Max' glattem Haar aus, das auf dem Kopfkissen ausgebreitet liegt. Er hat das schon tausendmal gemacht und immer mit Vergnügen, doch nicht mit solchem Haar.

»Ich gehe auf die Jüdische Schule. Ich bin in der Hé. Letztes Jahr war ich in der Dalet. Das sind praktisch noch Babys. Wir sind in einer Fahrgemeinschaft mit den Schwartz' und den Manellis. Die finde ich eklig. Die ist wirklich, naja, sie stinkt.«

Huddie zupft die Decke zurecht und setzt sich aufs Bett, wobei er zwei schwarze Samtgorillas (einer mit einer roten Fliege, der andere mit einer schälbaren Banane in der Hand) ans Ende des Bettes setzt. Das bedeutet in der Eltern-Kinder-Sprache, daß seine Zeit abläuft; Huddie nimmt das letzte schlafabwehrende Puffen des Gesprächs vorweg, und dann wird Max' langer Tag in einer Wolke aus Worten und verschlüsselten Empfindungen auskreiseln.

»Sind Sie Jude?«

»Nein. Ich gehe hin und wieder zur Kirche.« Die zehn Jahre, die er Diakon war, sind ein schaler Traum, ein Leben, das von außen nach innen gebaut worden ist: Diakon, Handelskammerpräsident, vom New Yorker Einzelhandelsverband zum Mann des Jahres gewählt, Trainer der Bezirksbasketballjugend, guter Vater, guter Ehemann, in den Grenzen des Üblichen.

»Manche Leute konvertieren.« Max sagt das in den Fuß einer Lumpenpuppe hinein. »Die Frau in unserer Cafeteria war katholisch, als sie geboren wurde.«

»Nee, mit Konvertieren ist nichts, Mr. Max. Ich finde, jüdisch zu sein, ist für deine Mom und dich ganz prima. Aber ich bin nicht jüdisch.«

»Ich glaube nicht, daß das wirklich so weh tut.« Max läßt

nicht locker. Huddie zuckt zusammen und fragt sich, ob es das ist, worauf Max eigentlich hinauswill, was er ihm zu verstehen geben will: »Ich weiß, daß du einen hast. Ich habe auch einen. Und wir sind nicht gleich, und wenn ich könnte, dann würde ich die Männer, die so sind wie ich, dazu bringen, dir deinen abzuschneiden.« Max setzt ein Lächeln auf, das Huddie als Und-nun-noch-einmal-für-die-Fotografen-Lächeln erkennt: beide Grübchen an ihrem Platz, und die Oberlippe ein wenig hochgezogen, um die strahlend weißen Schneidezähne zu entblößen. Er hat also immerhin auch seine Waffen. Max hebt den Arm, und einen verrückten Augenblick lang meint Huddie, daß er ihm die kleine Hand in die Lendengegend legen wird. Der Junge holt eine kopflose Zelluloidpuppe unter der Decke hervor und wirft sie in den Papierkorb.

»Drei Punkte. Gute Nacht, kleiner Mann«, sagt Huddie.

»Gute Nacht.«

»Du kannst mich Huddie nennen.«

»Huddie. Und du kannst mich Max nennen.«

»Gute Nacht, Max.«

»Gute Nacht, Huddie. Gute Nacht, und deck dich zu, dann läßt die Wanze dich in Ruh, Ducky!« Das letzte Wort wird herausgebrüllt wie ein Anfeuerungsruf beim Football.

Huddie macht das Licht aus, lächelnd, und fragt sich, wer der Vater ist, wer sie wohl während der letzten fünfzehn Jahre gevögelt hat. Offensichtlich ist das Verlangen, sie für sich haben zu wollen, das ihn damals überkommen hat, als er ihre Schenkel lang und flach an das Eichenholzgeländer gepreßt sah, immer noch nicht erloschen. Während der letzten fünfzehn Jahre hat er in dem Glauben gelebt, kein eifersüchtiger Mensch zu sein, und nun stellt sich heraus, daß er sich einfach nur nicht daran erinnert hat.

Max' fester Schlaf macht uns nervös. Wir rutschen auf der Couch herum, bis wir weit genug auseinander sitzen, um einander ins Gesicht schauen zu können. Huddies Bauch drängt wie ein gewaltiger, sympathischer Abhang über den Gürtel, und seine Arme haben den Umfang von Fäßchen und füllen seine Hemdärmel völlig aus. Wenn ich ihn schneide, wird er sich erst braun und dann rosa öffnen, bis auf den weißen Knochen, und kleine Blütenblätter aus Blut werden auf seine Haut emporsteigen. Doch er legt den Arm wieder auf die Rückenlehne der Couch, und jetzt sehne ich mich so sehr nach der leichten Berührung seiner Finger, daß ich aufstehe und zum Fuß der Treppe gehe, um zu Max hinaufzuhorchen, der seit seinem dritten Lebensmonat jede Nacht durchgeschlafen hat.

»Wie geht es denn deiner Familie?«

»Meinem Vater geht es gut, er hat wieder geheiratet. Meine Mutter ist vor neun Jahren gestorben«, sage ich. Seitdem betrachte ich mich als alte Waise, keine, die ans Herz rührt, aber nichtsdestoweniger eine Waise.

»Das tut mir leid. Hatte sich euer Verhältnis denn verbessert?«

Es hatte sich ungeheuer verbessert, während wir beide erkannten, wie ihr Tod als der nächstliegende, unvermeidliche Ausgang ins Blickfeld rückte. Wir traten in die Endphase wie die Liebenden im kitschigsten Groschenroman; schonungslos, atemlos, selbstlos, alles was man will, wir verausgabten uns. Wir frisierten, was von ihrem blonden Haar übriggeblieben war, und als das nicht mehr ging, gab ich 600 Dollar, die ich nicht besaß, für einen platinblonden Knoten und einen aschblonden Koboldschnitt aus und verstieg mich dazu, die Gabor-Schwestern gegen ihre schlechte Presse in Schutz zu nehmen. Wir riefen den River Styx Schönheitssalon ins Leben (der Name stammte von meiner Mutter) und erfanden eine grauenerregende Liste der verschiedenen Dienstleistungen, die von den verwesenden, aber immer noch modebewußten Kunden unseres aufgetakelten Inhabers verlangt wurden – »Für Sie ist das immer noch M'sieur Styx«, fuhr sie die anderen Kunden an, die auf unserer Seite des Flußufers Schlange standen.

»Es hatte sich sogar sehr verbessert.« Und dann war ich schwanger geworden, und wieder hatte sie mir schrecklich gefehlt, als wäre sie die beste Mutter der Welt gewesen. »Und Gus?«

»Oh je. Dem wird man wohl einen Pflock ins Herz treiben müssen.«

»Das wäre nur gerecht, nach all dem Herzeleid, das er uns bereitet hat«, sage ich, und erkenne im selben Augenblick, daß ich das nicht hätte tun sollen. So alt sie auch sein mögen, so schlimm sie auch sein mögen – wir sind die einzigen Menschen, die aufrichtig und ausgiebig schlecht von unseren Eltern reden dürfen. Huddie schüttelt langsam den Kopf, und ich denke, daß ich mit einer einzigen unachtsamen, aufrichtigen Bemerkung enthüllt habe, wie hartnäckig sich meine Unzulänglichkeiten gehalten haben.

»Du sprichst immer noch von gerecht. Seit vierzig Jahren lebst du nun in dieser Welt und sprichst immer noch von gerecht. Man faßt sich an den Kopf«, sagt er, als hätte ich ihm meine Teddybärensammlung aus der Kindheit gezeigt.

»Die Vorstellung von Gerechtigkeit gefällt mir nun mal. Die Vorstellung, daß die Gerechtigkeit ab und zu einfach mal mit dem Hammer aufräumt, hat doch was Reizvolles. Unwahrscheinlich, aber reizvoll.«

Er legt zwei Finger an den Kopf, meiner Idee und mir

zum Gruß, und ich seufze wie eine uralte Frau, weil es jetzt nur die beiden Möglichkeiten gibt: entweder wir küssen uns, oder aber wir beweinen, was hinter uns liegt, und ich möchte einen Sprung voraus machen, ohne auch nur zu wissen, wer er wirklich ist oder wie, oder ob er jetzt June verläßt, oder ob er Max wirklich lieben wird und ob wir jetzt richtige Ferien machen müssen statt meiner improvisierten, bei denen sich alles mehr oder minder ergibt.

Ich seufze und durchlebe unser erstes Mal, wie einen Knoten in der Brust. Es ist zwar immer noch meine alte, stoppelige Couch, nur sie habe ich unter den Fingerspitzen, doch die dunkelpflaumenfarbene Seide seines Schwanzes strafft sich in meiner Hand, sein Fleisch wird fest, richtet sich empor, sucht blindlings nach mir. Die köstlich stumpfe Spitze beißt mir in die Handfläche. Wir hatten damals keine Worte für unsere Genitalien; wir sagten »dies« und »das« und »du« und »ich«, und als ich ihn genau auf die Weise berührte, die er sich wünschte, so daß alle Teile sich in die richtige Richtung bewegten und mir sein Schweiß ins Gesicht spritzte, schrie er heraus: »Oh ja, wir sind im roten Bereich.« Und wir mußten so sehr lachen, daß wir für ein paar Minuten pausieren mußten, doch da *waren* wir tatsächlich gewesen, und auch ich fing an, das so auszudrücken, und blieb dabei, als ich mit anderen Männern zusammen war, auch wenn das nie mehr in diesem Maße zutraf und es mich immer nur der Vergangenheit näher brachte, wenn ich das sagte, und nie den Männern in meiner Nähe. Und ohne jeglichen Wortschatz hatten wir alles getan, was wir tun wollten, alles, was ich auch jetzt auf der Stelle tun möchte, und wenn ich in meiner Vorstellung die jungen Körper von damals auch wie mit dem Druckreiniger aus ihren faltenbildenden fleischlichen Hüllen heraushole, so sehe ich ihn zugleich, wie er jetzt ist, und möchte die zarten, mitleiderregenden Veränderungen küssen, die die Zeit an jenem schönen Jungen, jenem gutaussehenden jungen Mann hinterlassen hat.

»Du könntest uns beide haben.« Ich denke, das kann ich ruhig sagen. »Gib nicht auf, was du hast.« Das Leben wird erträglich sein (es wäre sogar noch mehr drin gewesen, wenn du bloß nicht mit diesen lächerlichen Blumen und diesem Riesenschlitten aufgekreuzt wärst), und einmal im Monat gibt es dann silbriges Mondlicht satt, erfrischende Schlucke Offenbarung, das Gefühl, daß es mit den vergänglichen alltäglichen Hauptsachen schon seine Richtigkeit hat. Und die ganze übrige Zeit werde ich immer noch das Vergnügen haben, eine gute Mutter zu sein, selbst das unaussprechliche Vergnügen, die einzige Verwandte zu sein, die erste und die allerletzte gerichtliche Instanz, der Highway, die Sackgasse und die einzige Tankstelle auf vierzig Meilen Entfernung. Und ich zähle darauf, und Max zählt auf mich, und du bist der Joker im Blatt, mein Guter.

»Was denkst du denn, Horace?«

»Nichts.«

»Du windelweicher Lügner.«

»Stimmt. Ich will dir nicht erzählen, was ich denke.« Und er kann es nicht. Bilder von June, wie sie ebenso zärtlich wie effektiv mit ihrem ganzen Gewicht auf sein steifes Bein drückte, zweihundertmal am Tag, bis er sein Knie wieder gebrauchen konnte; in den Wehen von Larrys Geburt; ihr nasses Gesicht, das gleichzeitig betäubt und entschlossen wirkte; Larry als kleiner Junge, wie er seine sternchenbesäten Weihnachtsgeschenke auffetzte, während ihm das Glitzerzeug in den Locken hing; Junes Blinddarmoperation, und wie sich danach fast der ganze Chor in ihrem Zimmer drängte und Rosa Grants blumengarnierter Strohhut oben auf dem Tropfständer hing, rosa Seidenbänder vor dem Lüftungsschlitz flatterten; sechstausend Fans, die stehend jenen letzten Korb beklatschten – June, die mit dem von Koliken gequälten Larry auf dem Flur auf und ab ging, während ihr das Vergiß-deinen-Gatten-nicht-Nachthemd aus rotem Chiffon, milchbesudelt an den Brüsten klebte; Momentaufnahmen von den Hinterteilen weißer und schwarzer Frauen, die in unterschiedlichen Motelzimmern vor ihm auf und ab hüpften, während ihre Wangen sich zusammenzogen und wieder entspannten, die winzige weiche Pfeilspitze aus Haar unter ihnen; Frauen, die in seinen Händen herumschnellten wie frischgefangene Fische, während ihre Brüste als seidige, blauweiße Säcke bis zu ihren Schultern emporschwangen und -glitten, oder drei Brauntöne, die als liebliche Handvoll auf beiden Seiten eines schmalen Brustkorbs zur Ruhe kamen, Kakaolachen um purpurrote Brustwarzen und Schwangerschaftsstreifen wie Adern von Herbstlaub, alles schöne Konturen, die nach seinem Mund riefen, und alles auf immer dahin.

Er lächelte. »Ich bin da. Ganz da.«

»Was auch geschieht?«

»Nun ja. Das heißt, den Mund ziemlich vollnehmen. Ja, was auch geschieht. Hiervon wird niemand sterben.

Und ich werde mich nicht aus dieser tödlichen Umschlingung herauswinden müssen, dieser Erkenntnis, das falsche Leben gelebt zu haben.«

Er nimmt meine Hand.

»Und was denkst du gerade? Elizabeth?«

»Nichts.«

»Du schuftige Lügnerin.«

»Hm. Und ich will es dir auch nicht erzählen.« Und ich kann nicht: Bilder von ihm, wie er vor einer Million Jahren über mir zitterte; von Max' Gesicht – vom ersten Max –, mürrisch und reuig im Angesicht des Todes; das schwache, namenlose Bild von Max' Vater, blond und hochgewachsen, einfältig, doch nicht unliebenswürdig und nicht unattraktiv in seiner Uniform, vierundzwanzig Stunden im Bett, bis unmittelbar, bevor er an Bord ging, wie ich es mir erhofft hatte, und nun halte ich bei meinem Sohn nach Anzeichen für Dummheit und Wanderlust Ausschau; Margaret und Sol, wie sie, nachdem ich schlafen gegangen war, schweigend lasen und ich wieder herauskam, um zu sehen, was Erwachsene machten – »Nichts«, hatte meine Mutter gesagt, »nichts machen wir«; meine so unschwierigen Abende in klösterlicher Zurückgezogenheit, an denen ich wusch, Essen zubereitete, Bons ausschnitt, mit Maxie und seinen Claudette-Colbert-Ankleidepuppen spielte, über die Huddie gewiß die Nase rümpfen wird, und dann werden sie Streit bekommen, und Max wird weinen, und Huddie wird sich in dunklen, undurchdringlichen Stein verwandeln und sich nach dem mühelosen Umgang mit der patenten June sehnen und der angenehmen Routine des kinderlosen, abgeklärten mittleren Alters. Und ganz gewiß kann ich ihm nicht erzählen, daß ich für mich oder ihn nicht besser bin, als ich es seit jeher war, daß ich ihn enttäuschen und verwirren werde, daß ich mein ganzes Leben lang allein war und daß es wirklich zu anstrengend und zu spät und nicht einmal wünschenswert sein mag, nach so langer, vertrauter Kälte gekannt und gehört und gesehen zu werden.

»Es ist spät«, sage ich.
»Es ist eine lange Fahrt«, sagt er.

Wenn dies wirklich das Ende wäre, und wenn dies nur meine Geschichte wäre, dann würde ich Ihnen alles erzählen.

Andreï Makine

Das Verbrechen der Olga Arbelina

Roman

Dies ist die fesselnde Geschichte einer Russin, die nach einem ausschweifenden Leben im vorrevolutionären Russland den Schrecken der Flucht, einer gescheiterten Ehe und zahllosen Affären im mondänen Pariser Exil Bilanz zieht: Der Kelch der Jugend ist fast ausgetrunken, alle Spielarten der Liebe sind ausgeschöpft, und das Glück hat sie dennoch nicht gefunden. "Eine beunruhigende Geschichte, entsprungen einer furchtbaren und sinnlichen Vorstellungskraft, die sich mit Kühnheit einem der gewaltigsten Themen nähert." *Le Figaro littéraire*

320 Seiten, gebunden